倉橋惣三物語

上皇さまの教育係

倉橋燿子／倉橋麻生

講談社

倉橋惣三物語

上皇さまの教育係

もくじ

プロローグ

時の皇太子殿下（現在の上皇陛下）が四歳になられた昭和十三（一九三八）年の春のこと。

「倉橋《くらはし》は、まだ一匹も釣れていないね」

東宮仮御所《とうぐうかりごしょ》の中庭の池で釣りをしていると、殿下は惣三《そうぞう》のほうに目をやり、おっしゃられた。

「はい。しっかりえさだけ食べられております……」

惣三は頭をかきながら、何も付いていない釣り針を見つめる。

「持ち方が悪いのかな？」

殿下は惣三が手にしている釣り竿《つざお》に目を移された。

「もう少し上のほうを持ってみたら？」

「こうですか？」

「そうだね。それでやってみたら？」

殿下に教えられてばかりだ。

天皇陛下、皇后陛下にご進講をして、このように皇太子殿下とご一緒に遊ぶ機会をいただいたとき、惣三は妻のトクに言った。

「皇太子様だからといって、特別扱いすることはない。お相手が殿下であろうと、田舎の子供であろうと、私は私だ。誰の前でも同じ態度で接するし、完璧な大人である必要もない。完璧な人間など、いないのだから。皇太子様もまだ小さな一人のお子様であらせられる。他の子供と同じように、私は殿下にお会いするつもりだ」

偉そうに宣言したものの、どちらが子供なのか分からない、と惣三は思う。

「あっ、この花は何という名前?」

指差された先には、小さな白い花が遠慮深く咲いていた。

小さな白い花――。皆が愛《め》でる桜や梅、鮮やかな紅色の牡丹《ぼたん》やツツジ、すっきりとした青色の露草《つゆくさ》なら分かる。しかし、これといった特徴もない、池のほとりにひっそりと咲いている花の名前など、惣三は知らない。殿下の好奇心の旺盛さに、惣三はいつも舌を巻く。

「さあ、何でございましょう」

「知らないの?」

「申し訳ございません。存じ上げません」

後で調べてみようと、惣三はそっとその花を手折り、手帳に挟んだ。

「見て! カマキリがいる。ほら、手を出して」

ひょいとつまみ上げられたカマキリは、惣三のほうへと差し出される。惣三は、カマキリと目が合った気がして、手を後ろで組む。感情の読めない昆虫の瞳は不気味だ。

「ほう、カマキリですね」

「かわいいよ。手に載せてみて」

「いえいえ、私は結構でございます」

「怖くないよ？」

「怖いなんて、そんな……」

そう言いながら、惣三は一歩、二歩と後ずさる。

「そう。じゃあ、毬投《まりな》げをしよう」

一向に手を出そうとしない惣三を容赦して、殿下は立ち上がり、側《そば》にあった毬を手にされた。

その毬を、殿下は惣三に手渡された。

「では、参りますよ。えいっ」

惣三が振りかぶって精一杯投げた毬は、自分の足元に打ち付けられ、大きく跳ね上がったかと思うと、惣三の頭上を背面方向に飛んでいった。

「倉橋、どっちに投げているの」

「いやあ、申し訳ありません。今度こそ……。よっ」

毬の行方を追う。まっすぐ投げたつもりが、大きく左へとそれていく。

「ああ……あ」

惣三は、自らの失投の後始末に奔走する。

「倉橋、もう、こちらから投げます」

「そうですね、そのほうがよろしいようです」

拾ってきた毬を手渡しながら、惣三は苦笑した。

「もう帰ろう」

しばらく遊んだ後、そう言って殿下が発進した自転車を、惣三は慌てて追いかける。

「あ、お待ちください！」

ガラガラガラガラ――。補助輪が地面を蹴る音が無様に響く。そのうちバランスを崩し、運転もままならなくなった惣三は、あえなく自転車を降り、手で押して帰る始末。

「倉橋は何ができるの？」

「私は――」

子供のころから何をやってもだめだった。それでからかわれたりもした。なぜ自分はこんなにもできないのかと、嘆いたこともあった。唯一、自分が他の人よりも優れていると言えること――。

それは、子供が好きだということだけ。

初めは、ただ単純に子供が好きだった。研究者となってからも、土台となるその心は変わらない。ただ、単に子供たちと一緒に遊ぶだけではなく、子供たちの中に蒔《ま》かれている種を発芽させたいなどという願望を持つようになったのは、やはり幼児教育というものを研究対象にしてからだろう。

「幼児教育とは、人間の根っこを育てること。しっかりした根っこが育っていなければ、きれいな花は咲くはずもない」

そう信じて疑わない惣三は、まだ幼い皇太子殿下の中に、しっかりとした根っこを見る。さぞや美しい花を咲かせられることだろう……。

倉橋惣三。〝日本のフレーベル〟〝近代幼児教育の父〟などと呼ばれ、幼児教育に関して、数々の改革を行ってきた人物である。昭和三（一九二八）年から昭和天皇、皇后陛下へのご進講が始まり、昭和十三（一九三八）年からは現在の上皇陛下の皇太子時代に、教育係も務めた。

惣三はいつも言っていた。

「僕が子供たちに何かしたということは一切ない。いつもいつも燦々《さんさん》と照らされ、励まされてきたのは、僕のほうだった。小さな太陽たちに……」

1 東京へ

「惣三。お前はこの春から、東京の小学校に転校する。いいな」

明治二十五（一八九二）年の年明け早々、父の政直《まさなお》が突然切り出した。惣三は目を大きく見開いて父を見る。今度は東京……。

「何といっても、文化の中心は東京だ。惣三はこの倉橋家のたった一人の跡取り。我が家の復興のためにも、東京で学ぶのだ。お前と母が住む家や、通う学校も決めてきた」

父は思い付きの人だと、惣三は思っている。いつも突然、何を言い出すか分からない。

徳川《とくがわ》の時代が終わり、明治に入ると、代々旗本だった倉橋家は、最後の将軍徳川慶喜《よしのぶ》と共に駿《すん》府《ぷ》（現在の静岡市）に下った。そして、頼まれたからとはいえ、いきなりどこかの村の村長を引き受け、果ては判事の試験を受けて合格。今は岡山の裁判所に赴任している。

仕事だけではない。趣味もやたらと幅広く、花作りに始まり、釣りや投網にも手を出し、さらに俳句や義太夫《ぎだゆう》など、興味を持つとすぐにやりたくなってしまう。

そうした父の目移りの激しさに、母も自分も翻弄されてきた。静岡の小学校から岡山の小学校に転校し、ようやく友達もでき、ここでの生活にも慣れてきたというのに……。

母のとくはすでに知っていたのか、父の横に座って黙々と縫い物をしている。

「私は勤めがあるから、ここに一人で残る。しっかり学ぶのだぞ。いいな」

「はあ……」

父の有無を言わせぬ物言いに、惣三は力なく答える。どのみち逃れられるはずもない。

それから二ヵ月半後の三月も終わりに近づいたころ、慌ただしく引っ越しの準備を終え、惣三は両親と共に東京行きの列車に乗り込んだ。

このとき、惣三は小学校四年生になるところだった。東京など行ったこともない惣三と母に、案内がてら父も同行する。どこかしら浮き浮きしている父とは対照的に、母は車中でも黙々と縫い物をし、惣三は黙り込み、窓の外を眺めていた。新調した着物の生地の肌触りが落ち着かない。「これからどうなるんだろう」と不安ばかりが心に重くのしかかってくる。

父のことは好きだし、尊敬もしている。さまざまなことに好奇心を持ち、すぐに実行に移す。実に身軽で行動的なのだ。自分はというと、運動神経が鈍く、何をするにも時間が掛かって鈍重なため、同級生からは、〝カメ〟だの〝のろま〟だのとからかわれる。

そんな自分が、日本の中心である東京になじめるだろうか。静岡から岡山の小学校に転校したときだって、同級生と話すことができるようになるまでに、どれほどの時間を要しただろう。

次々とわき上がる不安を闇の中に沈み込ませるように、惣三はギュッと固く目を閉じて、警笛の音を子守歌にして無理矢理眠りについた。

途中二泊し、ようやく東京の新橋駅《しんばし》に到着した。列車を降りて、まず惣三が度肝を抜かれたのは、人の多さだ。老若男女問わず、さまざまな人々が駅の構内を早足に歩いていく。

「驚いただろう、惣三。だが、こんなもんじゃないぞ。ここから馬車鉄道で浅草《あさくさ》まで行く」

馬が車両を引いて走る馬車鉄道から眺める東京の街は、見たことのないものばかりで、惣三は時折、小さく声を上げた。

「わあ……」

車両を引く馬のひづめの音が軽快に響く。通りには重厚感あふれる大きな建物が並んでいる。惣三の心もようやく浮き立ってくる。そんな惣三を、父は満足そうに眺めた。

浅草公園近くの蕎麦屋《そばや》で食事をした後、父は四月から惣三が通うことになる浅草尋常小学校に案内した。

「岡山の小学校は礼儀正しい士族の子弟ばかりだったが、ここは違うぞ。チャキチャキした下町のやんちゃな江戸っ子がそろっている。面白いぞ！」

父の言葉に、先ほどまで高鳴っていた惣三の胸の熱は一瞬で冷めた。

これから惣三と母が住む家は、父の知り合いが所有している古い小さな空き家だった。浅草寺《せんそうじ》から浅草川（現在の隅田川《すみだがわ》）を渡った側にあるその家は二階建てで、一階は台所と六畳くらいの部屋が二つ。そして、狭いが庭もある。二階は六畳一間だけだが、物*干し台があった。

惣三はさっそく物干し台に出てみる。すると、一番に目に飛び込んできたのは十二階建ての凌《りょう》雲《うん》閣《かく》、そして浅草寺の五重塔《ごじゅうのとう》。眼下に広がる浅草川には、鉄製の大きな吾妻橋《あづまばし》が架《か》かっている。下流方面を見ると、両国橋《りょうごくばし》があり、その間を渡し舟が行き来している。川からの涼しい風が物干し台を吹き抜けていく。下を見ると、通りに沿って長屋があり、小さな子供数人がかくれんぼをしているのか、声を上げながら遊んでいる。

それはまるで一枚の絵のように見えて、惣三はここからの眺めが気に入った。

それから二日間、父は足りないものを買いがてら、母と惣三を銀座《ぎんざ》などの繁華街に連れ出し、満足したように岡山に帰っていった。それまで何度も「士族たる者、しっかり体を鍛え、学問をし、文武両道たれ！」と惣三に言い聞かせて。


そして、いよいよ惣三が浅草尋常小学校に編入する日がやってきた。学校までは、自宅から徒歩十分ほどの道のりだ。

担任の先生について教室に向かうと、騒がしかった室内はふいにしんと静まりかえった。先生と共に黒板の前に立つと、教室内には二十数人の生徒がいる。そのうち女生徒は三人ほどだ。好奇に満ちた視線を浴び、一気に緊張が高まってくる。

「今度、岡山から転校してきた倉橋惣三君だ。この浅草のことは元より、東京は初めてだそうだから、皆、いろいろ教えてあげるように」

先生に促されたが、皆の視線に緊張した惣三は、小さな声で挨拶をするのが精一杯だった。

学校からの帰り道、吾妻橋の上から浅草川の流れを眺めながら、惣三は何度も深いため息をつく。明日からのことを考えると、どしゃぶりのように憂鬱が降りかかってくる。

勉強は好きだし、岡山の学校にはなかった英語の授業もあると父から聞いているから、楽しみでもある。けれど、同級生とどう付き合っていけばいいのか分からない。教室での皆の笑い声がまだ耳に残っている――。

「岡山ってぇのは、どこにあるんだい？」

「おめえ、どうして東京に来たんだよ？」

「今、どこに住んでんだ？」

「きょうだいはいるのかい？」

矢継ぎ早に投げかけられる聞き慣れない江戸言葉は、責められているようにも聞こえる。

「…………」

「おら〜、何とか言ってみろよ、ええ〜っ？」

一番背が高い男の子が、惣三の顔をのぞき込んでくる。士族たる者、ここでひるんではならぬ。士族たる者は……惣三は、そう自分に必死で言い聞かせるが、体は硬直している。

「あ〜、コイツ、震えてるぞ〜！」

そう言って、皆が笑ったのだ。思い出すだけで不安が押し寄せてくる。しかも、明日は大の苦手の体操がある……。

翌日、惣三の悪い予感は的中した。

「今日の体操では、〝子をとろ子とろ〟をやる」

どうやら鬼ごっこの一種のようだが、惣三にはやり方が分からなかった。にもかかわらず、ジャンケンに負けてしまい、いきなり鬼になったのだ。

「子を、とろ……、とろろ……」

しどろもどろに言いながら、両足をそろえてヒョコヒョコ飛び跳ねながら動く。すると、皆がいっせいに笑い出した。

「見てみな、あのへっぴり腰！」

「カエルみてえだ！」

惣三は真っ赤になった。以前言われたことのある〝カメ〟よりもひどい気がした。恥ずかしくて、悲しくて、悔しくて、やり切れない。けれど、言い返す言葉も見つからない。

東京の小学校での日々は惨憺《さんたん》たる始まりとなった。学校に行くのは、ただただ気が重かったし、相変わらず〝カエル〟とからかわれもする。ただ成績は抜群だった。そこで、今度は〝殿様ガエル〟と呼ばれるようになった。勉強では一番で、殿様だからだ。そのぶん、かえって距離を置かれる存在にもなった。

惣三の隣の席の子――。前川《まえかわ》すずは、目鼻立ちの整ったきれいな女の子だった。授業が終わると、教室の後ろで待ち構えているおばあさんに連れられ、さっさと帰ってしまう。何かの稽古にでも通っているのだろうか。惣三は、すずのことが気になっていたが、皆から〝カエル〟と呼ばれるようになって以来、自分から声を掛ける勇気はなかった。

緊張した四月が過ぎ、五月に入っても、惣三は学校では基本的に一人だった。けれど、惣三は寂しいというより、むしろほっとしていた。

どうせ彼らの遊びといったら、草むらでヘビを捕まえたり、川に入って魚を捕ったり、木登りをしたり……と、そんなところだ。実は、そのどれもが惣三の苦手なことだった。自分には、もっと文化的なことのほうが向いている――そう自分に言い聞かせた。

そんなある日、浅草寺の境内に人だかりができているのを目にした惣三は、吸い寄せられるようにそのほうに向かった。そこでは大道芸人たちが人形劇を披露していた。

男が剣で大蛇と戦うシーンは迫力満点で、惣三は思わず前のめりになって見入ってしまう。

すごい！　人形なのに、生きているみたいだ。

一つ演目を終えると、芸人たちは場所を移動して次の演目を披露する。もの珍しそうに見ていた子供たちも、それに合わせて一緒に移動していく。惣三も、興味津々でついていった。

ゴ〜ン。遠くで浅草寺の荘厳な鐘の音がする。

「いっけね！　もう帰らねえと！」

一人の男の子が、夕焼けに染まり始めた空を見上げながら声を上げる。周りにいた子供たちが、こぞって家に向かって駆け出していく。先ほどまでの人だかりが消え、まばらになっている。しかし、惣三は動けずにいた。ここは……どこなのだろう？

夢中で大道芸を追ってきたけれど、いつの間にか見ず知らずの場所に立っていた。どこをどう歩いてきたのか、来た道すら覚えていない。遠くに十二階（凌雲閣）が見えるが、自宅の方角がどっちなのか分からない。夕闇と共に、急激に不安が惣三の胸に押し寄せる。

しまった……。足が地面に張り付いて動けない。落ち着こうとすればするほど混乱した。

「兄ちゃん、どうしたんだい？」

ふいに声を掛けられ、惣三はさっと身を硬くする。ふと視線を感じて下を見ると、五歳くらいの小さな男の子が惣三を見上げていた。

「兄ちゃん、迷子になったんだろ」

惣三は泣き出したい気分だったが、年下の子の前でそんなみっともない真似《まね》はできない。

「ま、まあ、この辺は、は、初めてで……」

「どこから来たんだ？」

大きなクリクリとした瞳に、不安に打ちひしがれた情けない惣三の顔が映っている。

この、やせっぽちの小さな男の子が自分を絶望の淵《ふち》から救ってくれるというのだろうか。しかし、そんなことを考えている余裕は今の惣三にはない。ここはもう、頼るしかない！

「吾妻橋の近く」

「よし！　おいらにまかせとき！　こっち！」

男の子が勢い良く駆け出した。

「ま、待って！」

「早くしないと、日が暮れちまうよ！」

男の子は、民家の裏や細い路地裏を抜けながら、迷うことなく走り続ける。速くて、後ろからついていく惣三の足が何度ももつれそうになる。待って、待って……。

ふと、どこからともなくご飯を炊く匂いが漂ってくる。もうすぐ夕食時だ。母は心配しているだろうか。その心細さを、惣三は今、目の前を一心に走る小さな背中に託している。

「ほ、本当に、この道で合ってる？　こんな道、通ってきてないよ」

「近道だよ。ほら、もうすぐだ」

路地を抜けると大きな通りに出た。左手に見慣れた鉄の橋が見える。吾妻橋だ。

「わあ……。すごい！」

惣三は息を切らしながら、得意げな顔の男の子を見る。

「浅草は、おいらの庭だからよっ！」

小さな男の子には不釣り合いな言葉に、惣三の顔にやっと笑顔が浮かぶ。

「……って父ちゃんがいつも言ってる。父ちゃん、人力車を引いてんだ。すごいんだぞ」

男の子は、自分のことのようにいばってみせた。

「君の名前は？」

「おいら、一平《いっぺい》」

「一平君か……。ありがとう、助かったよ。何かお礼を……」

何かあげられるものはないかと、惣三はカバンの中や懐を探ってみる。

「いいよ、礼なんて。じゃあね！」

一平はまた風のように走り去っていった。

それからというもの、一平は学校帰りの惣三を見かけるたびに、駆け寄ってくるようになった。一平の家は、惣三の通学路の途中にあるらしく、ちょくちょく会うのだ。

自分から誰かに話しかけることが苦手な惣三にとって、こんなにも自然に人懐っこく近づいてくる存在は珍しかった。初めは戸惑い気味だった惣三も、次第に打ち解けていった。

一平は、いつも背中に一歳くらいの妹を負《お》ぶっていた。妹をあやすため、あてもなく周辺をうろうろと歩き回るのだ。惣三と話すのは、その暇つぶしにぴったりだった。

惣三は、静岡や岡山の話や、汽車に長いこと揺られて東京に出てきたこと、学校の話などをした。一平は、「ええっ！」とか「すげえ！」「行ってみてえ！」などと相槌《あいづち》を打ちながら、まだ自分が知らない世界の話に胸を躍らせた。そんな一平を見るのがうれしくて、次は何を話してあげようかと考えてしまう。

こんなことは生まれて初めてのことで、冷たく白黒だった世界が、ふいに温かく色づいてきたように感じた。

「ねえ、兄ちゃん」

「ああ、まだ僕の名前を言っていなかったね」

「いいよ、兄ちゃんで。おいら、兄ちゃんが欲しかったんだ」

一平が兄弟の意味合いで〝兄ちゃん〟と呼んでいることが分かり、惣三は急に気恥ずかしくなる。一平も、いずれ妹が大きくなれば〝兄ちゃん〟と呼ばれるのだろうが、自分が〝兄ちゃん〟と呼ぶ相手はいないのだ。

「一平〜!!」

路地の向こうから、元気な声が聞こえたかと思うと、一平と同い年くらいの男の子が三人駆け寄ってきた。

「兄ちゃん、おいらの仲間だよ。こっちが、桶屋《おけや》のショウちゃん」

「正太郎《しょうたろう》だ」

四人の中では一番背が高く、がたいのいい男の子が名乗る。その隣にもう二人。

「で、こっちがロクちゃんで、フクちゃん」

「誰？」

正太郎が惣三を指差しながら一平に尋ねる。

「あ、僕は……」

「おいらの新しい兄ちゃん」

名乗ろうとした惣三よりも先に、一平がうれしそうに言う。惣三はそのまま全員から〝兄ちゃん〟と呼ばれることになった。

「家の手伝いは日が落ちてからでいいって、父ちゃんが言ったからよ。今日は、河原で相撲大会やるぞ。一平も行くよな」

正太郎の誘いに、一平は背中の妹を見ながらボソボソと答えた。

「おいら、コイツがいるから……」

一平は恨めしそうに背中を見やる。不憫《ふびん》に思った惣三は、こう提案した。

「僕が妹の面倒を見てあげるよ」

「いいの⁉　やったー‼」

言うが早いか、一平はおんぶひもをほどくと、妹を惣三の背中に負わせ、

「志乃《しの》、いい子にしてるんだぞ」

と言い残し、勢い良く駆けていった。きっとこれまでは、遊びに誘われても我慢していたのだろう。惣三は、迷子になったときの恩返しができたみたいで、うれしかった。

しかし、いつもと違う背中に不安になったのは志乃である。惣三の背中は、一平よりは肉厚ではあるが、いかにも不慣れな者が背負っている感覚が、志乃には肌を通して伝わるようだ。一人っ子の惣三は子守をしたこともなければ、赤子を背負ったこともなかった。

志乃はふいに泣き出したかと思うと、叫びのような泣き声を上げる。惣三は驚いて、何とかなだめようとするが、あたふたするばかりでどうしたらいいのか分からない。

道行く人たちが惣三をいぶかしげに振り返る。

「あ、あ、何でもありませんから。何でも……」

人さらいにでも間違えられたら、どうしよう——惣三は冷や汗をかきながら、浅草公園へ小走りで向かった。ここなら、人もまばらで目立たないだろうと考えたのだ。しかし、志乃の泣き声は激しさを増すばかり。惣三は途方に暮れ、階段にしゃがみ込む。背中は濡《ぬ》れていないから、小便をしたわけでもなさそうだ。

困り果てていると、ふいに名前を呼ばれた。

「惣三君?」

驚いて振り返ると、そこには憧れの女子、前川すずが立っていた。あずき色の着物が学校で見かけるものと違い、すずを大人びて見せている。予期せぬ邂逅《かいこう》に、惣三は目を丸くして立ち上がった。思わず背筋がピンと伸びる。その緊張が、再び志乃の泣き声を大きくした。

「あらあら、どうしたの?」

すずは、志乃に向かって、あやすような声で話しかける。

「あの、この子、どうしたらいいんでしょうか？」

すずは思わず吹き出した。

「あはははは」

「前川さん、この子のこと、知ってるの？」

「ふふ、一平君の妹でしょ？　志乃ちゃんは、お歌が好きだよねー」

そう言いながら、すずは背負っていた三味線に被《かぶ》せてある風呂敷《ふろしき》を外し、慣れた手つきで弦を弾《はじ》き始《はじ》めた。しゃ、三味線……⁉　惣三の目がさらに見開かれる。

すずが歌い始めると、あれほど泣いていた志乃がぱたりと泣き止《や》んだ。すずの声には、頬をなでる春風のような柔らかさがある。惣三も、その心地良い歌声にどんどん引き込まれていく。

「ほら、志乃ちゃん、眠っちゃった」

すずが志乃の顔をのぞき込む。惣三も振り返るが、自分が負ぶっているので、志乃の顔は見えない。その代わりに、すずの顔が間近に見えて、慌てて前を向いた。しかし、その一瞬の間に、惣三はすずのもみあげのあたりに、ほくろがあることを発見した。急にドキドキしてくる。

「三味線が弾けるなんて、すごいね」

「知っているの？　三味線」

「父上がよく家に芸者さんを連れてきていたから……」

それを聞いて安心したのか、すずは自分のことを話し始めた。

「あたしの家ね、吉原《よしわら》の近くにあんの。もうちょっとしたら、あたしも姉さんたちと同じように花魁《おいらん》修業に入るんだー」

「えっ、そ、そうなの？　そんなこと、もう決まってるの……？」

惣三は心底驚いた。吉原に関しては、父から聞いたこともあったし、花魁なるものの写真も見たことがある。

「うん。尋常小学校が終わったらね」

「高等小学校には行かないの？」

「え？　だって女の子に勉強なんていらないでしょ？　それより、踊りや三味線をもっとうまくなって、早く一人前になりたい。だからせっせとお稽古に通ってるの」

あっけらかんと話すすずを見つめたまま、惣三は何も返せない。まだ九歳という今、すでに吉原で働くことが決まっているなんて不思議でならなかったし、そのことに何の違和感も持っていなそうなすずの様子に、何を尋ねていいものか、考え込んでしまった。

「惣三君って、変わってるよね」

そう言うと、すずはクスクスと笑い始める。学校ではあまり見ることのない、自然な笑顔だ。

志乃が眠ってしまった今、自分はすずと二人きりで話している——そう考えた途端、耳が熱くなり、急に落ち着かなくなった。

「わあ！　兄ちゃん、すずちゃんのことが好きなんだー」

突然の声に、惣三は瞬時に現実に引き戻される。いつの間に戻ってきていたのか、一平や正太郎たちが惣三をはやし立てている。

「あんたが惣三君に子守してもらっていたんでしょ」

すずが一平の襟をつかんで言う。それを見て、他の三人も大人しくなった。まるですずは、皆のお姉さんだ。

「じゃあね、惣三君」

三味線を再び風呂敷に包むと、すずは去っていった。

「兄ちゃん、子守、ありがとな」

一平は、志乃を起こさないようにゆっくり惣三から下ろしながら、そっと耳打ちした。

「また、志乃のこと、貸してやるよ」

＊物干し台……物干し場になっている屋根の上などに設けたスペース

2

心の穴

五月の二週目に入ると、学校中がそわそわし始める。男子たちは、数人のグループを作って、何やら楽しげに話し合っている。

「おい、万吉《まんきち》の家が樽《たる》をくれるらしいぞ！」

グループの中心にいる〝ブンちゃん〟こと山中文太《やまなかぶんた》が興奮気味に話すと、周りにいる子たちから「おおー!!」という大きな歓声が上がる。目つきが鋭い文太は、生っ粋の浅草っ子らしい威勢の良さがあって、いかにも喧嘩が強そうだ。惣三の苦手なタイプだった。

どのグループにも入れないままで、居場所のない惣三にはよく分からなかったが、数日後に迫った三社祭《さんじゃまつり》に関することなのだろうということは察しがついた。

浅草で古くから続いている由緒ある祭りだというが、どんなお祭りなんだろう。

学校からの帰り、町行く人たちも心なしか浮き足立っているように見える。店の主人たちの掛け声も、いつもより威勢がいい。大人だって、祭りとなると気分が高揚するようだ。

「兄ちゃーん！」

いつものように声をかけてくる聞き慣れた声。今日は、仲良し四人がそろっていた。

「兄ちゃん、おいらたちも神輿《みこし》を作るんだ。ショウちゃんのところの桶を借りたんだ！」

一平が意気揚々と話す。

「神輿……？　自分たちで神輿を作るの？」

「どうだ、いい桶だろ？」

正太郎が、ロクとフクと三人がかりで大きなすし桶を抱えながら得意げに見せる。

「ブン兄ちゃんたちは、樽で作るんだって」

「ブン兄ちゃん？　……樽？」

フクの口から出た二つの言葉が、惣三の記憶の中でつながる。

「フクちゃん、それって……」

「うん、文太兄ちゃん、知ってるだろ？　兄ちゃんと同じ学校だよ」

惣三は、いつもグループの中心にいる山中文太の姿を思い描いて、フクを見る。兄弟だと言われてみると、頭の形が何となく似ている。まさか、フクと文太が兄弟だったとは……。

学校で孤高を気取っている自分が、実は年下と遊んでいることを、文太はどう思っているだろう。ますます見下しているだろうか。文太の鋭い視線が脳裏に浮かび、背筋がゾクッとした。

「おいらたち、絶対に樽に負けない立派な神輿を作りたいんだ。兄ちゃん、力を貸してくれよ」

正太郎が懇願する。惣三は、純粋に彼らの力になりたいと思い、承諾した。

それから五人での試行錯誤が始まった。どうやったら桶で見栄えの良い神輿を作ることができるのか。並べたり、重ねたりしながら、四つの小さな桶の土台の上に大きなすし桶、さらにその上にもう一つ小さな桶を載せることで、ようやく形になってきた。

その様子を見ていた駄菓子屋の店主が、店先に出てきて言った。

「いいのができたじゃねえか。よしっ！　俺がこれを縄でつないでやろう」

そして、縄で土台となる四つの桶を固定し、その土台とすし桶を縛り付け、一番上の桶が落ちないように括《くく》っていく。終《しま》いには、担ぎ棒まで取り付けてくれた。

「これでおいらたちの桶神輿ができたぞ！」


いよいよ三社祭の当日――。

浅草には、五月晴れというに相応《ふさわ》しい、抜けるような青空が広がっている。

朝早くからそわそわしている惣三に向かって、母はいつもの冷静さで諭す。

「いくら一平君たちといるからといって、あんまり浮かれてはいけませんよ。人が多いから気を付けなさいね。あなたが一番年上なんですから、しっかりしないと。それから――」

「分かりました。一平ちゃんを迎えに行って参ります」

延々と続く母のお説教を聞いていては、せっかくの楽しい朝が台無しだ。惣三は、一平を迎えに行くことを口実に、家を飛び出した。

大通りに出た途端、町は人であふれ、いきなり人波に流されそうになる。惣三は、一平たちに教えてもらった裏道を通って、待ち合わせの浅草川の河原まで出た。

「遅いぞ、兄ちゃん」

すでに四人は集まっていた。神輿は、昨日のうちに河原に運んでおいた。

「いいか、この土手を吾妻橋に向かっていく。それから橋を渡って反対側の土手に下りるんだ。他の神輿に負けねえぞ!」

「おう!」

皆でこぶしを突き上げた。

惣三が志乃を背負い、神輿を担ぐ四人の後ろを見守りながらついていく。志乃もすっかり慣れた様子で、今では泣き出すことはない。

「せーの!」「セイヤ! セイヤ!」

すると、川を挟んで向かい側の土手を、橋に向かって進む神輿があった。

「セイヤ! セイヤ!」

大きな樽が、文太たちのグループであることを示している。

正太郎組と文太組の神輿は、吾妻橋のたもとにほぼ同時に着くと、両側から橋の中央に向かっていく。三社祭の神輿は吾妻橋を通らないので、こうした子供たちの神輿が行き交っていた。たまに、「ほら、頑張れ!」と発破を掛けてくるおじさんもいる。

しばらくすると、いよいよ双方の神輿が鉢合わせになる。

「おい、チビどもは、どけよ」

先頭で神輿を担いでいる文太が威圧する。正太郎たちは一瞬たじろいだが、ここは文太の弟であるフクが、精一杯言い返す。

「ブン兄ちゃんのほうがよければいいだろ」

「何を！　変な神輿担ぎやがって」

「そうだ、そうだ！　カメみたいな神輿だな！」

アハハハ――。

文太組の男子たちが、口々に正太郎組の神輿をけなした。そして、そのとばっちりは惣三にも飛んできた。

「カエルとカメでお似合いだな！」

「カエルが子ガエルを背負《しょ》ってらあ！」

文太の野次に、仲間たちが続く。惣三は、どう返していいか分からず、思わずうつむく。

「やいっ！　兄ちゃんのことをバカにするな！」

惣三が驚いて顔を上げると、声の主は一平だった。その瞳は、今にも泣いてしまいそうなほど揺れている。いったい、どうして――そう惣三が思っていると、

「ふんっ、生意気な！　行くぞ」

と文太が声を上げ、樽神輿が強行突破を図ってきた。すれ違いざま、桶神輿にわざと樽をぶつ

ける。桶ではかなわない。

ガチャンッ！　大きな音が響いた。

「うわああっ！」

その衝撃で一平たちは体勢を崩し、桶神輿が大きく橋の外側へと傾いたかと思うと、耐え切れず、四人の手から離れてしまった。そして、四人は尻もちをつく。

「あーっ!!」

大声を上げる惣三の目の前を、桶神輿が川へと落ちていく。

「やーい。弱っちいのー」「おい、邪魔だぞ、カエル！」

そう言いながら、文太たちは通り過ぎていく。一平たちがいつかの志乃のごとく、人目もはばからない大きな声で泣き始めた。倒された挙げ句、一生懸命作った神輿までが川に流されてしまったのだから、たまったものではない。

「どうしよう……。あのすし桶は、父ちゃんに返さなきゃいけないのに。おいら、父ちゃんにめちゃくちゃ叱られる……」

絶望的な声で正太郎がそう言うのを聞き、惣三は慌てて橋から川を見下ろした。神輿は無残にもバラバラになり、五つあった小さな桶のうち二つは川に流されていた。幸い、すし桶は大きかったこともあり、土手に近い大きな岩に引っ掛かっている。

「一平ちゃん、志乃ちゃんをお願い」

惣三は志乃を渡し、急いで土手に下りていく。

「兄ちゃん、気をつけて！」

一平の声を背中に受けながら、惣三は怖々、土手の端に近づいた。衝動的にここまでやってきたけれど、いざ川の流れを目の前にすると足がすくむ。

ああ、もう少し腕が長かったら。泳ぎが得意だったら。強かったら。大人だったら。勇気があったら――。自分にないものばかりが頭に浮かんでくる。だめだ――そう思い、橋を見上げると、四人が固唾を呑《の》んで自分を見つめている。やっぱり、ここで引き下がれない――。

惣三は覚悟を決めて、桶が引っ掛かっている大きな岩場に足を掛ける。そして思い切り踏み込み、どうにかよじ登った。そして、桶の掛かっている岩の端にうつ伏せになり、川面《かわも》のほうへと手を伸ばす。

「あともう少しだ！」「兄ちゃん、頑張れ！」

惣三は、頭に血を上らせながら、思い切り手を伸ばした。そうしてついに、桶の縁を指先でつかむことができた。

「やったあ！」

正太郎が両腕を突き上げる。しかし、そこから惣三は微動だにしない。

「……どうしたの、兄ちゃん？」

桶をつかむところまではよかったが、その後どうすればいいのか、惣三は分からなくなっていた。下手に動けば、桶が指から離れてしまうかもしれず、自分も川に真っ逆さまに落ちてしまうかもしれない。冷や汗が一気に噴き出してきた。

どうしよう、どうしよう、どうしよう——。

そのとき、いきなり後ろから帯をグイッとつかまれた。腹に帯が食い込み、一瞬息が止まる。

「ったく。まるで潰れたカエルじゃねえか」

誰⁉ 惣三が必死に視線を向けると、帯をつかんでいるのは文太だった。惣三の目が大きく見開かれる。

「いいか、しっかり桶をつかんどけよ」

惣三がうなずく間もなく、文太は思い切り惣三の体を引っ張り上げ、桶をつかんだ。そして、桶を無事に避難させたところで、惣三の体を起こす。

「あ、ありがとう……」

惣三は、自分を助けてくれた意外な人物に驚きながら、どうにかお礼を言った。

「別に。まあ、いつもフクと遊んでもらってるからな」

文太はぶっきら棒に言うと、背を向けてさっさと行ってしまった。

「兄ちゃん、ありがとう！　助かったよお！」

入れ替わりのように、正太郎たちが土手に下りてくると、岩の上の惣三を見上げる。惣三は、先に桶を下ろして正太郎たちに受け取らせ、それから恐る恐る岩場から土手に向かって足を下ろした。

「早く下りてきなよ」

「う、うん、それが……どうやって下りたらいいんだろう？」

「ぴょんって、飛び下りればいいんだよ」

いとも簡単なことのようにフクが言う。それでもなかなか下りようとしない惣三を見かねた正太郎が言った。

「兄ちゃん、大丈夫だよ！　おいらたちがついてるから！」

そうして、四人は惣三に向かってそろって両手を広げた。

惣三は、えも言われぬ温《ぬく》もりが胸に広がるのを感じていた。


それから一ヵ月ほどが過ぎた。惣三はいつもの物干し台に座り込み、浅草川を眺めていた。六月の雨雲は、惣三の気持ちを表すかのように空を曇らせ、つい先ごろから降り出した雨は、町全体を湿らせている。雨が、惣三の髪や着物も濡らしていく。

けれど、惣三を濡らすのは、雨だけではなかった。その目からは、とどまることなく涙が流れ、雨と涙の区別がつかない。今は、惣三にとって、そんなことはどうでもよかった。

正太郎の悔しそうな顔が脳裏に焼き付いて離れない。

それは、ほんの数時間前のことだった――。

「兄ちゃん、一平が……、一平が……!!」

学校からの帰り、惣三に声を掛けてきたのは焦った様子の正太郎だった。いつも真っ先に惣三を見つけ、声をかけてくるのは一平なのに。

正太郎は、こらえるように唇を噛《か》んでいる。

「一平ちゃんが、どうしたんだ?」

「……死んだ……」

惣三の顔から血の気が引く。周りの音も消える。さっきまでの蒸し暑さが嘘《うそ》のように汗が引き、うすら寒ささえ感じる。正太郎の言っている言葉は分かるが、意味が分からない。どういうこと? 一平が死んだって……。

正太郎が泣きながら言うには、昨日、一平と遊んでいたとき、志乃が粗相をしたらしく、一平は川で着物を洗ってから帰った。そのせいで、父親の手伝いをする時間に遅れてしまったのだという。正太郎は一平の家まで一緒に帰ったが、中から父親の怒鳴り声が聞こえたので、外から様子をうかがっていたらしい。

『お前は俺の仕事をなめてんのか?』『川なんか行ってる暇があったら、さっさと車でも引け! 何のためにお前を食わしてやってると思ってんだ』……。その酔っ払った罵声は外にも響き渡り、正太郎にもはっきりと聞こえた。

それから程なく、縁側の障子を突き破って一平が転がって出てきたかと思うと、そのまま庭に落ち、動かなくなった。部屋の奥から赤ら顔の父親が出てきて、大きなサツマイモを手に、息を切らしながら一平を見下ろしていたが、庭に下りると一平の着物の襟をつかみ、上半身を起こして頬をたたいた。けれど反応がない。額から血がにじんでいるのが遠目からでも分かった。

「嘘だ！」

黙って話を聞いていた惣三は、言うなり一平の家に向かって一目散に走り出す。死んだなんて、そんなことあるわけがない。勘違いだ！

「兄ちゃーん！」

後ろから正太郎の呼ぶ声が聞こえたが、惣三は止まらない。よろめきながら、狭い路地を懸命に走り続ける。

一平の家がある長屋の角を曲がると、惣三の足が急に止まる。家の前に数人の大人が立っていて、重苦しい雰囲気が漂っていた。

「……まだ小さいのに、気の毒にねえ」

「いい跡継ぎになるって言ってたのによ」

大人たちのひそひそと話す声が惣三の耳に聞こえてくる。本当なんだ……。

一平ちゃん……。涙が頬をつたう。優しくて、人懐っこい一平が大好きだった。浅草を庭のように走り回る父のことを、あんなに自慢げに話していた。妹の面倒もよく見ていた。

なのに、どうして死ななければならないんだ。酔っ払った父親に、サツマイモで殴られたなんて……。

それからどう、家にたどり着いたのか覚えていない。フラフラとした足取りで、物干し台に座り込んだ。

『やいっ！　兄ちゃんのことをバカにするな！』

一平が文太に放った一言がよみがえってくる。こんな自分を、本当の兄のように慕ってくれていた。一平の存在がどれほど大きかったかを、惣三は改めて思い知らされた。

「一平ちゃん……」

一平と遊んだ日々が思い出される。いつも楽しかった。笑顔になれた。中でも三社祭は一番の思い出だ。

惣三は強く唇を嚙む。その強さで切れてしまったのか、唇に赤い血がにじむ。苦味が口の中に広がる。それでも嚙むのを止められない。どうして、どうして、どうして!!

行き場のない悔しさを持て余し、惣三は自分の脚をこぶしでドンドンと何度もたたいた。一平を失った衝撃で、惣三の心には、ぽっかりと大きな穴があいてしまった。

学校でも落ち込んでいる惣三に「大丈夫か？」と声をかけてきたのは、意外にもフクの兄の文太だった。驚いた惣三は、「うん」と返すのが精一杯で、たったそれだけのやり取りだったが、周りの級友たちの目には、ざわめきがやむほど異様な光景に映ったようだ。

一平の事件があってからというもの、惣三は小さな子供たちのことが気になって仕方がなくなってしまった。いつも楽しそうに遊んでいるように見えるが、家ではどんなふうに育てられているのか。親はどんな人なのだろう。

三社祭ですし桶が流されそうになったとき、正太郎が父親に叱られると泣きながら言ったことを思い出す。そういえば、正太郎も父親に怒られることを怖がっていた。

正太郎は学校には行かず、桶の作り方を両親に教えてもらいながら、桶職人になると言っている。フクも、文太は長男だから学校へ行かせてもらえたが、自分は早く大工の見習いに行けと言われているようだ。ロクの家は農家で、すでに一人前の働き手だ。皆、生まれたときから、そういうことになっていた。それはそういうものだと惣三も思っていた。自分だって、倉橋家のたった一人の跡取りだと父からいつも言われている。だけど……。

子供は、ただ親の言う通りに生きなければならないのだろうか。人生は生まれた瞬間に、どの家に生まれたかで、その後の人生の方向が決まってしまうものなんだろうか。

学校の行き来で通る商店街で見かける自分よりも小さな子供たちが、早くも家業の手伝いをしている姿に目がいくようになっていた。

岡山よりも幾分か暑く感じられる夏が過ぎ、日ごとに日が短くなる。そこはかとない憂いが漂う秋はどこも同じで、あっという間に木々の葉が染まり始めた。

浅草にいると、町の賑《にぎ》わいから季節を感じることが多い。十一月に鷲《おおとり》神社で行われる酉《とり》の市《いち》は、三社祭に負けず劣らず熱気と活気に満ちていた。惣三も正太郎たちと約束して、酉の市に繰り出したが、人の多さに圧倒されてしまう。

どこを見ても色鮮やかに飾り立てられた熊手、熊手、熊手……。神社内は、前に進むこともままならないほどの人であふれ、そこかしこで威勢のいい掛け声が響き、商いが成立すると、売り子と買い手が一緒になって手締めをする様子が見られた。

この日、多くの人々が酉の市を訪れるもう一つの理由は、吉原見物だ。鷲神社の東隣にあった吉原では、この日は通常開けない大門以外の門も開いて客引きをした。吉原に自由に出入りすることができるとあって、男性だけでなく、娘やおばあさんたちでさえ、見物を楽しみにしている人が多かった。

「吉原に行ってみようよ」

正太郎がフクとロクと共に惣三に提案する。

吉原の近くには、すずが住んでいる。惣三も行ってみたい衝動に駆られて賛成した。けれど、いざ門の前に立つと、何だか気後れしてしまい、四人はうつむき加減で門をくぐった。

そのとき、前のほうで「おお！」というどよめきが起こり、人だかりができた。声のするほうへ行くと、なじみの客に呼び出されたらしい花魁が、禿《かむろ》と新造《しんぞう》を従えて茶屋に向かうところだった。

「わあ……」

初めて見る花魁に、正太郎たちの口から思わず声が漏れ、視線が釘付《くぎづ》けになっている。大きく結った日本髪に、豪華なかんざしを何本も挿している。白い肌に、差した紅がくっきりと浮かび上がり、切れ長の目じりには、簡単には人を寄せ付けない妖艶さをたたえている。そして、艶《あで》やかな着物と帯をまとい、恐ろしく高い黒塗りの下駄《げた》でゆっくり前へと歩を進める。

ふと視線を後ろにずらした先にいる禿に、惣三の目が留まる。自分と同い年くらいの少女が、髪を結い上げ、かんざしを挿し、化粧を施している。

「あっ」

惣三の目がとらえたのは、そのもみあげのあたりにあるほくろ——すずだ。

惣三が、志乃をあやすのに手こずっていたのをすずが助けてくれたとき、距離の近さにドキドキしながらも、そのほくろを目にしたのをはっきりと覚えている。

視線を感じたのか、すずがふと人だかりのほうへと目を向ける。大人たちがひしめく隙間に忍び込んでいる惣三たちは明らかに場違いだった。中でも小柄で丸みを帯びた体型から、それが惣三とすぐに分かったようだ。一瞬、目が合う。すずは、口角のみをわずかに上げて笑みを作った
——と、惣三には感じられた。

不自然なほどに白塗りをした肌に、唇が異様に紅《あか》く映える。それが、惣三に、すずが別世界の

人間であることを自覚させた。あれは、本当にすずなのだろうか。志乃をあやすために歌ってくれた、あどけない笑顔を持つ少女と同じ人物なのだろうか——。

「ほら、兄ちゃん、花魁が行っちまうよ」

正太郎に袖を引っ張られるが、惣三はその場から動くことができなかった。胸がドキドキしている。体じゅうが脈を打っているようだ。けれど、その脈は興奮の類いのものだけではなく、かすかな痛みを伴うものだった。

銅像のように動かなくなってしまった惣三を置いて、正太郎たちは花魁が向かうほうへと人混みをかき分けていく。惣三は、ただじっとそこにたたずみ、遠くなっていくすずの後ろ姿を眺めていた。えも言われぬ寂しさが、惣三の胸に去来する。

あと数ヵ月もすれば、尋常小学校が終わる。そうすれば、すずはこの吉原の人間になる。すずの春風のような歌声を聞くことも、柔らかい笑顔を見ることもできなくなる——。

惣三は、これが今生の別れかのように、いつまでもすずが去っていったほうを見つめていた。

年末には、正月を一緒に過ごすため、父親が上京してきた。颯爽《さっそう》と闊歩《かっぽ》する姿は、どこにいてもすぐに目につく。夏休みに帰省しなかったので、会うのはずいぶんと久しぶりだ。

「どうだ、惣三。しっかりやっているか」

父は、惣三を見るなり問いかける。

「はい、父上。ありがとうございます」

父は満足そうにうなずくと、大晦日《おおみそか》は日本橋《にほんばし》の魚河岸に行こうだの、正月の浅草寺には行っておくべきだの、自分が行きたいところを並べ、勝手に家族の行動計画を立てている。

しかし、実際は惣三が予想した通り、その計画は父親の気の向くままに変更された。それでも、父と久しぶりに過ごす賑やかなお正月は、惣三にとって楽しいものだった。

四日間という父の短い浅草滞在期間は、あっという間に過ぎていった。

一月二日のお昼ごろには、父を見送るため、母と三人で出かけた。仲見世通《なかみせどお》りで土産物を買い求めていると、正太郎とフク、ロクのいつもの三人が惣三のところへ駆け寄ってくる。

「兄ちゃん！」

すると、父が驚いた表情でその三人と惣三を見比べた。

「今日は家族でお出かけかい？」

正太郎が気さくに惣三に話しかける様子を、父は黙って見つめている。

「うん、父上が帰省されるので、新橋まで見送るんだ」

「惣三、行くぞ」

そう言って、父はすたすたと歩き始めた。

「じゃ、じゃあ、またね」

慌てて惣三も父の後を追いかける。その背中は、どこかとげとげしい。

「惣三、お前はあのような子らと付き合っているのか？」

「そ、そうですが……」

父のもの言わぬ威圧感に、惣三は思わず言《い》い淀《よど》む。

「平民の子と遊ぶのは、ほどほどに」

刺すような冷たく乾いたからっ風が吹き抜け、惣三の表情がこわばる。

父は惣三を見ようともせず、仲見世通りを足早に歩いていく。その背中を見つめながら、惣三の中に、父に対する反発心がふつふつとわき上がってくる。平民の子だから、何だっていうんだ？　皆、素晴らしくいい子たちで、懸命に生きているっていうのに……。

それから新橋駅に着くまで、惣三はすっかり黙り込んでしまった。

別れ際、改札口で父が惣三のほうを振り返り、言った。

「高等小学校に行ったら、本腰を入れんとな」

父を乗せた列車が発車する。遠ざかる列車と共に、惣三は父との心の距離も広がっていくように感じた。

3
険しきバンカラ道

年が明けてから、尋常小学校が終わるまでの三ヵ月は、惣三に多くのことを考える余裕を持たせないほど足早に過ぎ去った。

浅草に来て、季節が一巡りする。あのとき初めて見て驚いた人の多さにも、今ではすっかり慣れた。惣三の高等小学校での生活が新たに始まった。

父が「高等小学校に行ったら、本腰を入れんとな」と言ったのは、日本の未来を作る人材に育成するとの名目で、当代随一の難関である東京府尋常中学校（のちの府立一中・現在の東京都立日比谷《ひびや》高等学校）から第一高等学校（一高）を経て東京帝国大学（帝大・現在の東京大学）へ進学することを期待しているからだった。小学生だった惣三をわざわざ上京させた一番の目的は、この進学にあったのだ。

惣三もそれは覚悟をしていたし、自分自身も勉強に対する意欲には強いものがあった。

そして、周囲の期待通り、明治二十八（一八九五）年春、惣三は府立一中に合格した。

当時、築地《つきじ》にあった府立一中は、一高を経て帝大に送り出す学校であったためか、学帽の帽章は帝大の徽章《きしょう》の大の字を中としただけで、形も大きさも同じ。制服は詰め襟だ。

校長自らが時々校門の前に立って、生徒の服装検査をし、徽章をつけていないだけでも厳しく叱責される。すべてにおいて、なかなか厳しい校風だったが、生徒たちは真面目で大人しい勉強家が多かったので、惣三は学校生活を過ごしやすく感じた。

休みの日には必ずといっていいほど浅草公園に行き、今まで通り正太郎たちと遊ぶ。とはいえ、正太郎もフクもロクもそれぞれ親の仕事を手伝っている。その仕事のことを皆、自慢げに話す。時には惣三の肩身が狭くなるほどに。

また惣三は、しばしば学校の帰りに神田《かんだ》の本屋街に立ち寄った。本屋街の雰囲気も新しい本を見つけるのも好きで、本を探したり、立ち読みしたりしているうちに日が暮れてしまい、「帰りが遅い」と母を心配させることもしょっちゅうだった。

ある日のこと、本屋の店先に並んでいた真新しい雑誌が目に飛び込んできた。

「児童……研究？」

見慣れぬ雑誌名を、つぶやくように読み上げる。惣三はこの言葉に惹《ひ》き付《つ》けられた。児童とは子供のこと。子供を研究するとは、どういうことだろう？

手にとって表紙を開くと、少しして「発刊の辞」とあり、『児童心理学の如《ごと》きは、その発達もっとも速《すみやか》にして、独に仏に英に米に、あるいは医学上より、あるいは生物学上より、あるいは生理学上より、あるいは解剖学上より熱心にこれを研究し、ついに、たんに心理学の名に満足せずして、児童学の新名称を付与し、児童の心身全体に関する研究を創《はじ》むるに至れり』と書かれている。

「児童学……」

どうやら新しくできた子供専門の心理学の名称らしい。

さらにページをめくると、帝大の哲学科の教授であり、文学博士の元良勇次郎《もとらゆうじろう》という人物が書いた「祝辞」文もある。

『西洋においては近世心理学のますます明なると共に、精神と身体の密接なる関係及び各個人によりて精神活動の状態大いに異なれるを発見し、教育者として必ず、まず児童の性質を明にし、その性質に応じてこれを教育せざれば、その功少なく、あるいはかえってこれを害するおそれあることを是認し、児童研究いよいよ盛んなるに至れり』

読みながら、惣三は体が熱くなっていることに気づく。

児童の研究――そう、惣三が浅草で出会った子供一人一人――。やんちゃで、いたずら好きで、優しく純真で、おせっかいで、怒りっぽくて、働き者で、まっすぐで、ひたむきで。そんな子供たちを研究する。いや、自分自身のことだって。

どうしてこんなに内気で臆病になってしまったのか。どうしてためらいなく人の中に入っていけないのか。子供のころの考え、子供のころの経験、子供のころの学び、子供のころのしつけ方、どんな家に生まれ、どんな両親で、どんな職業で、どんな兄弟や親戚がいて……そういう一つ一つが子供の将来にどんな影響を及ぼすのか。それを知りたい。それを研究したい。――そんな学問があったなんて……！
惣三はその雑誌を買い、ついでに定期購読を申し込んだ。ふいに未来が開けたようで、わくわくする。家までの帰り道、惣三の足は軽やかだった。

元来、勉強が好きで、成績の良い惣三ではあったが、第一高等学校の受験ともなると、そう簡単ではない。

第一高等学校、いわゆる一高といえば、知名度、難易度、人気、実績のいずれをとっても首座を走る名門校で、実際、日本の政財界、学界などあらゆる分野に有為《ゆうい》な人材を多数、送り出している。さらに、小説、短歌、俳句などの文学、音楽、演劇、絵画などの芸術分野でも多くの卒業生が活躍しており、いわばエリート中のエリート集団だった。

惣三は、まさに不眠不休に近い状態で試験に挑み、見事、合格した。

祝いに駆け付けた父は、「よくやった！」と満足そうに言うと、府立一中に入学したときと同様、惣三のお祝いと称した毎晩の宴《うたげ》を誰よりも楽しんでいた。

明治三十三（一九〇〇）年九月——。初秋の心地良い風が吹き抜ける中、惣三はその風を切るように本郷《ほんごう》への道を歩いていた。いよいよ、第一高等学校での生活が始まる——。

惣三は寮に入ることになり、母は九月の入学式と共に東京から引き揚げる。わずかな寂しさと少しの解放感の他は、惣三の胸は期待に満ちあふれていた。

学校が近づいてくると、着古した袴《はかま》に高下駄を履いた一高生たちがそこら中を闊歩している。惣三は、おろしたての袴をはき、姿勢良く歩く自分が小学生のような子供に思えてならなかった。

いずれ自分たちもいわゆる「バンカラ」という人種になれるのか――。まるで、猿から人間への進化を探るような気持ちで在校生を眺めていた。

校内には、東・西・南・北・中の五つの寮があり、新入生は、それぞれの寮に振り分けられる。惣三は西寮だ。

一歩足を踏み入れると、埃《ほこり》っぽい空気が漂い、いかにも男しか暮らしていないことを感じさせる。これから、ここが我が住《す》み処《か》かと、惣三は確認するように建物を見回した。

「府立一中から来た、倉橋惣三です。よろしく」

緊張気味に挨拶した惣三の他に五人が同室のようだ。学生は、全国各地から上京してきていて、惣三の部屋は、図らずも全員の出身地がバラバラであった。

それぞれ自己紹介をしたが、惣三の印象に強く残ったのは、上野《うえの》動物園に牛を見に行ったがいなかったと語った、滋賀県出身の宇野保久《うのやすひさ》だ。短髪でも分かる、うねった毛髪が特徴的で、大人しく下がった眉尻が見るからに気弱そうな男だ。――自分に似ている、と惣三は思った。それに、わざわざ動物園に牛を見に行ったなんて。

入学式の翌日、講堂に再び制服制帽を着用した新入生が集まった。入寮式だ。その場には、数十名の前学期委員の他、校長まで同席している。入学式と同様の厳粛な空気が講堂内に満ちる。

すると、寮を監督する生徒主事が登壇し、寮生の憲法ともいえる「四綱領」を説明し始めた。

「君らが入寮するにあたって、俺たちは断固として要求する！　諸君、まずはバカになれ！」

惣三は、自分の耳を疑い、そして近くに座る同室の仲間と互いに顔を見合わせた。新入生たちの控え目なざわめきが会場に広がっていく。「バカになれ」だって……？

「いいか、君たち。我らが一高での三年間は、ただ勉学をするためだけの歳月ではない！　ここで、一高生たる人格を修養せんがためなり！」

ギョロリとした目から放たれる眼力に、新入生たちは固まる。その後、一高にこれまで引き継がれてきた伝統と校風について力説し、歴代の猛者たちが残していったさまざまな武勇伝が語られた。

「それにしても長い……」

入寮演説は一高名物の一つに数えられると噂《うわさ》に聞いていたが、これほどとは……。

優秀な成績を修めるだけでは一人前ではない。立つ鳥、跡を濁さずどころか、何らか爪痕を残してこそ一高生――。一度の休憩もないまま、三時間にわたる演説が終わるころには、そんな考えが惣三を含め、新入生たちの脳に刻まれていた。

入学式から数日もしないうちに、他の寮の新入生から噂が流れてきた。

「昨日は、東寮でストームがあったらしい」

ストーム――。それは、一高名物の中でも上位に君臨する習わしであり、惣三が中学にいたころ、すでに耳にしたことがあった。


ガシャン！　バリーン‼

騒々しい音がして、全員、目を覚ました。

「来たか⁉」

皆、飛び起きると、すかさず身構える。けれど、すっかり油断していた惣三は、生来の動きの緩慢さもあり、未《いま》だ半分寝ぼけ眼である。

「宇野君、どうしよう」

惣三は、思わずすぐ隣の布団で寝ていた宇野のほうを向く。

そうこうしている間に、ガラガラピシャリと勢い良く一気に戸が開けられた。二人は、咄嗟《とっさ》に布団を被った。

「起きろ、起きろっ！」

『デカンショ節』の歌と共に、ドカドカと荒々しい大勢の足音が入ってくる。

「うわあぁぁぁ」「ひぃ！」

同室の者たちからは、そんな言葉にならない叫び声しか聞こえない。状況がつかめない中、体が宙に浮いたかと思うと、次の瞬間、床にたたき付けられ、強い衝撃が惣三を襲う。

「いったた……」

惣三は耐え切れず、半身を起こす。

「呑気《のんき》に寝ているとは、余裕だな。しかしそれもここまでだ」

上級生はそう言うと、持っていた角材でバリーンと窓ガラスを割った。秋を告げる夜風が吹き込んでくる。

「ひゃあっ！」

情けない悲鳴を上げると、惣三は壁に張り付くように後ずさった。宇野も呆然《ぼうぜん》としている。

一通り荒らしたことを確認すると、上級生らは次の部屋へと移動していった。すぐに隣からも、同じような叫びと器物破損の音が聞こえてくる。

「俺、先輩についていってみるばい」

福岡県出身で、好奇心旺盛な池田三郎太《いけださぶろうた》は、仲間を引き連れ、先輩の後を追って部屋を出ていき、部屋には惣三と宇野だけが取り残された。

「……すごかったな」

やっとのことで惣三が口を開く。宇野は、放心状態でコクリとうなずいた。

部屋を見渡せば、割れたガラスが床に散らばり、机の上のノートや教科書も散乱し、布団も服も何もかもが吹き飛ばされたかのように散らかされ、惨憺たる有り様だ。まさに嵐が過ぎ去ったかのような状況――ストームである。

「〝郷に入っては郷に従え〟ってことだよ」

宇野が、いつにも増して、か細く弱々しい声で言う。

要は一高に入ったなら、ストームも楽しめということか。いや、そんな勇気は到底ない。

しかし、こんなバカげたことがあるだろうか。これがまかり通る世界は、やはりこの一高にしかない。バカになることが至上命令の、この一高にしか――。それでいて、きっちり勉強もやる。

改めて、一高生はただ者ではないと、何の取り柄もない自分が恨めしく、惣三は膝を抱えた。


惣三が休みの日や暇を見つけては、一高寮を抜け出して出かけた場所があった。

一つは浅草公園。公園は、いつも無邪気な子供たちの楽園だった。惣三は角帽のまま、片道一時間掛けて歩いていき、子供と一緒に鳩《はと》の群れにえさを撒《ま》いたり、サーカスでは子供らの隣の席を選んで、一緒に手をたたいたりして楽しんだ。

そして、もう一つは女子高等師範学校附属幼稚園（お茶の水幼稚園・現在のお茶の水女子大学附属幼稚園）だ。まだ小学校就学前の幼児教育が一般的ではなかった明治九（一八七六）年に創設された、日本初の幼稚園である。

府立一中時代から購読していた『児童研究』でこの幼稚園のことを知ってから、惣三は気になって仕方がなかった。それは、湯島《ゆしま》通り（現在の本郷通り）沿いで一高寮のある本郷からほど近いところにあった。

きっかけは、ひょんなことからだった。

「お前は、こげな本ば読んどおと？」

就寝前、惣三が読書をしていたときのことである。サブちゃんこと三郎太が、惣三が読んでいた本の表紙をのぞき込んで言った。惣三は慌てて本を伏せたが、遅かった。

「『児童研究』？　児童に興味があると？　なら、お茶の水幼稚園ば、知っとうや？」

まさか三郎太の口からその名を聞くとは思いもよらなかった惣三は、興奮して答える。

「知ってるよ！　日本初の幼稚園だよ。一度でいいから行ってみたいんだ。どんな場所で、子供たちはどんなことをしているんだろうか。先生たちは、どういう人たちで、どうやって子供たちに関わっているんだろう。考えるだけでもわくわくするよ……どうしてサブちゃんが、知っているんだい？」

「はは。お前、ほんなこつ子供が好いとっちゃなあ。実はな、東京におる俺ん叔母ちゃん、受験んときにはお世話になったたっちゃけど、そん幼稚園の職員ばやっとるったい」

「何だって!!　ほ、本当か!?」

そういうわけで、三郎太にその叔母を紹介してもらうことになったのだ。

初めてお茶の水幼稚園を訪れる日、なぜか宇野もついてきた。

「倉橋君が、どうしてそんなに子供が好きなのか、知りたくて」

そうして、角帽を被った男が二人、幼稚園へ向かうという奇妙な外出となった。

緊張した面持ちでお茶の水幼稚園に向かうと、正門の前で年配の女性が手を振っている。

「このたびはありがとうございます。池田三郎太さんと同室の、倉橋惣三と申します」

「付き添いの宇野保久です」

「あらまあ、まだお若いのに珍しいこと。どうぞ、どうぞ、見ていって」

三郎太の叔母の後について園庭に向かうと、子供たちのキャッキャッと跳ねるような笑い声が聞こえてくる。

「さあ、ここが附属幼稚園よ」

平屋の小さな校舎と、畑もある広い園庭。子供たちは裸足《はだし》で駆け回り、手も足も土で真っ黒になりながら熱心に遊んでいる。惣三の目が、みるみるうちに輝き始める。

「ここが日本で最初の幼稚園……」

すると、三郎太の叔母が子供たちに呼びかけた。

「皆さん、紹介するわね。こちらは、一高の生徒さんたちよ。今日は皆さんの様子を見学に来られました。楽しく過ごしましょうね」

「はーい」

子供たちはお行儀良く返事をする。何人か、惣三のほうを見ているが、近づいては来ない。

「浅草の子供たちとは、ずいぶんと印象が違うなあ」

「ここは国が運営する幼稚園ですから、士族や華族の子が多いのではないですか」

宇野の言葉に惣三はうなずく。

庭を見回すと、二人の男の子が砂山で団子作りをしている。惣三は近づくと、ゆっくり隣にしゃがんだ。

「お団子作るの、上手だねえ。僕も一緒にやってみていいかい？」

「いいですよ。はい、どうぞ」

隣の子が砂をすくうと、惣三の手に載せた。ひんやりした砂の感触が楽しくて、ギュッ、ギュッと握っていると、二人がじっと惣三のやり方を見ていることに気づいた。

「お兄ちゃんの団子、大きいなあ。いいなあ」

「一緒に作ろうか」

二人の顔が、ぱっと明るくなる。

惣三は隣の子の両手を外側から包むようにして、一緒に砂の団子を作る。みるみるうちに、団子が大きくなっていく。

「わあ、すごーい。僕のも！」

「だめだよ、僕だけなんだから！」

その声に、他の子供たちも集まってくる。気づくと、惣三は子供たちに囲まれていた。

あっという間に惣三は子供たちに溶け込んだ。溶け込みようのない体型だが、中身は完全に幼児と同化している。心底、楽しんでいることが、はたから見ても明らかだった。

その様子を、宇野は少し離れた木陰のベンチに座って、のんびりと眺めていた。

帰り際、三郎太の叔母が門まで見送ってくれた。惣三は深々とお辞儀をする。

「本日は、ありがとうございました。とても楽しかったです」

「こちらこそありがとう。子供たちもうれしそうでしたね。ところで、先ほど主事（園長）と話をしたのですが、もし倉橋君が来たいということでしたら、今後もいらして結構ですよ」

「えっ！　ありがとうございます！　ぜひ来たいです」

予想もしていなかった言葉に、惣三は思わず三郎太の叔母の手を取り、何度もお礼を言った。

帰り道、惣三は頰を紅潮させながら宇野に話し続けた。

「楽しかったな。ますます児童教育に興味がわいてきたよ。宇野君は楽しかったかい？」

「はい。子供たちと遊んでいる倉橋君の姿が」

「僕が？」

「ええ。誰といるときよりも、心を開いていると感じました。だから、あんなに子供たちに好かれるんだと思います」

それ以来、惣三は堂々と幼稚園に出入りすることを許された。何より子供たちが、惣三が来るのを待ち望んでいた。

惣三はふらりと湯島通りの門から入ると、すぐ庭のほうへ回って、子供たちに交じって遊ぶ。

「お兄ちゃんが来た！」

子供たちは、惣三を見つけると、集まってきては引っ張り回した。浅草公園で子供と遊ぶのが好きとはいえ、上手な遊び方は知らない。不器用さと運動音痴は相変わらずだ。

しかし、そんなことはお構いなく子供たちはまとわりつき、どっちが相手をしているのか、相手をされているのか分からないくらい、惣三は子供と仲良しであった。

宇野の言う通り、惣三は子供たちと一緒にいるときが最も心が安らぎ、最も自由で、最も楽しかった。やはり〝バンカラ道〟は惣三にとって険しく、気ばったものだった。そんな日々の緊張を和らげてくれるのもまた、この子供たちの笑顔と笑い声だった。

4

「メドウ・キンダー・ガルテン」の夢

十月に入った。入学して一ヵ月、ようやく高校の授業にも慣れてきたころ、それはえも言われぬ恐怖を伴って、惣三の前にやってきた。「行軍《こうぐん》」である。

三日間にわたって行われるそれは、茨城県の土浦《つちうら》まで行き、軍事演習を行うというもので、三郎太はまるで遠足にでも行くかのようにそわそわしている。その横で、惣三と宇野が暗い面持ちで脚絆《きゃはん》をつけていた。

校庭で空砲が響き、ラッパの音が鳴ると、夜明けと共に帯剣した千人にも及ぶ生徒たちが出発。昼過ぎに目的地の土浦に到着すると、寮の食堂でもらってきた弁当を秋空の下に広げる。ここまでなら、のどかな遠足だ。

けれど、午後からは一転、厳しい演習が始まる。一面に広がる田園風景には不釣り合いな物々しい空気が張り詰め、壮烈な遭遇戦の模擬演習。もともと運動や体力に自信のない惣三は、宇野と共に最後列で何とか他の生徒たちについていく。最初は真ん中あたりにいたのだが、気づいたらそこにいた。それどころか、前との距離がだんだん広がっていき、間が開いてしまう。

「コラァ、そこぉっ！　遅いぞ‼」

これが僕の最速です、と思いながら、何とか歯を食いしばって進み続ける。

はあ、はあ、はあ、はあ……と、すぐ後ろで荒い息が聞こえる。振り返ると、汗でぐっしょりと濡れ、特徴のあるくせ毛が額に張り付いた宇野だった。

「く、倉橋君、僕は、もう……」

思わず足をつまずかせて宇野が倒れる。

「宇野君！」

惣三も足を止め、宇野の肩に手を掛ける。

「ほら、宇野！　倉橋！　休むんじゃないっ！　これが本当の戦場だったら、お前らとっくに死んどるぞ！」

容赦ない教官の叱咤《しった》が飛ぶ。

「ごめん、僕のせいで……」

「さっさと立って走らんかっ！」

すっかり教官に目を付けられてしまった二人は、それからも何かというと注意を受け、また受けても仕方ないほどに、そろいもそろって常に他の生徒から周回遅れになる。惣三と宇野はいつも、先に終えた生徒たちに見つめられながら、演習をする羽目になるのだ。

日が傾き、演習が終了すると、惣三と宇野は居残りで、駆け足十本を命じられた。自らの不甲斐《ふがい》なさに泣きたい気持ちになっていた二人は、絶望的な気分に襲われる。

最初は二人を監督していた教官も、人の何倍も時間がかかる駆け足に待ちくたびれたのか、

「じゃあ、十本走ったら帰るように」

と言い残し、二人を置いて宿へと帰ってしまった。

「はぁ、はぁ、宇野君……」

「………」

「どうして……はぁ……僕たちは……はぁ……こんなに……のろいんだろうか……」

宇野は、もはや話すこともできないほど息も絶え絶えに走っている。

「倉橋君……無駄な酸素を使うと、余計に疲れますよ……はあ……」

すっかり日が落ち、遠くの宿の明かりがうっすらと見えるだけの田園で、誰も見ていないのに律儀に十本を走り終えた惣三と宇野は、しばらくその場に仰向けに倒れ込んだまま動けなかった。澄み切った空にはたくさんの星々が瞬《またた》いていて、他に妨げるものが何もない。まるで、宇宙空間に放り出されたかのように、空と自分とが一体化する。

「人間は無力ですが――」

ようやく息が整ったのか、突然、宇野が口を開く。

「僕はその中でも、最も無力な部類の人間だと思います」

「それは、僕も同じだよ、宇野君」

「僕は、勉学だけは頑張りましたが、その他に何の取り柄もありません。他の皆みたいに輝くこ

とはできない……」

惣三が横を向くと、瞬《まばた》きもせず星を見つめる宇野の横顔が見えた。宇野の瞳が潤んで見えるのは、星のせいなのか、それとも、涙のせい……？

「それでいいじゃないか、この星をきれいだと思う心があれば。僕はそう思うことで、無力な自分を励ましているんだ……」

惣三は、何をもって優劣をつけるのか、自分の浅はかな知識で測ることができるほど単純ではないと感じるようになっていた。それよりは、子供のような無垢《むく》な心を失わないことのほうが大事ではないか。そう、この星々を愛でる心のゆとりと豊かさがあれば、運動ができないことは、自分の人生を嘆くほどの大ごとではない。もちろん、追加の駆け足なんて、まっぴらごめんだけれど。

「でも、これも負け犬の遠吠《とおぼ》えなのかもしれないね。そろそろ、僕らも帰ろう」

惣三は立ち上がると、宇野に手を差し出し、起こしてやる。すると、宇野の腹の虫が鳴った。

「どんなに自分のことが嫌いでも、体は生きていこうとしているんですね」

宇野が笑顔になる。

「たかが運動で何だい。僕なんか、運動もだめな上に、音痴で不器用、臆病、人見知りときている。自分で言っていて、今さらながら悲しくなるよ」

惣三が自虐的な笑みを浮かべる。

「自分のだめなところを分かっていることが、倉橋君のすごいところだと思います」

互いに自分の足りないところを告白したり、良いところを指摘したり、奇妙な会話は宿に着くまで続いた。

惣三はその間、心の奥がじんわりと温まっているのを感じていた。この感じは、浅草時代に一平や他の子供たちと仲良くなっていく中で感じた温かさに似ている。

今まで、学校では、ずっと一人ぼっちだった。誰かと話すことはあっても、こんなふうに自分のことを話したり、相手のことを聞いたことなど一度もない。それは、どんなに子供たちと仲良くなっても、満たされないところだ。これを、「友」というのだろうか……?

何とかたどり着いた宿で、二人は噛むのももどかしいと言わんばかりに握り飯を頬張った。つっかえそうになる飯を、汁物で無理矢理流し込む。それだけの機敏さが、演習中に発揮されればいいものを。

このような過酷な演習が二日間続いた。

最終日は朝こそ早いが、鶏《にわとり》が鳴くころには演習は終わり、その後は自由時間。寝るも良し、散策するも良し、名所巡りをするも良し、自由だ。

惣三も、この払暁戦さえ乗り切れば——というただ一点の希望を持って、睡魔という魔物に引きずり込まれそうになるのを必死で押しのけ、起き上がった。まだ寝る前と同じ暗闇が続く室内で、誰もが魔物と戦いながら無言で身支度を整える。

闇に目が慣れてきたころ、演習が始まる。星々がまだ残る暗い空の下、銃火が閃《ひらめ》く。訓練用の銃を用いた、敵軍を想定した演習だ。惣三は弾を装塡《そうてん》するのに手こずり、力不足で引き金がうまく引けず、他の生徒が二発を撃つ間にやっと一発という安定した周回遅れだった。教官も、いくら言っても改善の余地が見られない惣三の素質を認め、見て見ぬふりをした。

待ちに待った鶏の鳴き声がこだまする。それは、生徒たちにとっては、自由の鐘のように響いた。

そして惣三は、宇野と共に広い野原にいた。爽やかな風が、過酷な演習をやり切った充実感を煽《あお》るように吹き抜ける。体は疲れていたが、宿で寝てなどいられない。こんなところへ来られるのは、滅多にない機会。それを最大限に生かさずしてはもったいないという貧乏性が、二人をここまで連れてきた。

「気持ちがいいなあ」

草の上に寝そべった二人が仰向けに見る空は、どこまでも深く明るい。惣三は、まぶしそうに手をかざして日差しをよけた。あの夜も同じように二人は寝そべって空を見上げたが、気持ちは空の色に比例している。鼻をかすめる新鮮な草の匂いも、二人の気持ちを和らげた。

「倉橋君、いいねえ、この風景……」

宇野もうっとりしている。あの夜以来、惣三に対する話し方によそよそしさがなくなった。惣三は、以前から宇野に聞いてみたかったことを尋ねてみた。そしてここは、その質問をするのに相応しい場所だと思った。

「ねえ、宇野君。君はこの先、どうなりたいと思っている？」

「僕はね、大学を出たら、こんな広いところで、牧場を開きたいと思っているんだ」

宇野は体を起こし、遠い地平線を眺めながらゆっくりと語った。

「それで君は牛が好きなんだね」

「酪農は、人間の生活の営みを支える重要な産業だと僕は思う。東京には、すでに三千頭以上の乳牛が飼育されているけれど、日持ちがしないから、牛乳が飲めるのは東京に住む一部の人たちだけ。僕は地方にもそれを広げたいんだ」

そう語る宇野の顔は、自分の夢を語ることに対し、恥ずかしがっているようでもあり、それでいて喜びがにじみ出ているようでもある。相変わらず下がった眉尻には、強い意志さえ感じられる。宇野らしいといえば宇野らしいと、惣三は思った。

もともと牧場は、江戸幕府が崩壊したことによって失業した武士によるもので、明治六（一八七三）年には東京にもいくつかの牧場が開かれていた。東京は乳牛飼育の中心地だったのだ。その後、政治家や華族による開設も続出し、松方正義《まつかたまさよし》や山縣有朋《やまがたありとも》、由利公正《ゆりきみまさ》、副島種臣《そえじまたねおみ》といった面々も牧場を開いていた。

「素晴らしいじゃないか、宇野君。そんなにはっきりした夢を持っているなんて」

「倉橋君だって、将来は教育者になりたいんだろう？　あんなに子供が好きなんだし」

「子供は子供でも、就学前の幼児期が大事だと思っているんだ。人格形成はすでにそのころから始まっているし、その時期に周りにどんな大人がいたかが子供の成長に大きな影響を与えると思うんだよ」

惣三は、自分自身や一平たちのことを思い出しながら話した。自分の意志などとは関係なく、親の意向で人生の方向性が決められる子供たち。学校に行かなくても、フクのように立派な大工に成長した子供もいる一方、同じように跡取りを期待されながら、自分の親に命を奪われてしまった一平のような子供もいる。それは、惣三が小学生のころからの疑問だった。

「ははは。子供のこととなると、倉橋君はすぐ饒舌《じょうぜつ》になるね」

宇野は、肩を揺らして笑って続けた。

「子供たちにも飲ませてあげたいなあ。牛乳は母乳に近いと言われているんだよ。とても栄養があるんだ」

「そうなのか？　なら……僕は、君が開いた牧場の隣に幼稚園を作るよ。広い草原で走り回ったり、牛と触れ合ったり、搾りたての牛乳を飲んだりするんだ。子供たち、喜ぶだろうなあ」

「それなら、牧場の入り口に札を掛けよう」

「太い丸木の門柱を二本立てて。……牧場の名前は？」

「さあ。……倉橋君の幼稚園は？」

「名前なんかなくたっていいよ。一方の門柱に『メドウ（牧場）』、一方の門柱に『キンダー・ガルテン（幼稚園）』と書いておこう」

「それがいいね。境には……」

「そんなもの、いらないよ。牧場全体が幼稚園の庭なんだから。草いっぱい、丘もあり、谷もあり……」

「愉快だなあ」

そう言って、二人はほぼ同時に目を閉じた。まぶたの裏に、同じ光景を映し出しながら。


年も明け、一月も末になってくると、三月一日に控える紀念祭《きねんさい》の準備が始まる。

紀念祭とは、*向陵《こうりょう》での最も重要な年中行事の一つで、一高生たちは全校をあげて、校舎、寮を飾りつけ、仮装行列や寮生芝居、軍楽隊などの催しをして、外部から人を招く。

一年のうち、たった一度の女人禁制解禁の日でもあり、この日だけは華やかな人波で埋まるので、一高生は紀念祭準備に並々ならぬ情熱を注いだ。

紀念祭における各寮の実施内容は、事前に総代会で決められる。

今年の西寮の出し物は、リーダー格でお祭り好きの三郎太による「神輿」の提案に、皆、賛同した。惣三も神輿には強い思い入れがある。

二月になると、人が何人も乗れるような壮大な神輿の本格的な制作が始まった。

けれども、素人だけの集団ではそう簡単にうまくいくはずもなく、神輿作りは難航を極めた。各寮の出し物は、本番の日まで秘密にしておかなければならず、各部屋には「みだりに入るべからず」という貼り紙や、中には「無断入室者は撲殺さるべし」などという脅し文句が書かれている部屋もあるほどで、むやみに助けを呼ぶこともできない。

「やっぱり、俺らだけじゃできんとよ」

ガックリと肩を落とした三郎太の横で、宇野は静かにうなずいている。

「まあ、僕らの力量では、このガラクタが限界だ。そもそも資材が足りないし」

惣三は頭を抱えた。これでは、正太郎やロク、フク、そして一平たちと一緒に作った桶神輿のほうが何倍もマシだ。あのときは、文太の樽神輿に簡単に突き飛ばされてしまったけれど……。

そのとき、惣三に、あるひらめきが降りてきた。この際、文太に相談してみてはどうだろうか。大工をしている文太が協力してくれたら、何とかなるかもしれない。

惣三は、その日のうちに浅草に足を運び、神輿作りに協力してくれるよう頼んだ。思いがけない人物から、思いもよらない依頼を受けた文太は、驚いて角帽姿の惣三を見る。

「俺が？　一高で？　ごめんだね。俺が行っても場違いなだけでぇ」

そう言う文太に、惣三は必死に食い下がり、根負けした文太が翌日、資材だけ届けてくれることになった。

次の日、朝七時過ぎに惣三が一高の正門前で待っていると、紺色の股《もも》引《ひ》きに印《しるし》半《ばん》纏《てん》姿の文太が木材を載せた荷車を引いてやってきて、挙動不審にキョロキョロとあたりを見回している。

「ブンちゃん！　こっち。こっち」

　自分を呼ぶ声に気づいた文太が、荷車を引いて近づいてくる。荷車の上には、大量の木材が積まれていた。

「こ、こんなに？　すごい！　ありがとう、ブンちゃん」

「ああ、ちょうど、今の仕事場が近かっただけでぇ。しっかし、ここが一高かあ。いやあ、すげぇなあ……。じゃ、ま、これで」

　文太は、そう言ってさっさと退散しようとするが、荷車に抵抗を感じて振り返った。何と、惣三が荷車を必死に押さえているではないか。

「ブンちゃん、お願いだ！　作業場だけでも見ていってくれないか」

「だから、嫌だって言ってるだろう。放せっ」

　文太は必死で帰ろうとするが、惣三の抵抗は思いのほか強い。

「助言してくれるだけでいいからっ」

　ズリズリと引きずられながらも、決して荷車を離そうとしない惣三に再び根負けし、

「じゃあ、見るだけだぞ。絶対に、見るだけだからな！」

　とブツクサ言いながら、惣三に連れられて、西寮の制作室にやってきた。

　ガラクタを前に立ち尽くしている三郎太たちが、文太の姿を見て狂喜する。

「おお！　待っとったばい！　どげんかしてくれんね！」

「あ、どうも。で、倉橋、神輿はどこでぇ？」

文太はつれない返事をすると、部屋を見回す。

「いや、ブンちゃんの目の前に……」

惣三が申し訳なさそうに、ガラクタを指差す。

「………」

文太は、口を開いたまま、無様な資材の塊を見つめる。

「倉橋、ちょっと鋸《のこぎり》を貸してくれるか」

惣三が鋸を手渡すと、文太の目の色が変わり、持ってきた木材をギコギコと切り出す。そして、それを手際良く組み合わせて、縄で縛って固定していく。

惣三たちが見守る中、文太はてきぱきと作業を進め、たった一人で瞬く間に、今までとは見違えるようなしっかりとした神輿の土台部分を作ってしまった。

「まあ、土台はこんなもんかな。あとは、胴体と屋根の部分と……」

一部始終を黙って見つめていた惣三たちは、感嘆の声を上げる。

「すごい！　ブンちゃん！　僕たちじゃ、一生掛かっても無理だよ」

「かぁ～、親方、すごかぁ！」

「いやいや、親方は止めてくんねぇか。天下の一高生に褒められると、照れちまうよ……」

文太は、称賛の声に顔を赤くしている。

そうして、皆に明日からも来てほしいと懇願された文太は、毎晩のように仕事終わりに一高まで来て、神輿作りを手伝ってくれるようになった。

最初は、一高生に若干ひるんでいた文太も、二、三日もすれば溶け込み、作業室からは鋸や金《かな》槌《づち》の音に交じって、文太の怒鳴り声が朝方まで響いた。

「倉橋！　ちげえだろ！　屋根の部分はちゃんと固定しねえと、すぐ落っこちんだよ！」

「あ、ごめん……」

「おい、宇野！　やすりで、ここんとこ削ってくれ」

「は、はい！」

「サブ！　ボサッとしてんじゃねぇ！　この板に墨、塗ってけ！」

「すんまっしぇん」

惣三たちは文太の指示のもと、これまでの遅れを取り戻す勢いで神輿作りの作業を進めていく。その甲斐あって、一週間前のガラクタは見事に生まれ変わり、紀念祭前日には、立派な神輿が完成した。

紀念祭当日――。
九時を告げると共に校門が開かれ、一般観覧者が歓迎門に殺到する。

それまで穏やかだった各寮の廊下は、卒業生はいうまでもなく、父兄、友人から生徒の保証人に至るまで、多くの来場者で埋め尽くされ、賑わいを増していく。それに、日ごろ、女人禁制でお目に掛かれない女性の姿が校内にあるのは、殊に新鮮だ。

午後になって、授業終わりの他校の生徒も交じると、ほとんど身動きもできないほどの人出となる。仮装行列、相撲、太神楽《だいかぐら》、軍楽隊……いずれも黒山の人だかりだ。

いよいよ西寮の出し物である神輿のお披露目の時間が来た。西寮の入り口から、ピッピピッピッと笛を吹く音が聞こえてくると、神輿を担いだ西寮生たちが、ふんどし一丁の姿で登場する。惣三も宇野たちと共に懸命に声を出す。人だかりに目を向けると、印半纏姿で腕を組む文太が見えた。惣三と目が合うと、軽く手を挙げて笑顔になる。

「ソイヤ！　ソイヤ！　ソイヤ！　祭りだ！　祭りだあ‼」

神輿が通ると、集まった人々の間から自然と手拍子や掛け声が上がり、大いに盛り上がった。そして、子供たちや観衆を巻き込み、大歓声の中、校内の広場を何周も回った。

午後四時、日が傾きかけてくると、入場者に閉門が告げられ、先ほどまで校内を埋め尽くしていた人だかりがいっせいに退《ひ》いていく。

夢の時間は終わり、せっかく皆で作った神輿も解体しなければならない。文太は、素人だけだと危ないからと、解体にも手を貸してくれた。

広場の真ん中に、解体された木材や端材が各寮から集められ、積み上げられていく。そして、火がつけられると、炎はいっせいに広がり、惣三たちが作った神輿にも燃え移り、パチパチと燃え始めた。

惣三は、お礼を言おうと、広場の隅でタバコをふかしている文太に話しかける。

「本当に世話になったね。皆、大喜びだ。一週間かそこらで、あんなに立派な神輿ができあがるなんて。やっぱり大工ってすごいなあ」

「へっ、てえしたこたあねえよ」

文太は照れ隠しのように、腕で鼻をこすっている。

「昔を思い出したなあ。三社祭で、ブンちゃんの樽神輿に桶神輿で対決したこと……」

「俺も思い出してたよ……。あんときは、悪かったな。ま、これで借りを返したってことで」

「そんな。あのとき、ブンちゃんは桶と僕を助けてくれた。とっくに返してもらったよ」

そうだ、あの神輿の一件があってから、惣三は文太にたまに話しかけられるようになったのだ。あのころは、文太とこんな関係になるとは思いもしなかった。それは、文太も同じだったようだ。

「それにしても……まさか、お前と神輿を作ることになるなんてな」

火は勢いよく燃え続ける。

「ああ、もったいない……。何だか寂しいなあ」

「まあ、形あるものは、いつかはなくなるもんだ」

「そうだね……」

「さあっ、明日も仕事だ。また怒鳴られる側に逆戻りだ。ははっ」

「ブンちゃんは、絶対、いい大工になるよ！」

「へっ、どうだか。お前も、勉強、頑張れよな」

「うん、ありがとう」

惣三と文太は、真っ白な灰が夜空に舞い上がるのを、いつまでも眺めていた。

＊向陵《こうりょう》……第一高等学校の別名。同校が、本郷区向《むこう》ケ岡《がおか》弥生町《やよいちょう》（現在の文京区弥生一、二丁目）にあったところからいう

5

心の扉

「せっかく帝大に入ったとに、これじゃ、一高の寮といっちょん変わらん」

さっそく、三郎太がぼやく。

一高をめでたく卒業し、晴れて東京帝国大学へと進学した三郎太、宇野、惣三の三人は、小石《こいし》川《かわ》にある小さな一軒家を借りて、共同生活をすることにした。そこに、植物学専攻の大賀《おおが》一郎《いちろう》が加わり、男四人暮らしが始まった。

大賀は、スラリとした長身で、細面で切れ長の目にスッと伸びた鼻筋、無愛想ともとれる表情は、少々取っつきにくさを感じさせる。

四人はそれぞれ別の学科の所属で、惣三は哲学科で心理学を専攻し、三郎太は法科へ、宇野は農科へと進学した。

惣三が哲学科を希望したのは、児童研究をやるなら元良勇次郎という心理学の先生が良いと勧められたからだ。そう、中学生のときに読んだ『児童研究』に祝辞を寄せていた、あの先生だ。本当は子供の研究をしたかったが、児童に特化した学科や学問はまだなかった。元良先生は、ちょうど半年前に設立された『日本児童研究会』の会長でもあった。

「そういえば、英文学の先生は、小泉八雲《こいずみやくも》先生から夏目金之助《なつめきんのすけ》（のちの作家の夏目漱石《そうせき》）先生に替わったんだ」

惣三が、同じ文系学科の三郎太に告げる。

「ほんとや!? 俺は小泉先生んほうが好《す》いとーよ。夏目先生の講義は、堅苦しゅうてつまらんちゅう噂や」

かくして惣三は、憧れの元良先生の授業に刺激を受ける毎日を送った。何せ、先生は帝大に九十坪もあろうかという大きな心理学の実験場を建て、新式の実験機も導入しているのである。

元良先生は、決して学生たちを自分の型に入れようとはせず、自分の流儀で他を律することはなかったが、これだけは常々口にしていた。

「何事も、感じたことを実際に経験することによって、初めて知恵になるものだ」

博士の心理学は内容的なそれではなく、経験的、直覚的なものであった。惣三は、その言葉の通り、授業で感じたことを実地に学ぶべく、なるべく子供と接する機会を作ろうとした。

帝大の敷地《しきち》は広く、近所の子供たちの遊び場にもなっていた。子供が赤門をくぐって中に入っていっても、守衛が目くじらを立てて追い出すようなことはしなかったし、大学病院の門である鉄門からも、すぐ前の本郷小学校の子供たちがやってきていた。

春から夏にかけては草花を採ったり、蝶々《ちょうちょう》やトンボ、構内にある心字池で小魚やカエルを捕まえたりして遊び、秋は紅葉した銀杏《いちょう》の木から落ちる銀杏《ぎんなん》の実を拾い、冬は凍った心字池の上を滑ったりした。子供たちにとっては、一年を通して飽きることのない格好の遊び場だったのである。

もちろん、惣三は休憩時間になると、その様子をうれしそうに眺めていた。けれども、どうにも体が勝手に子供たちのほうに向かってしまい、いつの間にか輪の中に入っていることが常だった。子供たちの中でただ一人、角帽を被って遊んでいる惣三の姿は、ある種、異様であり、すぐに帝大内で有名になった。

「お兄ちゃん、さようなら！」

その日、惣三はいつものように、お茶の水幼稚園で子供たちを見送っていた。大抵の子は、惣三に元気良く挨拶をし、笑顔を向けるのだが、一人だけ気になる子供がいた。

「直《なお》次《じ》郎《ろう》君、さようなら」

惣三が挨拶をするが、その子は目を合わせることもなく無言で去っていく。他の職員にはきちんと挨拶ができるから、誰にでもそんな態度をとっているのではない。明らかに、惣三に対して、何らかの反感を抱いているようだ。直次郎は、他の子供たちが惣三と遊んでいても、決して交わろうとしない。むしろ、惣三を避けているのだ。

「どうも、嫌われてしまったようだ」

惣三は、つぶやいた。子供にだって、好き嫌いはあるだろうから、仕方がないとは思うのだが、ただ彼とそんなに接していないのに、自分を避けることの理由が知りたかった。

宇野に相談してみると、宇野はふいに、

「倉橋君が時々口にする言葉があるだろう。『幼子《おさなご》を……』というやつだよ」と聖書の言葉を引き合いに出してきた。キリストの有名な言葉「幼子を我に来らせよ」とは、

――イエスに触ってもらうために、人々が幼子らを御許《みもと》に連れてきたのを、弟子たちがたしなめたところ、イエスは憤り、彼らに「幼子らを私のところに来るままにしておきなさい。止めてはならない」と言った、という内容のものである。

惣三は内村鑑三《うちむらかんぞう》の聖書研究会に通っていたこともあり、この話を知っていた。イエスが子供の来訪を喜んで迎えようとする、子供への愛情深き対応に心から感動したのだ。なぜなら、子供は昔からうるさいものとされているからである。

「なぜ、イエスは子供をうるさがらなかったのだろう」

宇野は首をかしげた。

「イエスは、子供たちの素直さは何よりも神に近いとおっしゃっているんだ。確かに、子供はずいぶんうるさいこともある。ただそれは、子供をうるさいと思う人が、子供をうるさがる人だということだよ」

「そうか。ならば、君が避けられていると思っているということは、君自身がその子を避けているから、ということになるね」

「え……？」

「君は、誰よりも子供に対して心を開いている。だから、子供たちにも好かれる」

「別に、直次郎君に心を閉ざしているわけではないんだが……」

心当たりがなく、惣三は曖昧な返事をするしかなかった。

翌日の元良先生の授業は、まさに惣三のために用意されたかのような内容だった。

それは「心元の分極性」というもので、快、不快の心的活動についてである。快と快、不快と不快はそれぞれ連合する。それはつまり、うれしいことがあると、何を見てもうれしいと感じ、不快のときには同じものを見ても不快に思い、ちょっとしたことで人と衝突するというものである。

昨日、宇野に言われたことと通ずるものを、惣三は感じていた。

『君は、誰よりも子供に対して心を開いている。だから、子供たちにも好かれる』

惣三は幼稚園での出来事、また授業を通して感じたことを、まとまりなく元良先生に話した。

先生は固く閉じた唇を軽く曲げて微笑《ほほえ》み、静かに惣三の話を聞いていた。

「そのように、生活の中で、実際に多くの生きた事柄に関心を持つことは、非常に良いことだと思いますよ」

そう言って、惣三の態度を肯定した。

「ならば、君が彼らと同じくらいの年齢のころ、君は何を感じ、何を考えていた？　君自身がどのような子供だったのか、思い出してみるといいかもしれないな」

その日の放課後、お茶の水幼稚園に向かいながら、惣三は、自分が直次郎くらいの歳《とし》だったころに思いを巡らせた。

自分は一人っ子で、人見知りで、自分からはなかなか話しかけられない子供だった。だから、小学校へ行っても友達ができなくて、父の期待に応えられない自分が情けなくてつらかった。

浅草に引っ越してからも、最初はとても大変だった。友達ができないどころか、〝殿様ガエル〟だの、のろまだのとバカにされた。何も言い返すこともできない自分は、「勉強だけは、誰にも負けない」と思っていた。ちっぽけな〝士族の誇り〟という鎧《よろい》をつけて。

そんな寂しい心に飛び込んできたのが、一平ちゃんだった。一平ちゃんは、見ず知らずの、何者かも分からない自分を助けてくれた。道に迷って困り果てていたから、年下だろうと何だろうと、一平ちゃんに頼るしかなかった。

でも、同級生に対しては違った。自分から関わろうともしなかったし、頼ろうともしなかった。頑《かたく》なに心を閉ざしていたんだ。

直次郎は？　惣三の中で、かつての自分と直次郎が重なっていく。宇野の言葉が思い出された。

『君が避けられていると思っているということは、君自身がその子を避けているから、ということになるね』

思わず惣三は、幼稚園に向かう足を止めた。

同じだ――。今、直次郎に感じている気持ちは、かつて同級生に対して向けていたものと同じではないだろうか。自分を受け入れない相手。自分に、惨めな思いをさせる相手……。それが今は直次郎なのだ。自分はいつの間にか鎧を着て直次郎に接していたのではないか――。

自分から飛び込んでいかないところも、あのころと同じだ。直次郎に避けられていると思っていたが、実は自分が直次郎に寂しい思いをさせてしまっていたんだ。そう思うと、惣三は、直次郎に会いたくてたまらなくなった。

「直次郎君！」

幼稚園に到着すると、他の子供たちにまとわりつかれる前に、真っ先に彼の名を呼んだ。直次郎は一瞬、驚いた表情を見せたが、すぐに背を向けてどこかへ行こうとする。

「あ、待って、直次郎君」

惣三は直次郎の正面に回り、しゃがみ込んで目線をしっかりと合わせて言った。

「今日は、直次郎君と遊びに来たんだ。直次郎君のやりたいことをしよう」

「………」

「今まで、寂しい思いをさせてごめんね」

そう言った途端、直次郎から感じるとげとげしい波動が柔らかいものに変わったことを、惣三は感じた。

直次郎は、無言で惣三を園舎の中へと招いた。どうやら絵を描きたいようだ。

「お兄ちゃん、僕たちと外で遊びましょうよ」

他の子供たちが惣三を呼びに来る。

「ごめんね、今は直次郎君と遊んでいるから、また次にね」

皆が不満の声を上げても、惣三は直次郎の側を離れなかった。

直次郎は、黙々と絵を描き続けた。惣三の頭に、自分がここにいる意味があるのだろうかという疑問がふとよぎる。だが、時々顔を上げて惣三がそこにいることを確認すると、安心したようにまた描き始める直次郎の様子を見ると、やはりいるべきなのだと判断した。

そんな直次郎を見ながら、惣三は再び自分の子供時代を思い起こしていた。友達の輪に入れなくて、皆が楽しそうに遊んでいるのを眺めていたあのころ。かといって、運動が苦手な自分は、その輪に無理に入って遊ぶ気にもなれなかった。

直次郎は、あのころの自分なのかもしれない——そう思ったら、無理矢理、皆の輪の中に入れようとした自分は、彼のことを何も分かっていなかったと悔やまれた。直次郎のように、皆と一緒に遊べない子だっている。そんな子に、自分はちゃんと向き合っていなかった。それどころか直次郎に対して、自分を避けていると心を硬くしていたのだ。

「何を描いているの？」

惣三は直次郎に聞いてみるが、直次郎は答えない。ただひたすら描き続ける。惣三は、そんな直次郎の、一見冷たいとも思える反応も穏やかに受けとめ、じっと絵が完成するのを待った。

時々、「これはいい色だね」とか、「大きな口だね」などと話しかけてみるが、相変わらずの無反応である。それでも、心地良い空気が二人の間に流れていた。

しばらくして、直次郎ができあがった絵を惣三に見せてきた。そこには男性の顔が描かれている。四角い顔の輪郭に、思い切りのいい線で目、鼻、口が大胆に描かれ、髪の毛は爆発している。

お父さんか、お兄さんか、はたまた弟なのか……？

「まあ、上手じゃない！　惣三お兄さん？」

二人の様子を見に来た保母が、絵を見て声を上げた。直次郎がコクリとうなずく。

「ぼ、僕⁉」

自分らしさといえば、四角い顔しかない、と惣三は思ったが、まさか直次郎が自分を描いてくれていたとは思わず、うれしくて顔がほころんだ。

直次郎が無言で絵を惣三に差し出す。

「くれるの？」

再び、直次郎はコクリとうなずいた。

「ありがとう。部屋に飾って、大切にするよ」

それを聞いた直次郎は、満足したように外へ出て、一人で砂遊びを始めた。結局、彼は一言もしゃべらず、また表情からも何を思っているのか読み取れなかった。惣三が感じられたのは、あの穏やかになった波動だけだった。

「直次郎君、うれしそう」

先ほどの保母が、直次郎を見つめながら言った。

「あの子ね、自分の気持ちをうまく表現できないの。だから、なかなか皆と一緒に遊べなくて……」

「そうだったんですね。僕は何も気づいてあげられなかった」

「そんな。気に病まれる必要はないですよ。でも、あんなにうれしそうな顔は久しぶりに見ました。私たちも、一人の子に付きっ切りになれないでしょう?」

それ以来、惣三が幼稚園に行くと、直次郎も笑顔を見せるようになった。皆の輪に入らないのは変わらなかったが、惣三は折に触れて直次郎と遊ぶ時間を作った。直次郎と過ごす時間は、惣三の子供時代の寂しさが癒やされていく時間でもあった。

あのころの自分がしてほしかったことを、直次郎にしてあげよう。あのころの自分にしてあげたいことを、直次郎にしてあげよう。

惣三はこのとき、元良先生から学んだことが、知識から経験を通して実感として自分の内に蓄積されるのを感じた。これが先生のおっしゃっていた「感じたことを実際に経験することによって、初めて知恵になる」ということなのかと納得した。先生に直次郎のことを相談したときは、自分の話を聞いてはくれたが、特にああしろ、こうしろと指示されることはなかった。惣三自身が会得するために、先生はあえて何もおっしゃらなかったのだ——。

直次郎が描いた絵は自宅の部屋に貼った。それを見た同居人三人は、すぐに惣三だと言い当てた。惣三は誰もが一目で自分だと分かってしまうのが不可思議でならなかった。


日露戦争が続く中、惣三は二年生に進級。

その年、美学専修から転入してきた男がいた。学年は惣三の一つ下だが、歳は一つ上だ。実家は新潟で米問屋をしているそうだが、彼は東京の開成《かいせい》中学に通い、第二高等学校（二高・現在の東北大学）を卒業。そして顔がいい。男の惣三から見ても、思わず目を引かれるような華やかさがある。常に穏やかな笑みをたたえた顔は、彼の美しさを際立たせ、さらに上質な綿のシャツを小奇麗に着こなしたそのシルエットは、まるで彫刻のようだ。

そんな菅原《すがわら》教造《きょうぞう》と惣三は、ひょんなことから出会い、その関係は一生続くものとなった。

「クリームパン五つで五銭ね」

女学生たちで賑わう正門前の中村屋《なかむらや》で、惣三はパンを購入しようとしていた。

「あ、ちょ、ちょっと待ってください」

中村屋の軒先で、惣三は必死に懐をまさぐるが、どうしても銭入れがない。落としたのか、それとも忘れてきたのか……。周りの女学生たちも目の前の店員も、怪しむように惣三を見つめている。これはもう、恥を忍んで買うのを止めよう——。

「はい、五銭です」

どこからともなく、五銭が実に自然に差し出された。驚いて振り返ると、そこにはあの爽やかな笑みをたたえた男が立っていた。女学生たちが瞬時に色めく。

「あ、ありがとう。確か、君は同じ哲学科の菅原君だよね。明日、必ず返すよ」

「気にしないでください。金ならあるんで」

あまりにも率直で不遜な言葉に、惣三は思わずのけぞったが、不思議と嫌みな感じはしない。それが、この男の奇妙な魅力である。

「でも、必ず……あ、僕は二年の倉橋惣三です」

「知っています。無類の子供好きだと、一年の間でも有名ですよ。そのパンも子供たちに？」

「いいえ、これはお世話になっているお茶の水幼稚園の職員の皆さんに。高校時代からのなじみであるのをいいことに入り浸っているものだから、せめてものお礼に」

「そのクリームパン、新作でなかなかおいしいですよ。では」

菅原は、終始、余裕の立ち居振る舞いで去っていった。

翌日、惣三は金をきちんと菅原に返した。

「本当にすぐ返してくれたんですね」

「別に、買えないものを買おうとしていたわけじゃないからね」

「あはは。そりゃ、そうだ」

これをきっかけに、惣三は菅原とよく話をするようになった。というのも、スマートという指標でいえば全く対極にいるこの二人だが、共通の文化的嗜好《しこう》があったからだ。

きっかけは、惣三が持ち歩いていた画集や、子供たちが描いた絵である。もともと美学専修だった菅原は、すぐにそれに目を留め、絵画について語り合うこともしばしばだった。その他にも、一緒にそのころ流行《はや》りの新派劇を本郷座へ観に行ったりするようになった。

もともと惣三は、劇場よりも入場料が安い寄席によく通っていた。あの小気味のよい話し方を聞いていると、元気がわいてくる。噺家《はなしか》がわざとおどけてみせる表情に大いに笑ったり、町人同士の人情にしみじみしたりするうちに、好きな噺家や演目もできた。

菅原と行くようになった本郷座は回り舞台や花道もある大劇場で、惣三に新しい感性をもたらした。同じような題材でも見せ方によって、伝わり方も変わってくる。菅原の趣味は幅広く、惣三の父政直に通じるところがあったが、彼の場合は押し付けがましさがない。

菅原が惣三に与えた影響は、芸術方面だけではない。

あれだけ熱心に幼稚園通いをしながら、惣三が、保母をはじめとして女性というものに一切目を向けないことに気づき、怖気《おじけ》づく惣三を半ば無理矢理、舞踏会に誘い、女性と出会う機会を作ったり、時には行き先も告げず、いきなり吉原へ連れていったりもした。

そんな菅原は、よほどの遊び人かと思えば、かなり堅実だった。

「僕、来年の春に結婚するよ」

「何だって⁉　見合いか？」

「いや、ずっとお付き合いしていた女性だよ。日本橋にある内田老鶴圃《うちだろうかくほ》という出版社の娘さんで、内田ノブというんだ」

惣三は面喰《めんく》らった。自分たちはまだ学生の身分であるし、それに〝来年の春〟といえばまだ先のように聞こえるが、実際はあと三ヵ月ほどである。

「君は何というか……突拍子もない男だなあ」

「倉橋君」

冗談めかして言った惣三に、菅原は真面目な表情を向ける。

「人生は、そのときにしか与えられない一瞬一瞬の連なりなんだよ。長いようで、あっという間に過ぎていく。それに、いつ終わりを迎えるかも分からない」

いつも明るい菅原の表情に、今日はなぜか、そこはかとない悲しみがたたえられている。

「今回の戦争で、日本は勝った。でもね、それは多くの犠牲の上にだ。実際、僕の幼なじみは若くして戦死した。どうして出兵前に、一目会いに行かなかったのかと、今でも悔やんでいるよ」

菅原は、悔しそうにこぶしを握った。

思いもかけない言葉に、惣三は言葉を失う。自分にとって日露戦争は、物理的にも精神的にも、どこか遠くの話だった。けれど、菅原は大切な友人を失ったのだ。

こんなに菅原と一緒に過ごしていながら、彼がそんな思いを抱えていたことに、何も気づかなかった自分が情けなくて腹立たしい。

「だからね、『今』と思ったその瞬間を、僕は逃したくない。後悔するのは、まっぴらなんだよ」

それで菅原は、思い立ったらすぐ行動するのだ。それが周りには少々突飛な印象を与えてしまうこともある。でも彼は、ただ一瞬一瞬を懸命に生きているのだ。今、できることを可能な限り――。

「おめでとう」

ようやく、惣三の口から出てきた言葉は、心から菅原を祝福する気持ちだった。

「今度、紹介するから、僕の家に来たまえよ」

結婚後、誘いを受けて新居を訪問した惣三だったが、そこには妻のノブともう一人、女性がいた。

「こちらはノブの妹のトク。内田家は三姉妹なんだ」

「三女のトクです」

素っ気ない挨拶に、愛想笑いの一つも見せない。惣三にとって最も敬遠したい類いの女性だった。

惣三が、トクに寄席の話をしたときのこと。

「私、寄席には興味がありませんの」

ピシャリと言われて、それ以上、会話が続かなくなってしまった。はっきりした物言いと、いかにも気が強そうな雰囲気に、惣三は、やはり子供のほうがかわいいと思ってしまう。

しかも、〝とく〟という名前は、母と同じで、何となく呼びづらい。しかも、物静かな母とはまるで正反対だ。

「……苦手だ」

惣三は、誰にも聞こえないようにそっとつぶやいた。

6

春到来

自分は、幼児教育をするにしても、もっといろんな人間を知らねばならぬ——。大学で元良先生に学ぶ中で、惣三は以前に増してそのように感じていた。

そこで惣三は、お茶の水幼稚園だけでなく、近所にある盲唖《もうあ》学校や、精神、知的障がい児を教育する滝乃川《たきのがわ》学園、貧民街にあった二葉《ふたば》幼稚園（現在の二葉《ふたば》保育園）にもたびたび足を運び、さまざまな子供たちと触れ合った。

盲唖学校では、目や耳が不自由な子供を相手に意思の疎通の難しさを感じた惣三であったが、困難ではあっても、さまざまな手段を使って努力すれば通じ合えた。しかし、滝乃川学園ではそれが通じなかった。

しばしば肉親からさえもうとんじられている各種の精神、知的障がい児たち。しかし、園長たちにとっては、障がい児である前に尊い人間であった。このような全力の向き合い方を、これまで自分はしてきただろうか——。惣三はただただ、その子供たちにまっすぐ向き合っていく障がい児教育者の驚嘆すべき深愛と、驚くべき忍耐と、その姿から受けた強い感銘とを深く心に刻んだ。

二葉幼稚園は、明治三十三（一九〇〇）年に創立した日本初の私立幼稚園で、貧しい子供たちが、将来、犯罪者となる可能性のあることを嘆いて教育の必要を説いていた。当時、保育料を払えない子供たちを受け入れるには、富裕層からの寄付に頼るしかなかったが、これを実現し、無料で設立・運営するという革新的な偉業を成し得たのである。貧しい子供たちにも、フレーベルによる教育を与えたいと考えた創立者の野口《のぐち》幽香《ゆか》女史たちは、彼の理念を基本にした園作りをしていた。

このフレーベルこそ、十九世紀半ばに「幼稚園（キンダー・ガルテン）」という言葉を生み出したドイツの教育者、フリードリヒ・ヴィルヘルム・アウグスト・フレーベルである。決して子供を高いところから見下ろすことはせず、子供と共に歩み、子供と共に遊び、その様子は近郊の住人からは「バカ爺《じい》さん」と呼ばれるほどであったが、彼の教育思想は欧米そして日本にも伝わり、彼の考えた遊具「恩物《おんぶつ》」と共に、世界中の幼児教育に革命を起こした。惣三も、尊敬してやまない教育者の一人だ。

二葉幼稚園では、子供と遊んだり、教育的に考えたりするだけでは足りなかった。まずは基本的な生活の保護、そして彼らの身辺の世話を行き届かせることが必要だった。

惣三はこれらの園に通う中で、保育所と幼稚園で、幼児の社会境遇によって受ける教育に差別があってはならないという思いを強くした。

すべての子供たちに教育を――。惣三が敬愛するスイスの教育家、ヨハン・ハインリヒ・ペスタロッチの言葉が心によみがえる。ペスタロッチの生き様を思うと、惣三の胸はいつも高鳴るのだ。

自分はもっと、幼児教育の道を究めたい――。帝大三年生も半ばを過ぎたころ、惣三は大学院に進学することを決めていた。（惣三が進学した文科は当時三年制だった）

「これから、それぞれ新しか生活が始まるなあ」

明治三十九（一九〇六）年、新聞社に就職が決まった三郎太が、しみじみと言った。大学を卒業後、惣三と大賀は大学院へ、そして宇野は滋賀へ帰ることになった。小石川での男四人暮らしも、終わりの時を迎えていた。

大賀は大学院で植物細胞学を専攻するにあたって、ハスの研究を始めようとしていたところだった。彼は後に、古代のハスの花を咲かせ、「大賀ハス」と名付けられるほどの研究者となる。

「倉橋は子供、大賀はハス、宇野は牛しか興味がなかし、こん家《いえ》はおかしか奴《やつ》らばっかりばい。俺が一番まともたい」

「確かにそうかもしれないね。やはり、政治家を目指す人は、まともでないとね」

三郎太が新聞社に入社したのは、政治家を目指すため、まずは政治を知るべく政治部の記者として働こうと思ったからだ。

「日本はロシア帝国に勝利した。これからは、日本がどげん政治ばするかが重要や。俺は、いつかこん国《くに》ば世界一にしちゃる！」

三郎太が、ちゃぶ台に両手をつき、半身を乗り出して政治家の演説のように語る。

「そうだな。僕たちは、それぞれの分野で一番を目指そう」

惣三も三郎太に続いた。自分も、幼児教育の研究を極めたい。

しかしその前に、惣三にはしておきたいことがあった。それは志願兵になることである。当時は国民皆兵だったため、男子は必ず兵役があったが、志願兵になれば期間が短縮されるからだ。

志願兵になるためには、それなりの用立ても必要だった。惣三はそれを父に借り、自分は新聞や雑誌に精力的に原稿を投稿し、その原稿料で少しずつ返していくことにした。

その日も、惣三は原稿を持って日本橋にある出版社に向かっていた。

江戸時代、日本橋には喜多川歌麿《きたがわうたまろ》などの有名な浮世絵の版元があったし、明治時代に入っても、庶民にとって唯一のメディアであった出版物のほとんどが、日本橋の版元で作られていた。

つまり、日本橋は情報の中心地だったのだ。

そこで、ふと見知った看板を見つける。「内田老鶴圃」――菅原の妻、ノブの実家であり、惣三の苦手な女性の家でもある。

そのとき、前掛けをしたトクが店先まで出てきたのが見えた。客の見送りを終え、振り返ったトクは、惣三の特徴的なシルエットにすぐに気づいた。

「あら、倉橋さん」

「どうも……」

軽い会釈で済ませて、その場を去ろうとしたときだった。

「まあ、倉橋さんですの？　菅原さんやノブから聞いております。どうぞ、中でお茶でも」

トクを呼びに来た母が引き留める。

「い、いえ、私はたまたま通りかかっただけなので……」

惣三は回避を試みるが、商売人の押しの強さにかなうはずもなく、あっけなく奥の茶の間に通されてしまう。トクが茶を差し出す。

「今日は、お近くにいらしてたんですか？」

「ええ。原稿を入稿するために……」

「どんな内容ですの？」

その内容に興味を持ったのか、それからもトクは、大学院では何を勉強しているのかだの、幼児教育とはいかなるものかだの、子供からは人気がおありでしょうね、だのと話しかけてくる。急に関心を寄せられて、惣三はかなり困惑した。

「あ、あの、そろそろ行かないと……」

耐え切れずに惣三が切り出す。

「あら、ごめんなさい。私も子供が好きなもので……。私、末っ子でしょう？　だから、弟や妹が欲しかったんです」

初めて惣三がトクに共感を覚えた瞬間だった。自分は一人っ子で、浅草に引っ越してきたころは、一平たちから〝兄ちゃん〟と呼ばれることがうれしかった。トクもそんな気持ちなのだろう。

「そのお気持ち、分かります」

「あら、初めて気が合いましたわね」

トクが大きな目をわざと見開いて、おどけたように言う。きっと、寄席には興味がないと言ったことを覚えているのだろう。トクの楽しそうな様子に、惣三も自然と和んでくる。

確かに、トクははっきりとものを言う。反対も拒否もきちんと意思表示をする。それを、惣三は〝苦手〟と感じるが、菅原は「何を考えているか分かりやすい」と前向きにとる。トクという人間は変わらないのに、受け手のとり方で変わってしまう――。自分は、もう少し先入観を持たずに人を見るべきではないかと、惣三は反省した。これは、自分が出会う子供たちに対しても同じではないか――。

「また子供の話、聞かせてくださいね」

惣三を見送りに出たトクが言った。

「ああ、私は志願兵として、年末から静岡に行くのですよ」

「まあ、それは……。お気をつけて」

トクは惣三に深々と頭を下げた。

惣三が入隊したのは、静岡歩兵第三十四連隊。

訓練は想像以上に厳しいものであり、惣三を含めた、そもそもの目的が兵役期間短縮の一年志願兵たちも、ずいぶんと油を絞られることになった。

一年間の兵役が終わると、二年間の予備役に編入される。平時は普通の生活をしていていいが、有事の際、不足人員が出た場合は動員される。

この予備役の期間、惣三はここぞとばかりに、学術雑誌などへの原稿の執筆に没頭した。

翌明治四十二（一九〇九）年春には、社会に心理学を広めるため、惣三や菅原たちは元良先生の協力も得て、『心理学通俗講話会』を立ち上げた。そして、定期的に講談会を開き、その内容を、雑誌『心理学通俗講話』にまとめて発刊した。これは、後の明治四十五（一九一二）年に『心理研究』に引き継がれて定期刊行物になった。日本初の心理学専門誌（現在の『心理学研究』）である。

そして十月、惣三は将校試験に及第。折しもこの月、伊藤博文《いとうひろぶみ》がハルビンで暗殺される事件が起こり、日本にも不穏な空気が漂っていた。

この期間、惣三は執筆活動の中で知り得た子供に関する面白い論文があれば、トクにも送ってやった。それに対し、トクからも毎回返信をもらう中で、惣三はトクに対し、好意のようなものを抱いている自分を感じていた。

会って、自分のこのトクに対する感情が何なのかを確かめたい――。ここにきてやっと、惣三はトクに会いに行くことを決意した。将校試験に合格したことで、自分の中の区切りが付いたことも大きかったかもしれない。静岡に行く前にトクと会ってから、三年近く経《た》っていた。

店の入り口の前で咳《せき》ばらいを一つして、改まった気持ちで暖簾《のれん》をくぐる。

「ごめんください」

出版社特有のインクの匂いに、どこか懐かしい香りが重なって、惣三の鼻腔《びこう》をかすめる。以前、来たときの〝内田家〟の匂いだ。

「いらっしゃいませ……あら？」

前掛けをした若い女性が惣三の顔を見て目を見開いた。

「倉橋さん！」

およそ三年ぶりに見るトクは、少しふっくらしていた頬が締まり、髪も西洋風に結っていることで、すっかり年ごろの女性らしくなっている。たった数年で、女性はこのように変わるものかと、ドギマギしてしまう。

そんなトクが、惣三に掛けた言葉は、「まあ、軍隊に入っていらしたとは思えないくらい、変わっていらっしゃいませんね」だった。

しかし惣三は、トクのこういった物言いに、どことなく心地良さを覚えた。

「いやあ、兵隊など私には向いていなくて……。歌を詠みに行ったようなものです」

と頭をかいた。

「全く頼りのない兵隊さんですこと」

「我ながら、そう思います」

皮肉の一つでも言ったつもりが肯定されてしまい、トクは調子を狂わされてしまう。

「でも、トクさんからの返信、うれしかったです。ありがとうございます」

「別に、いただいたお手紙にお返事するのは、当然のことでしょう」

改めて面と向かってお礼を言われ、気恥ずかしくなったトクは、わざとぶっきら棒に答えた。

自分でもかわいげがないとは思うが、それでもニコニコしている惣三を見ると、どこか安心してしまう。

それからは、惣三はちょくちょく店に顔を出すようになった。原稿を持参してくることもあれば、新聞社に行くついでに立ち寄ることもあった。その間に、菅原の的確な恋愛指南があったことは言うまでもない。そのおかげもあり、トクの物言いは相変わらずだったが、惣三の中には免疫ができつつあった。

互いに対する警戒心が解け、余計な緊張がなくなってきたころ、ついに惣三が動いた。

「今度、実際に子供たちに会いに行きませんか。浅草公園には、たくさんの子供たちが遊んでいるんですよ」

そのあまりにも色気のない誘いを、トクはただ興味本位で素直に受けた。

その週末、惣三とトクは浅草公園を二人で歩いていた。秋晴れの空は、紅葉した木々の葉をより鮮やかに浮かび上がらせる。落とされた葉っぱたちは、カラカラと乾いた音を立てながら、ゆったりと歩む二人の足にまとわりつく。言葉少なに歩く惣三の隣で、落ち葉を踏みしめる心地良い感触と音を聞きながら、トクは思いを巡らせる。

想像していたのと違う。たとえば、日比谷公園を歩いて喫茶店に行ったり、三越《みつこし》呉服店（現在の三越伊勢丹《いせたん》グループの百貨店）をのぞいてみたり、梅園《うめぞの》でお汁粉を食べたり……。そういうのが、特別なお出かけではないのか。

子供たちと遊ぶからと、動きやすい袴をはいてきたし、髪の毛だってリボンもつけずに、一番崩れにくい束ね髪にしている。これは、いったい――。

「おお、いるいる」

惣三の声に、考えにふけっていたトクが顔を上げると、十数人の子供たちが公園の真ん中で思い思いに遊んでいた。

その中の一人が、すぐに惣三を見つけて近づいてくる。

「あっ！　お兄ちゃん、久しぶり！」

その声を合図に、その場にいた子供たちがわーっと惣三を取り囲んだ。この子供たちの惣三へのなじみように、トクはあっけにとられている。

「今日は、きれいなお姉さんも一緒だよ。トクさんっていうんだ」

子供の前だからか、惣三は恥ずかしげもなく、そうトクを紹介した。

「わあ、お姉さん、遊びましょうよ」

女の子たちは、同性の遊び相手に大喜びで、トクの周りに集まる。

「お兄ちゃんの妹？」「違うよ。全然、似てないもん」「そうだよ。お兄ちゃんに、こんなきれいな妹がいるわけないよ」

そんな子供たちのやり取りがおかしくて、トクもすぐに笑顔になる。

それからしばらく、女の子たちはトクと一緒に毬つきを、男の子たちは惣三と相撲をとった。

「お姉さん、上手！」「お姉さん、私にも上手なつき方、教えて」「次は私にも」……。

トクは子供たちに大人気で、すぐに溶け込んでいった。

「きゃあ、お姉さん、取ってぇー！」

子供たちがついていた毬が、高々と跳ね上がり、トクの頭上を越えようとしている。トクは両手を伸ばして毬をつかもうとするが、背伸びをした瞬間、バランスを崩す。体が傾き、倒れていくのを感じながらも、どうすることもできず、地面にたたきつけられる衝撃を覚悟して、目をつむった。

けれども、背中に感じた衝撃は地面の堅さではなく、何かに包まれるような感覚だった。

「だ、大丈夫ですか？」

トクは自分に何が起こったのか分からず、ぼんやりと青空を眺めていた目線を現実に引き戻す。半身を起こすと、何と惣三が自分の下敷きになっているではないか。

「す、すみません！　惣三さんのほうこそ、大丈夫ですか？」

「私は、肉厚なので大丈夫です。トクさんにお怪我《けが》がなさそうで、良かった……」

惣三は、心底ほっとしたように額の汗を拭いた。そんな惣三に守られたことに、トクは否《いや》が応《おう》でも彼が男であることを意識させられた。

「でも、お兄ちゃん、支え切れずに一緒に倒れちゃったんだよ！」

「し――――っ!!」

子供たちの罪のない暴露を、惣三は慌てて遮ろうとする。それを見て、トクが笑った。

子供たちと、そしてトクの笑いに囲まれて、照れたように笑みを浮かべる惣三の顔が幸せそうで、そこだけが日だまりのように暖かかった。

「子供たちは、やっぱりかわいいですね」

帰り道、トクが先ほどまでの子供たちとの触れ合いを思い出しながら、しみじみと言った。

「そうでしょう？　だから僕は大好きなんです」

子供たちを守りたいとか、育みたいとか、そんな説教じみたことは一切言わず、一緒に遊び、ただただ純粋に子供たちが好きだと話す惣三の笑顔には、一点の曇りもない。

「トクさんも、楽しかったですか？」

そう尋ねた惣三に、トクは、満面の笑みで答えた。

「はい、とっても」

日が短くなった空は、藍色に橙色《だいだいいろ》の絵の具をにじませたような夕焼けに染まり、トクの心にも温かな火が灯《とも》された。


「倉橋君、やったじゃないか！　トクが、浅草は楽しかったと言っていたぞ。順調そうだな」

数日後、大学院で元良先生に呼ばれた惣三が研究室に向かっていると、菅原が声を掛けてきた。菅原もまた、惣三が不在にしている間に大学院へと進学していた。

「そ、そうか」

あえて素っ気なく返事をする惣三に、菅原が耳打ちした。

「僕は、君が弟になってくれるのは大歓迎だ」

そう言って、菅原は愉快そうに去っていった。惣三が、菅原の意図するところをようやく理解したころには、すでに菅原の背中は見えなくなっていた。

「なっ、何を言っているんだ。全く、気が早いというか、何というか……」

菅原の言葉にすっかり動揺してしまい、惣三は一人でブツブツとつぶやいた。

気を取り直して、元良先生のいる研究室へと向かう。

惣三が部屋に入って一礼すると、元良先生は研究室内に置かれた椅子に座るよう促した。

「お話というのは……」

「うむ。そろそろ君も、教壇に立ってみてはどうかと思ってね」

「えっ……私がですか」

思いもよらない話に、驚く。

「君の顔なじみのところだがね、東京女子高等師範学校だよ」

「それは……お茶の水幼稚園の……」

お茶の水幼稚園は、東京女子高等師範学校（女高師・女子高等師範学校から改称）の附属機関だ。

「まあ、嘱託の講師だがね。欠員が出たから、倉橋君はどうかと、私に打診があった。そろそろ君も、論文を書くだけでなく、現場に入ってみてはどうかね」

惣三は全身の血が体を一気に駆け巡るのを感じる。

「ありがとうございますっ！　先生のご厚意にお応えできるよう、しっかり勤めて参ります！」

思いがけず保育への道が開け、惣三は力強く答えた。元良先生の言う通り、論文だけはたくさん書いてきたが、惣三には現場経験がなかった。せいぜい、個人の伝手《つて》で幼稚園に遊びに行く程度だったのだ。こんな願ってもない話があるだろうか――。

興奮気味に大学院を出ると、冷たさを増した秋の風が惣三の襟元を吹き抜けていく。いつもなら肩をすぼめるところだが、今の惣三の体は喜びで熱くなっている。

ますます気合の入った惣三は、これまで以上に精力的に論文を執筆した。

「惣三さんは、私と活動写真や動物園にも出かけますが、その結果が皆『子供と活動写真』『子供と避暑』『小供の遊びに対する私の理想』という論文になるのですから……。子供がいないと、生きていけないのですね」

トクは感心もするが、同時に半ば呆《あき》れながら、冗談めかしてそう言った。

自分と出かけることすら研究の一環なのかと思うこともあったが、二人でいるときの惣三はいたって紳士的であり、子供はもちろん、自分に向けられるまなざしは慈愛に満ちていた。


翌明治四十三（一九一〇）年の春、二人で上野動物園に出かけたときのことである。

「あのキリン、かわいらしいですね」「ほら、あそこの子供たちのうれしそうな顔！」などと、惣三はまるで大きな子供のようにトクに話しかけては、時々「お疲れではありませんか？」と、さり気ない気遣いを見せる。さらに、トクが見えにくそうにしていると、「負ぶりましょうか？」と尋ねて、トクに背を向けてしゃがむのである。

本気で自分を負ぶろうとしているのだろうか……。トクはその広い背中を見つめると、

「私は、子供ではありませんっ」

と、顔を赤くしてそっぽを向いた。けれど、幼くして父を失ったトクにとって、この惣三の父性は、まるで湯たんぽのように彼女の心をじわじわと温めるものだった。

「トクさん……あの……」

惣三は、今日こそはきちんと自分の思いを伝えなければと思い、しっかりした言葉を用意していたわけではなかったが切り出した。

「私がトクさんと出かけるのは、その……決して論文を書くためではなく、結果的に論文につながっているだけで、因果関係としては、卵が先か、鶏が先かという……」

歯切れの悪い言葉を続ける惣三に対して、トクは歯切れ良く言った。

「何をおっしゃりたいのですか?」

一瞬、言葉に詰まったが、惣三はここで勇気を奮い立たせる。

「ですからっ、私はトクさんと一緒にいたくてお誘いしているのであって、……これからもよろしくお願いします!」

惣三は一気に言い終えると、深々と頭を下げた。トクが今、どんな顔をしているのか見えない。いや、怖くて見ることができない。

しばしの沈黙。

「あ、もちろん、トクさんがお嫌でなければ……」

耐え切れなくなった惣三が、付け足しのように弱々しい声で加えた。

「こちらこそ、よろしくお願いします」

今度は、トクが深々と頭を下げた。

一瞬、何が起こったのか分からない惣三は、慌てて自分も再び頭を下げる。

「いえ、私のほうこそ、よろしくお願いします」

「ふふふふふ」

二人、顔を見合わせて笑った。

あたりの桜は満開で、優しいそよ風に舞い散る花びらが、ようやく訪れた惣三の春を祝福した。

そして、その年の五月、惣三はついに社会人としての一歩を踏み出した。東京女子高等師範学校講師嘱託、児童心理学担当である。

7 書庫と園庭

「元良勇次郎先生よりご紹介いただきました、倉橋惣三と申します」

緊張した面持ちで、惣三は東京女子高等師範学校の校長に挨拶する。

「君の話はよく聞いているよ。『婦人と子ども』にも寄稿してくれたそうだね」

『婦人と子ども』は、明治三十四（一九〇一）年に創刊された幼児教育専門誌で、惣三は元良先生を通して、昨年、明治四十二（一九〇九）年二月号の巻頭詩を担当したのだ。

続けて、校長は惣三にある男を紹介する。

「こちらは助教授の和田實《わだみのる》君だ。『婦人と子ども』の初代主幹（編集長）の東基吉《ひがしもときち》君は知っているね？」

東基吉は、『婦人と子ども』を創刊した人物だ。

「ええ。元良先生や加納治五郎《かのうじごろう》先生と一緒に『フレーベル会』でも活動されていた方ですよね」

『フレーベル会』とは、その名の通り、フレーベルに因《ちな》んだもので、明治二十九（一八九六）年四月二十一日、フレーベル生誕百十四回記念日に創設された保育研究団体だ。

「その東君から『婦人と子ども』の編集を引き継いだのが、この和田君だ。今は、保育実習科の指導にもあたっている。何かあれば、彼にいろいろ聞くといい」

校長からの紹介を受けて、和田は立派な口髭《くちひげ》を蓄えた顔を惣三に向けて会釈した。口髭は実にきれいに整えられている。

それから惣三は、和田の案内で校内を回った。続いて、附属幼稚園内へと進んでいく。

「ここは、君には説明するまでもないかもしれんがね」

「いえ、いつも庭で遊んでばかりいたので、中のことは全く……」

イギリス風の車寄せのある洋館づくりの建物の張り出し屋根のある玄関に上がる。保育室を一つ過ぎると、細い廊下が交差している。そのまままっすぐ廊下を行くと、その奥に保育室が三つ、南側に続く。廊下の北には、窓越しに木々の生い茂った古庭が見え、突き当たりは廊下を隔てて広い遊戯《ゆうぎ》室がある。

「君も知っているとは思うが、幼稚園にはさまざまな疑義や批判の声があった。学齢までの幼児は、母親の膝下で育てるのが自然だとか、幼稚園は特権階級のものであるとか、小学校教育に弊害があるとかね。私の恩師である東基吉先生らは、それらに懸命に対処された」

前を歩いていた和田は、口髭を一なでにすると、惣三のほうを振り返る。

「はい、存じております。この『フレーベル会』の活動が契機となって、『幼稚園保育及《および》設備規程』が制定されたことも」

当時、全国の幼稚園数は二百二十を超えていたにもかかわらず、準拠すべき法令がないとして、「幼稚園教育令の制定」「保母養成機関の設置」「保母の待遇改善」などを求めて、明治三十一（一八九八）年、『フレーベル会』が文部大臣に要求を提出したのである。

そんな話をしながら、二人は遊戯室の隣にある参考品室（書庫）に到着した。

日の入り方が悪く、埃っぽい空気がこもっているが、惣三には宝庫のように思えた。

「ここの資料は、自由に拝見してよろしいのでしょうか」

「好きに見たまえ」

嘱託である惣三は、女高師の上級生に毎週、児童心理学の講義をする他は、附属幼稚園に入り浸るか、この書庫で過ごすことになった。

そこにあったのは、明治初年からの保育書類で、美濃紙《みのがみ》和とじ本の古雅な体裁の貴重なものであり、惣三の知的好奇心をかき立てるには十分すぎるほど魅力的なものだった。

「よし、片っ端から読んでみよう」

自分がこれまで幼稚園に来ていたのは、子供が好きで、単純に子供と遊ぶのを楽しんでいただけだった。もちろん、大学時代は、多少〝児童研究〟のためと称して、子供に対して実験じみたこともやってみてはいたが、それは遊びの延長でもあった。

つまり、これまで惣三は幼稚園という「入れ物」や、何のためにその「入れ物」へ子供を集めるかということには無頓着だったのである。

惣三は、これらの虫食い本を読みふけるにつれて、どうしてもその原典に当たらずにはいられなくなった。フレーベルの神秘主義哲学については、ドイツの哲学者フリードリヒ・ヴィルヘルム・ヨーゼフ・フォン・シェリングに遡って研究し、フレーベルの大ざっぱな生物化学的な考え方を、その拠《よ》りどころであったドイツの博物学者ローレンツ・オーケンに求めたりして苦闘した。もちろん、フレーベル自身の『人間の教育（Menschenerziehung）』や『母と子の遊戯の歌（Mutter-und koselieder）』、恩物に関する幾多の解説に触れることによって、彼の幼児教育の精神と創意とに深く感嘆した。

「これじゃ、どこまで読んでも追いつかないな……」

読書に疲れると、園庭に出て子供たちと遊んだ。薄暗く、明治初期からの空気が停滞する書庫とは対照的に、庭は明るく、四季の風が吹き、子供たちは生き生きと躍動している。

フレーベル研究を進める中で、惣三は現状の附属幼稚園が正統なフレーベルの精神を体現していないことに葛藤を抱くようになった。あるべき幼稚園の姿とは、どのようなものなのか——。

それは惣三にも分からなかったし、尋ねられる人もいなかった。大学には保育を講ずる学者はいない。元良先生のような尊敬すべき児童心理学者や、童話創作の達人や知識人などはいたが、彼らは幼児教育学者ではない。幼稚園がまださほど必要とされていない時代、現場で実践を重ねる保育の専門家はおれども、保育理論学者には出会えずにいた。

「どうしたらいいのだろうか……」

子供たちが帰った後の園庭に一人たたずみ、惣三は小さなため息をこぼした。それは、夏の風が揺らす大きな銀杏の枝のざわめきにかき消される。

導きが欲しい。幼稚園や幼児教育をもっと良くするために、先を照らしてくれる存在が。

そして、嘱託講師の合間にもっとできることはないかと考えた惣三は、他の就職先を探してみることにした。保育の道を自分の力で広げていこう――そう思い立ってのことだ。

いくつか回って話を聞いてみたり、講師の空きを探してみたりしたが、募集しているのは保母であるとか、経験の浅い文学士などお呼びでないといった具合で、なかなかうまくいかない。

何も進展しないまま夏休みが終わり、嘱託講師を始めて四ヵ月が経った九月――。

「どうだい、講師の仕事は」

『心理学通俗講話会』で元良先生に会った折、惣三はそう声をかけられた。

「ええ、生徒たちに教えるのはまだ不慣れで難しいこともありますが、やりがいを感じております。もっと経験を積んで精進せねばと思っております」

元良先生はいつものように穏やかな表情で、惣三を見ながらうなずいた。

「それは良かった。そろそろ君も嘱託ではなく、しっかりと現場を持ってはどうかね」

「えっ。それは……」

惣三が現場を探していることを、先生には相談していない。それなのになぜ……？

「君が今、いろいろと悩んでいるのは私も知っている。それはそうだ。実践を重ねる教師や保母は多くいるが、保育専門の研究者はいない。未開拓の分野であるということだね。だから焦らないことだ。君がこれから経験を積み、それを基に君こそが保育の専門の学者となるといいんじゃないか？　そこでだ。そのための新たな経験として、どうだろう。青山《あおやま》女学院高等普通科の教師になってみないか」

惣三は驚いた顔で、元良先生を見つめた。すると先生は申し訳なさそうな表情で続けた。

「私は君の指導教授だったが、あいにく君が求める回答を持ち合わせていない。私が力になれるのは、君にその理論を確立してもらうための実践場所を紹介することくらいだ」

「本当に、何から何まで……。何とお礼を申し上げていいか……」

惣三は深々と頭を下げる。自分の悩みをすべて知った上での、元良先生の深い愛情が、惣三の胸に水紋のようににじわりと広がっていく。

「倉橋君。私も、私以前に、日本には心理学者はいなかったのだよ」

その一言に、惣三はハッとした。そうだ、先生は道を切り拓《ひら》いてきた方であった。

心理学という言葉はあっても、日本語の書物もなく実験の仕方も知らない時代に、先生はアメリカへ渡り、最先端の心理学や実験方法を体得し、日本初の心理学者になった。先生こそ先駆者だ。そんな元良先生は、我々学生たちにも余計な指図はせず、常に見守り、卒業後も気にかけてくださる――。

惣三は背筋を伸ばすと、再び元良先生に深く頭を下げずにはいられなかった。

こうして、惣三は青山女学院高等普通科、青山女子手芸学校教師（心理学・教育学担当）に就任することとなった。

女高師の嘱託講師との兼務だったから、惣三の生活は一変した。これまでのように書庫にこもる時間も、子供たちと園庭で遊ぶ時間もめっきり減ってしまったが、惣三の心の充実感は日に日に増すばかりだ。

何より、まだまだ未熟な自分にこのような機会を用意してくれた元良先生の期待に応えたいという気持ちが強かったし、そのために、何としてもしっかりとした幼児教育というものを構築したいという思いが、惣三を駆り立てていた。

年が明けて明治四十四（一九一一）年、惣三は和田實と共に『婦人と子ども』の編集にも携わるようになった。

発行部数が安定したとはいえ、肝心の雑誌に掲載する原稿を集めることは、毎号の悩みだった。題材が限られている上に、その分野の研究者や知識人も限られている。時には惣三自身がいろいろと名前を変えて論文を書いて、何とか埋め合わせることもあった。そのたびに、自分の書く材料が貧弱であることを痛感し、悔しい思いをした。しかし、それがまた惣三の研究心を煽った。

「そんなに書くことに困るなら、家庭教育について書いてみたらどうだ」

原稿用紙を前に頭を抱える惣三に、和田が提案する。

確かに、子供の教育は、何も幼稚園でのみ行われるのではない。家庭での両親の教育も、子供にとっては大きな影響力を持つ。けれど――。

「自分に親の実体験がなければ、真実は語れないと思うのです」

親として子供を教育したことがない自分が家庭教育を語って、果たして説得力があるだろうか。単なる机上の空論に終わってしまうのではないか――それが惣三の考えだった。

「ならば、君も早くその実体験を持ったらどうだ」

和田のその言葉は、惣三に直球で結婚を意識させた。惣三は今年の冬で二十九歳、いつ結婚してもいい年齢だ。

トクだって、惣三には何も言わないが、年齢を考えても意識をしているかもしれない。ここ最近は目まぐるしく働いていたから、なかなかトクと会う時間も持てずにいたが、そろそろ自分も身を固める時期ではないかと思うに至った。

惣三は、まずはトクを元良先生に紹介しようと考えた。それは、つまり結婚を前提としていることになる。トクに話をしなければ――。

惣三とトクは久しぶりに並んで出かけ、日比谷公園の西洋風庭園を歩きながら、色とりどりの花々を見て回る。いや、見ているようで見ていない。無言のまま歩く惣三の頭の中は、いつ話を切り出すかということでいっぱいだった。

そんな、いつもと違う惣三の様子に、トクはとうに気づいていて、何か話したいことがあるのだろうと、黙ってついて歩いていた。野外音楽堂手前の池のほとりに着くころ、惣三は思い切って、トクを元良先生に紹介したいと告げた。

「つ、つまりは、それは……その……」

肝心なことを伝えようとすると、焦る気持ちが思いを言葉に結ぶのを邪魔する。

「大事なことをきちんとおっしゃらないのは、惣三さんの悪い癖ですわ」

じれったくなったトクが言うと、惣三は腹を決めた。体全体が心臓になってしまったかのように激しい動悸《どうき》の波に揺さぶられながらも、トクの目を見て心を込めて言った。

「私と、一緒になっていただけませんか」

ある程度は予測していたはずなのに、トクは想定外の胸の高鳴りに戸惑う。うれしいのに、開いた口からは何も言葉が出てこない。そんなトクに、惣三はなおも続けた。

「私と、人生を共に歩んでくれませんか」

分かっていても、実際に言われると、こんなにも気持ちが舞い上がるものなのか――。わき上がってくる感情の渦に呑み込まれそうになり、トクはその場にしゃがみ込んだ。

「だ、大丈夫ですか、トクさんっ」

惣三もしゃがんで、トクの顔をのぞき込む。トクは、両手で顔を覆い、首を振った。

「人生でたった一度しか味わえない幸福の瞬間を迎えて、大丈夫なわけがありません」

それを聞いた惣三は、緊張が解けたようにストンと尻を地べたにつく。

「どうぞ、一生、よろしくお願いします」

やっと顔を上げたトクは、しゃがんだまま、惣三にちょこんと頭を下げた。惣三は姿勢を正そうと起き上がろうとするが、うまく体が動かない。

「す、すみません、すっかり力が抜けてしまって……。こんなに緊張したのは、梁木《りょうぼく》通過の訓練以来かもしれません」

兵役のとき、足をがくがくと震わせながら長い梁《はり》を渡った梁木訓練を思い出す。死にそうな思いでえいやと足を踏み出し、恐る恐るつま先を差し出し歩いた、あの感じと似ている。

「まあ、私が鬼教官とでも言いたいのですか？」

「そ、そうではなく……」

やっと二人で笑い合う。トクの手に引かれて、ようやく惣三は立ち上がることができた。

もっとしっかりしなければ。この笑顔をいつも見られるように。でも、自分がトクを支えると思いながらも、きっとこうやって彼女の太陽のような明るさに支えられていくのだろう。そんなことを考えながら、惣三はトクの温かく柔らかな手を強く握った。


元良先生にトクを紹介する日——。

日本橋にあるトクの実家の近くにある西洋料理店三州屋《さんしゅうや》で待ち合わせた。当時、永井荷風《ながいかふう》に高村光太郎《たかむらこうたろう》、北原白秋《きたはらはくしゅう》といった名だたる芸術家たちによって開催された「パンの会」*のほか、与謝野鉄幹《よさのてっかん》や森鷗外《もりおうがい》などがよく使っている店だ。西洋料理が好きな元良先生のために、惣三が選んだ。

トクとの結婚について、惣三は両親にも手紙で知らせていた。元良先生に紹介した後に帰省して、きちんと報告する予定だ。

「こちらが、内田老鶴圃の三女、内田トクさんです」

惣三が元良先生にトクを紹介する。トクは恭しく一礼し、物静かにたたずんでいる。

一通り料理を味わい、腹と気持ちを落ち着かせると、元良先生がトクに話し始めた。

「倉橋君は、真面目な男です」

「ええ、存じております」

「おかしな男でもあります」

「それも、存じております」

それはいったいどういうことかと、二人に尋ねたくなる気持ちを、惣三はぐっと抑える。

「しかし、おかしな男はこれまでなかった新たなものを生み出す人間だと、私は思う」

惣三は隣に座るトクの横顔を見る。すると、トクは元良先生をまっすぐ見て言った。

「私も、そう思います」

「ははは。倉橋君から聞いていた通り、はっきりと自分の考えを話される方だな」

トクにとっては自然な返答だったが、慌てて謝罪した。

「申し訳ありません。母からも、あまり女が出しゃばるなと言われておりますのに……」

「構いませんよ。女性が男性の前に出てはならぬということはないと、私は思っています」

元良先生の言葉に、トクは驚きと安堵《あんど》の表情を浮かべてうなずいた。

「特に、倉橋君には、あなたのような性格の女性がお似合いだ。なあ、倉橋君」

「え？　ええ、そうですね……」

急に水を向けられて、惣三は思わずしどろもどろになる。

「まあ、倉橋君はこういう男だから、なかなか人に理解されにくいところもあるかもしれない。でもね、何に対しても一途《いちず》な男だから、どうか彼をよろしく頼む」

まるで父親のような元良先生の言葉に、惣三の胸が熱くなる。誰よりも自分のことを理解してくれて、うんと年下のトクにまで、丁寧に紳士的に接してくれる。トクと祝言を挙げるなら、仲人は絶対に元良先生にお願いしようと、惣三は心に決めた。


そんな矢先、今は再び静岡に戻って暮らしている父から返信が届いた。達筆な字面からは、父の表情も声色も読み取れないが、惣三の目は「認メズ」という文字に釘付けになり、硬直して動けなくなる。

なぜ――。なぜ、父はトクとの結婚を認めてくれない。仕事も得て、曲がりなりにも身を立てられるようになり、ようやく生涯を共にしたいと思える女性と出会えたというのに。

納得のいかない気持ちが後から後から尽きることなく惣三の脳内を巡り、爆発しそうになる。

惣三は、直接会って話をするほかないと覚悟を決めた。

＊パンの会……パンというギリシア神話の牧羊神の名をうたった交遊会

8

約束

「平民ではないか」

静岡からの帰りの列車の中、父から言われた言葉が何度もよみがえってくるたび、惣三は膝の上に置いたこぶしを強く握りしめる。

「私は、結婚に反対しているのではない。結婚する相手が問題だと言っているのだ」「お前には散々言ってきたはずだ。『士族の誇りを持て』と。浅草へ出したあとも、『平民の子と遊ぶのは、ほどほどに』と。何のために私がお前を東京へ出したと思っているんだ!」

父は何と時代錯誤なことを言うのだろう。明治になって久しいというのに、士族だの平民だのと――。握りしめたこぶしが怒りで震える。

車窓の外に広がる景色は、何も目に入ってこない。ただ、窓ガラスに反射してうっすらと映る、虚《うつ》ろな目をした自分の顔をぼんやりと眺めた。

東京へ戻ってからも、惣三は、まるで週刊誌のように、毎週、毎週、父に手紙を送った。しかし、一度も返信が来ることはない。

惣三の焦る気持ちを嘲笑《あざわら》うかのように、季節は移り変わり、もう年を越そうとしている……。

惣三は内田老鶴圃へと出向いた。途中から雪がちらついてくる。あいにく傘を持たずに出た惣三はそのまま足早に店へと向かった。ちょうどトクの母が出てきたが、惣三を見るなり表情をこわばらせる。

「今、トクは出かけております」

「そうですか……。いつごろ、お戻りでしょうか」

「あの……倉橋さん」

トクの母は遠慮がちに、しかし意を決したように切り出した。

「できれば、もうトクとは会わないでいただきたいのですが」

「え……」

突然の申し出に、惣三の全身が固まる。

「トクももう年ごろでしょう？　今を逃したら、良い縁談も来なくなると思いますの。あなたのご両親が反対なさっているのなら、結婚は難しいのではありませんか」

トクを彷彿《ほうふつ》とさせるはっきりとした物言いに、惣三は何も言い返せなくなる。

「では、失礼いたします」

引き戸が閉まる冷たい音だけが、静かな通りに響く。

惣三は、しばらくその場から動けなかった。いつまでも父親を説得することができず、こんな状況を招いてしまったのは自分のせいだ。惣三は黙って引き返すしかなかった。

そんな折、追い打ちを掛けるように、惣三に悪い知らせが届いた。最近、体調が優れないと言っていた元良先生が、脊椎カリエスと診断されたのである。カリエスは結核の一種で、当時は重病とされていた。

惣三の心配をよそに、病床にある当の本人は、

「ところで、君の婚礼の招待が来ないのだが、どうなっている?」

と、人の結婚の心配をしている。

「それが……私の父をなかなか説得することができず……」

「ほう、それは大変だな。もう半年以上も経っているではないか。今度、私が君のお父上に会いに行って話をしてみよう」

元良先生が、事もなげにそう言うので、惣三は慌てて止めた。

「そのようなお体で! 父のことは、自分で何とかせねばならぬ問題ですので、元良先生にわざわざ静岡に出向いていただくなど……」

「会ってみたいのだよ、私が」

必死に止める惣三を遮って、元良先生は続けた。

「君のような息子を育てたご両親のお話を伺ってみたい。それに、実の親子というのは、かえって折り合いが難しいこともある。第三者が間に入るのも手かもしれないぞ」

教え子の結婚にまで、こんなに親身になってくれる先生がいるだろうか。惣三は、ただただあ

りがたく、首《こうべ》を垂れた。

明治四十四（一九一一）年七月、元良先生の体調が落ち着いているのを見計らい、惣三は再び静岡に向かった。隣では、夏用の薄いベージュのスーツを着こなした元良先生が、白いハットを膝の上に載せて座っている。今回は、地方での講演のついでという名目で実家に立ち寄ることにしている。

二人で駅に降り立つと、同時に大きな深呼吸をした。元良先生は、惣三の故郷の空気を思い切り吸い込むために。惣三は、これから待ち受ける父との戦いのために――。

「いつも、息子が世話になっております」

固い挨拶をした父と、控え目にお辞儀をする母に、元良先生はにこやかに答えた。

「こちらへ参るのを楽しみにしておりました」

夜の食卓には、旬のカツオの刺身が並んでいる。

「海が近いと、魚も新鮮でおいしいですねえ。このような美味《うま》い刺身は、初めてです」

元良先生は刺身を頬張り、舌鼓を打つ。見ているほうが幸せになるほどおいしそうに食べる先生の姿に、その場の空気も和む。

「惣三は、東京でちゃんとやっておりますでしょうか」

もう三十路《みそじ》も近い息子を心配する父の言葉を、惣三は恥ずかしく思う。

「いやあ、感心しますよ。彼はいずれ、新しい保育論を必ずや確立させるでしょう。それは、未来の日本を作る子供たちを育てる理論です。彼は、日本の未来を作っているのですよ」

「私には、いつまでも子供と遊んでいるだけのようにしか見えませんが……」

惣三は頭を抱えた。父はそのように思っていたのか……。

「彼は、いつも子供の目線を持っています。子供にとって、同じ目線の大人がいてくれることが、どれほど救いになるでしょう。私は子供のころに、彼のような教育者に出会いたかった。もし孫がいれば、彼のような先生に出会わせてやりたいと思っているほどです」

気恥ずかしいほどに自分を評価する元良先生の言葉に、惣三は視線を彷徨《さまよ》わせる。

「ただ一つ、不満があるとしたら──彼がまだ結婚していないということです」

その言葉を聞いた途端、父と母が身構える。元良先生から結婚の話をされるとは思っていなかったようだ。

「彼がこの先の研究をしていく上でも、結婚は彼の心を豊かに、広く、大きくする重要なものだと思うのですが……」

「もちろん私たちも、然《しか》るべき相手と、早く身を固めてほしいと思っております」

父の言う「然るべき相手」とは、士族のことである。

「それなら、もういるようですよ。私も会いました。ええと、確か……内田トクさん」

父の顔が、引きつる。

「先生は、会われたのですか？」

「ええ。素敵な女性でしたよ。彼のような、心優しいが少々引っ込み思案なところがある男にぴったりの、聡明《そうめい》な方でした」

父は、苦々しい顔で何とか反論しようとする。

「息子には、できる限りの支援をしてきました。だからこそ、しっかりとした家柄の子女と結婚してもらいたいと、私たちは思っているのです」

「父上は、トクが士族でないというだけで、反対しているではありませんか！」

つい感情的になった惣三を、元良先生が制する。

「おっしゃる通り、お父上は素晴らしい教育をされたと思います。まだ幼い彼を東京へ出し、彼もそれに応えてきた。しかし、それがエリートと言われる道だからということではなく、彼の心からの願望ゆえに努力をして歩んできた。そこが素晴らしいのです。将来、彼が日本の教育界を背負って立つ男になることは間違いありませ……ゴホッゴホッ」

静かに話していた元良先生が、急に咳《せ》き込《こ》み始める。惣三は、慌てて先生の背中をさすり、お茶が入った湯飲みを差し出した。お茶を口に含むと、先生はさらに続けた。

「でも、そのような輝かしい経歴を持ちながら、幼少時代の浅草での庶民的な気持ちや心を失うことなく、常にそういう人たちの側に立つことができる……。それが、勉強ばかりしてきた他の頭でっかちな学者とは違うところです。彼のような存在が今後、必要とされるでしょう。お父上はご不満かもしれないが、それは士族という肩書をも超えているのです……それができる気質こそが……この日本を……」

息が荒くなってくる先生を、父も心配そうに気遣う。母は、隣の部屋に布団を用意した。

「も、もう、これ以上お話しにならないほうが……」

父も止めに入ったが、元良先生は「あと少し」と話し続けた。

「彼を信じてやってください。彼の信じるものを信じてやってください。彼が選んだ女性を、信じてあげてください。お父上が大切に育てられた息子さんは、必ずや、この日本の保育界に新風を吹かせるでしょう。それには、新しい考え方が必要なのです。トクさんはそれに相応しい女性だと、私が誓って申し上げます……私は、彼を信じております……」

そこまで言い終えると、元良先生はぐったりとした様子で惣三の腕の中にもたれた。

「先生っ！　元良先生！」

惣三は急いで、母が敷いてくれた布団に先生を運び、寝かせた。無理をさせてしまった後悔が押し寄せ、惣三は片時も離れず、苦しそうな先生のそばで、そのまま朝を迎えてしまった。

元良先生が動いた衣擦《きぬず》れの音に、惣三が目を覚ます。

「先生、お加減は」

「大丈夫ですよ、入院生活で少し体力が落ちただけで、体調は問題ない」

元良先生は両親が引き留めるのをやんわりと辞し、惣三と共に帰路についた。

「何とお礼を申し上げていいか……いや、何とお詫《わ》び申し上げればいいのか……」

惣三からは、その二言しか出てこない。

「ご両親は、本当に君のことを誇りに思っているのだね。私も少しは君の役に立っていればいいのだが……。それにしても」

元良先生は、車窓の外の家並みの奥に広がる海を見ながらつぶやいた。

「あのカツオは、絶品だったなあ」

懐かしむような声を聞きながら、惣三は今回の元良先生の命がけの説得を決して無駄にすまいと、結婚にも、研究にも誠心誠意向かうことを胸に誓った。


東京に戻るとすぐに、惣三は両親に手紙を書いた。元良先生は無事に帰られたこと、そして自分がいかに素晴らしい恩師に恵まれているかを書き連ねた。あわせて、これまで自分のやりたいことをさせてくれたことに、改めて両親への感謝の思いを綴《つづ》った。最後に惣三は、これまで自分をずっと見守り続けてくれた両親や元良先生のような愛情深き人間となり、トクを愛し、そして子供たちを愛する保育者になっていきたいと、思いを伝えた。

すると、程なくして、父から手紙が届いた。緊張で手が震えたが、意を決して封を開ける。

読み終えるやいなや、惣三は手紙を握りしめて、一目散に駆け出した。気が急《せ》いて、息をするのももどかしい。足が絡まって、何度も転びそうになりながら、何とか駒込浅嘉町《こまごめあさかちょう》（現在の本駒《ほんこま》込《ごめ》一・三丁目あたり）にたどり着いた。

「はあ、はあ、はあ、はあっ……！」

せっかく玄関先に着いたものの、息が上がってなかなか声を出すことができない。やっとの思いで玄関の引き戸をノックする。

「急に押しかけてしまい……申し訳ございません。……倉橋……惣三と申します」

息も絶え絶えに語る惣三が居間へと通されると、そこには惣三が一番に報告したかった人——元良先生が座っていた。

「どうしたんだい、そんなに慌てて。さては、良い知らせが聞けるのかね？」

「そ、そうなのです！」

惣三は、手の中でくしゃくしゃになった手紙をそのまま元良先生に広げて見せる。

——お前を信じる。元良博士に深謝す。——

父の手紙はこれだけだった。このたった二文に、惣三に対する愛情と激励、そして元良先生に対する敬意と謝意が込められた、父らしい文面だった。

「倉橋君、良かったね。ご両親の愛情と、君の熱意の賜物《たまもの》だな」

「何をおっしゃいます。すべて、元良先生のおかげです。それで……私は、以前から心に決めていたことがあるのです」

惣三は姿勢を正し、正座をして両手をついた。

「私とトクの婚礼では、元良先生に仲人をしていただきたいのです。何卒《なにとぞ》」

深々と頭を下げる惣三に、元良先生は渋い顔をして「ううむ」と唸《うな》った。

「先生以外に考えられませんっ。先生のお力添えがなければ、父からこのような返信が来ることはありませんでした。どうかっ」

なおも食い下がる惣三に、元良先生は苦笑いを浮かべた。

「そうだ、君はこうと決めたらあきらめない、しぶとい性格だったね」

そうして、仲人を承諾してくれた元良先生に、惣三は何度も何度もお礼を言って、そのまま日本橋へと向かった。

父の許しを得たことを話したら、トクはどんな顔をするだろうか。いや、こんなに待たせてしまって、さすがに堪忍袋《かんにんぶくろ》の緒が切れているかもしれない。そもそも、トクの母に取り次いでもらえるだろうか。前回、来たときは、文字通り門前払いだったが……。

「ごめんください」

「はーい」

店の中から声が返ってくる。すると、トクが暖簾を上げて、ひょっこり顔をのぞかせた。

「惣三さん……！」

「本当に長い間、待たせて悪かった。改めて言わせてください」

惣三は、トクの目を見つめる。

「私と、結婚してください」

惣三が見つめるトクの瞳がみるみる涙で満たされ、揺れている。トクは言葉を発せずにいる。代わりに、その大きな瞳から一筋、また一筋と涙があふれた。

「もう……遅いです」

まさかトクは……？　惣三は立っているのもやっとの思いで、トクを見つめる。

「私は、嫁に行くことが決まってしまったのです」

「わ、私からその方にお話しして、辞退していただくよう、お願いしますから！」

「私が決めたのです」

その一言は、決定的だった。トクの気持ちが変わってしまったのなら、もう打つ手がないではないか。それでも――。

「それでも、私はトクさんをあきらめられません！　あなたは、私の人生になくてはならない人だと思っています」

未練がましいことは承知で、惣三は思いの丈を伝える。けれども、それがまたトクを苦しめてしまうのなら本望ではない。トクは、惣三から顔を逸らして泣き続けている。

「あなたを長らく待たせてしまったのは、私の責任です。……どちらへ、嫁がれるのですか？」

「私が嫁ぐのは……」

惣三は聞きたいような、聞きたくないような複雑な気持ちで、目を固くつむって次のトクの言葉を待つ。

「倉橋家です」

あまりの思いがけない答えに、惣三は目を大きく見開く。そして、自分自身を指差す。

トクは涙で濡れた顔に笑顔を浮かべてうなずく。

「私は、倉橋惣三さんのお嫁に参ります」

思わず惣三はトクを抱きしめた。

「ちょ、ちょっと惣三さん！　ここは店先ですよっ」

通りすがりの人たちの視線を集めたトクが、惣三の体を離そうとするが封じられる。

「心臓に悪すぎます。本当にどうしようかと……」

今にも泣きそうな声を出す惣三に、トクは惣三の体を離そうとしていた力を緩める。

「私を待たせた罰です。これくらいは、許されるでしょう？」

「本当に……あなたにはかないません」

惣三は、トクの体を解放したものの、その手を握って二人は見つめ合う。

「商売の邪魔ですよっ」

突然、背後からトクの母の不機嫌そうな声が聞こえて、惣三は慌ててトクの手を離した。

「全く、どれほど気を揉《も》んだことか……」

トクの母は呆れたように言いつつも、その表情には安堵の色がうかがえる。

「申し訳ありませんでした……。改めて、ご挨拶させてください。トクさんを……」

「ああ、はいはい。早くもらってってくださいな。こっちはもう、トクとのケンカにほとほと疲れ果てましたわ……」

「お母さんたら、無理矢理縁談を進めようとするものだから、私、断固として反対しましたの。お約束をわざとすっぽかしたこともあったわ。でも、ついに私が勝ったんだわ！」

トクは、自信をにじませた笑みで母を見る。

「お義母《かあ》さんが大切にトクさんを育てられたように、私も彼女を大切にします」

惣三は、トクの母に向かって、深々と頭を下げた。

「こんな店先で立ち話みたいに……」

そう言うトクの母の目には、大粒の涙が光っていた。


翌明治四十五（一九一二）年六月、惣三は神戸《こうべ》で開催された『第十九回京阪神三市連合保育会』の総会で、「幼児保育の新目標」と題して、長い講演をした。

――現在の保育は、まず室内で行われます。次に「机の保育」、手先で行う細かい作業が専ら行われているような状況です。子供たちが健全に育つためには、できるだけ野外で、足や腰などの大きな筋肉を十分に働かせ、自然の中で生活し、自然に親しむことが大切です。――

惣三は、このような趣旨のことを、活動心理学や神経発達論などの学問的な論述の中に、若い気焔《きえん》と共に熱弁した。

講演が終わると、午後に行われる茶話会へと誘われた。

その席で、ある若い校長がしたスピーチが、惣三の心に強く残った。

「今日のお話は、全く新しい響きを持ったお話として承りました。私はお話を伺っている間、子供のとき育った田舎の生活をありありと思い出していました」

その校長は、幼稚園を知らない田舎の子として野山を駆け回り、今日《こんにち》の幼稚園で使われる恩物なども知らないで、草や石ころなどの自然の恩物に恵まれた、まさに惣三が話した「新保育論」そっくりの幼児生活を送っていたというのだ。

惣三は、この日の講演内容を、英語やドイツ語などで書かれた本から学ぶことで、新しい保育論として組み立てていた。お茶の水幼稚園の古い書庫にこもり、原典を突き詰めて遡り、さまざまな洋書を読《よ》み漁《あさ》った惣三なりの自負もあった。

ところが、この校長は、それを聞きながら自分の幼児期の田舎の自然の生活を、うっとりと思い出していたのだ。

書庫通いをしていたころ、生きた保育論は園庭にあると感じていたことを思い出す。子供の生活の中にこそ新しい保育はあるのだと――。

この日、惣三が得た教訓は心に深く刻まれ、彼の一生を通じて、「新保育論」を貫く一本の柱となった。

大正元（一九一二）年九月二十五日、惣三は静岡から両親を呼び寄せ、徳川家康《いえやす》にゆかりがあるという上野東照宮《うえのとうしょうぐう》でトクと式を挙げた。その後すぐ近くにある洋食屋、上野精養軒《うえのせいようけん》にて披露の場を設けた。大学時代に共に暮らした宇野や三郎太、大賀も駆け付けた。

仲人を務めてくれた元良先生が手術を受けたのは、その三日後だった。

二回目の手術を終え、十月に退院するも、数日後、再び病状が急変し、三度目の入院。このとき、丹毒を発症し、先生は一時重篤な状態になった。惣三は足繁《あししげ》く病院に通った。

「せっかくの新婚なんだから、毎日こんなところへ来なくても……」

「トクも私と同じ気持ちです。先生のご快復なしに、私たちの明るい生活などあり得ません」

先生は、少し困ったような顔をした。

「私はねえ、皆に伝えたいことは教えてきたつもりだし、今もこうして、体調の良いときは研究を続けている。君の晴れ姿も見せてもらって、仲人も務めさせてもらった」

満足げな穏やかな表情で、先生は天井を突き抜けたはるか上を見つめている。

「思い残すことは何もない」

「何をおっしゃいます！　私はまだ、何も先生にご恩をお返しできておりません！」

惣三は、先生をつなぎとめるような気持ちで必死に訴える。先生は目を閉じて言った。

「私が生まれ変わったら、子供として君の研究成果を幼稚園で体験するのを楽しみにしているよ。いいかい、それは幼稚園という建物でも教育課程でもない。そこに関わる人間の心が重要だ。だから、しっかり頼んだよ。君は、子を育てる心を作る人になるのだから」

一言一句、聞き逃すまいと、先生に耳を近づけて聞いていた惣三は、「はい……はい……」と、何度も何度もうなずいた。そしてこれが、惣三にとっての元良先生の最期の言葉になった。

十二月十三日午後十時――。元良先生は五十五年の生涯を終え、永遠の眠りについた。


「まるで、君とトクとの婚礼の仲人が、先生にとって最後の大仕事だったみたいだな」

元良先生の葬儀の帰り、同じ方面へと帰る菅原が惣三に言った。惣三は、トクとの新居を、代々木《よよぎ》にある菅原の家の近くに構えていた。

「ああ。先生にはご負担をお掛けしてしまったよ」

「あの日の先生のうれしそうな顔は忘れられない。君は、いい先生孝行をしたと思うよ」

菅原は、まるで眩《まばゆ》いものを見るかのように目を細めて、惣三とトクの姿を見つめていた元良先生の顔を思い出していた。

「僕たちも頑張らなければな」

女子英学塾（現在の津田塾《つだじゅく》大学）で講師として教鞭を執っていた菅原も、心を新たにしたように言った。

惣三はフロックコートの襟を立てる。師走の冷たい風が、惣三に喪失感を覚えさせるかのように、体どころか心さえも通り抜けていく。その隙間を埋めるように、何度も何度も先生の最期の言葉を心の中で反復した。

『いいかい、それは幼稚園という建物でも教育課程でもない。そこに関わる人間の心が重要だ。だから、しっかり頼んだよ。君は、子を育てる心を作る人になるのだから』

僕は、元良先生のような教育者になりたい。いつも、誰に対しても親身になって寄り添い、その人の未来を一緒に拓いてあげられるような。僕が、元良先生にそうしてもらったように。人を育てられる心を作りたい――。

冷たく尖《とが》った空気は、夜空に瞬く星の輪郭をくっきりと切り出し、悲しいほどに美しい。その輪郭が、次第に歪《ゆが》んで崩れる。惣三の目から、光る雫《しずく》がこぼれ落ちた。隣では、菅原の洟《はな》をすする音が聞こえる。二人は暗い夜道を、ただ黙って歩いた。

家に帰ると、先に帰っていたトクが真っ赤に目を腫らして出迎える。惣三は、そんなトクの肩を抱いて、背中をさする。自分より派手に泣くトクのおかげで、惣三も素直に泣けた。

「お約束、果たしてくださいね」

トクが、涙に濡れた瞳で惣三を見つめる。

「約束？」

「ええ、元良先生とのお約束。最期の元良先生のお言葉は、そういうことでしょう?」
『私が生まれ変わったら、子供として君の研究成果を幼稚園で体験するのを楽しみにしているよ』

そうか、あれは約束だったのだ。元良先生との、来世にまで続く約束。先生は、自分との約束をすべて果たしてくれた。今度は、自分が。

「そうだね。必ず、果たすよ」

惣三はそう言って、元良先生に、トクに、そして自分自身に誓った。

9 主事の改革

翌年の大正二（一九一三）年十月二十三日、惣三は待ちに待った瞬間を迎えた。

「ほら、あなたの子ですよ」

白い産着《うぶぎ》にくるまれた小さな体が、トクから惣三の胸に渡される。惣三は、震える手つきで慎重に抱き上げると、その顔をのぞき込んだ。まだ、目を固く閉じていてしわくちゃだが、はっきりとした顔立ちは、明らかに母親譲りのものだろう。

自分はいったい、この小さな命をどうやって育てればいいのだろう。まだ、何も知らない、この産着のように真っさらな赤子は、今こうしている間にも、いろんなものを吸収していく。その一つ一つが、この子の人格を形成していく。何と声を掛けてやればいい？

幼児教育について、あれほど多くの講演を行ってきた惣三も、いざ自分の子供を目の前にすると何も語れなくなってしまう自分に驚く。

「ありがとう……会いたかったよ」

やっとのことで出てきた言葉と共に、この子のために自分はどんな保育をしなければならないのか、より切実感と現実味を帯びて惣三の胸に迫ってくる。

「正雄《まさお》」と名付けた息子との三人の生活が始まった。正雄が笑っても泣いても、「あー」と言葉にならない声を発しても、指がわずかに動いただけでも、そのすべてが愛おしい。

翌年に発刊された『婦人と子ども』第十四巻八号には、「家庭と幼稚園」と題した原稿を掲載した。子供の教育は、幼稚園のみで行われるのではなく、家庭でも行われるものであり、親と保母は協力者の関係である――。生まれたばかりの息子に、これといって何かを教育したわけではないが、自分が親になることによって、惣三はやっと「家庭」について語り始めたのである。


「どうした、そんなに熱心にお参りして」

浅草寺でお参りをしていた惣三が振り返ると、そこには山中文太の姿があった。

「ブンちゃん！　……この子は君の？」

惣三は、文太の足元にいる小さな男の子を見る。

一高の紀念祭で、文太に神輿づくりを手伝ってもらってから、十年以上が経っている。

「俺の三番目で長男の太郎《たろう》だ。四つになる」

「四歳か！　もう幼稚園に行く歳になるじゃないか」

惣三が太郎に微笑みかけた。

「幼稚園⁉　そんなとこ、金持ちの坊ちゃん、嬢ちゃんが行くとこだ。俺らみたいな家のもんが行くとこじゃねえ。上二人は女だし、お前は俺の跡を継ぐんだもんな」

文太が太郎の頭をぐりぐりとなでると、太郎はコクリとうなずいた。

惣三は少々複雑な気持ちになりながらも、浅草の職人たちの家庭のあり方が十年前から変わっていないことを知った。

「そんで、お前のほうはどうなんだ？」

「あ、ああ、僕にも去年、初の子が生まれてね。今日は安産のお礼参りだよ」

すでに十歳と七歳になる娘たちがいる文太は、初子と聞いて驚いた。

「お前……何をするのものろかったが、子作りもとはな！」

そう言って、文太は大きな声で笑った。


そんな平和な日常を過ごしていた大正三（一九一四）年八月、第一次世界大戦が勃発した。日本は中国への勢力拡大に乗り出し、大戦景気に沸いた。

そして日本経済が急速に発展を始めた大正四（一九一五）年五月、惣三は神戸で行われた『第二十二回京阪神連合保育会』にて、「幼児教育の特色」と題し、最初の体系的保育論を論じた。

「幼児教育の特色」は、自発的、相互的、具体的、情緒的の四つあることを熱弁した。

第一に、自発的生活を尊重しなければならない。第二に、幼児は「内に豊かな自発性」をそなえているが、保育者がこれを引き出し、促し、いざない、導いてやらなければならないと述べた。そうしなければ、せっかくの幼児の自発性はその一部しか発揮されずに終わってしまう。そこで、幼稚園という集団生活の中で、幼児に相互に相互を教育させるところに、家庭とは違った幼稚園としての教育の特徴があり、幼稚園における保母の位置は、幼児らの傍らか、あるいは幼児らの中に交じって、その相互生活を誘導するのでなくてはならない。しかし、誘導が過ぎれば干渉になり、逆に全く与えられないと放任になると述べた。

第三に、幼児の生活はなるべく分割しないようにし、ある一面を取り出して教育の対象にするのではなく、幼児の生活全体を対象にすること。それを、惣三は幼児教育の具体性と言い表した。

第四の情緒的とは、心の発達の初期にある幼児は、その情緒を中心として教育が行われなければならないということである。

こうして惣三は、児童中心主義に基づく幼稚園教育の理念を掲げた。

けれどもその一方で、惣三への批判も強まっていった。惣三が展開した考え方は、恩物中心の「机の保育」や教師主導の形式主義保育からの改善という、基本的には和田や、和田の恩師だった東らが提唱していた自由主義保育の理論を引き継いでいた。それがゆえに、新しい論がないだの、学術的には未熟だのと攻撃されることもあった。

それでも、惣三には自負があった。

――私は、誰の論からも自由だ。フレーベルやペスタロッチが説いた論ですら、すべてをそのまま受け入れているわけではない。私は、私の体験で語っているのだ。

これまでの膨大な時間と努力を、そのように言われてなるものか。研究者として、批評や批判を受けるのは当然のこととして、それに太刀打ちできる強さを持論に持たせなければ――。

そんな闘争心が、いつしか惣三の心にくすぶるようになっていた。

自然と学校の講義にも力が入る。

「ここまでで、何か分からないことはありますか」

板書をしていた惣三が、生徒たちのほうを振り返り、尋ねる。

誰からも手が挙がらないのを確認し、講義を終えると、惣三はさっさと教室を出ていった。今は自分の研究にも忙しい。何とか自分の保育論を、学術的にも強固なものとして確立させたい。そして、日本中に広めたい。それが元良先生との約束でもあるし、あと三年もすれば、正雄も幼稚園に行く年齢になる。急がねば――。そんな気持ちが、惣三を駆り立てる。

しかし、惣三の熱意とは裏腹に、生徒たちの反応はいたって薄かった。分かっているのかいないのか、意見もなければ質問も出ない。打てども響かずとは、まさにこのこと。

生徒たちに教えるようになって五年が経つが、彼女たちとの間には、どうにも打ち解けられない壁があり、ある種のよそよそしさがあった。子供たちのように、その中に一緒に交わり、遊ぶこともできなければ、保母たちとのように現場での実践的なやり取りもできない。熱心な教育者が集まる保育会などでの講演とも勝手が違う。

その不安が明確な形として現れたのが、惣三が自主的に行った試験だった。生徒たちの答案を採点しながら、その惨憺たる結果に頭を抱えた。

惣三は答案を返却する前に、生徒たちに語りかけた。

「皆さん、どうしたのでしょう。あまり講義が頭に入っていないようですね」

見渡すと、生徒たちの表情には困惑の色が浮かんでいる。

「檜山《ひやま》さん、いかがですか」

惣三は、窓際の席でぼーっと窓の外の日だまりを見つめる生徒に尋ねた。

「え？ あ、すみません、あまりに外が気持ち良さそうで……。ええっと、質問は……」

檜山節子《せつこ》は愛想笑いを浮かべ、少しも悪びれた様子がない。彼女は、日本橋の老舗の反物屋の娘で、お洒落《しゃれ》をすることに最も強い関心がある。

「では、杉本《すぎもと》さん」

杉本はギクリとした顔をすると、視線を彷徨わせ、うつむいてしまう。

「す、すみません、私、お腹《なか》が痛くて……」

杉本ふみは、大阪府女子師範学校を卒業後、保育の道を志し、惣三のいる東京女子高等師範学校に入学してきた。控え目で大人しいが、真面目で勉強熱心である。

教室を見回すと、次は自分が指名されるのではないかと、皆気まずそうに目を伏せている。

「残念です……」

惣三が、あきらめたようにつぶやいたときだった。

「先生のお話は、私たち、誰も、さっぱり理解できませんでしたわ」

声の主は菊池蘭子《きくちらんこ》。医者の娘で、生徒たちの間でも一目置かれている存在だった。

「理解できなかったのなら、なぜ質問しないのですか」

「何が分からないのかも分かりませんでしたの。先生は、たくさんの学術書をお読みになっていらっしゃるでしょうし、専門家ですから、当たり前のことをおっしゃっているつもりかもしれません。ですが、あんなに小難しい言葉を並べられても、全く理解できませんわ」

「蘭子さんの言う通りだわ」「私も分かりませんもの」

他の生徒たちからも賛同の声が次々に上がる。惣三は愕然《がくぜん》とした。

授業を終え、夕暮れに染まった教室に一人たたずむ。自分があれほど熱を込めて話したことが、何も伝わっていなかった――。今までの自分の講義はいったい何だったのか。圧倒的な徒労感を抱えながら家路につく。

「それは大変でしたわね、生徒さんたちが」

トクに相談すると、意外な返事が返ってきて、惣三は戸惑った。

「相手は生徒なのですよ。学者ではないのです。楽しくお話ししてくださらなければ」

トクにそう言われて初めて、惣三は生徒のことなど考えていなかった自分を自覚する。自分の心にあったのは、自分を批判する反対派の学者たちで、それに対抗するために難しい言葉を並べて高尚そうに見せようとしていたのだ。確かに、これでは伝わるはずがない――。

翌日、生徒たちを前にして、惣三は改めて一人一人の顔を見た。これから始まる講義に何の期待も持っていないような無表情の生徒たち……。中には杉本のように午前中の実習で疲れ、眠そうにしている者もあれば、檜山は手鏡で髪型を整え、相変わらず上の空であり、菊池はいかにもつまらなそうに頬杖《ほおづえ》をついている。

今までこんな顔で授業を受けていたのか……。惣三は、声を張り上げて話し始めた。

「本日の授業は、講義ではなく、皆さんに百貨店を作っていただきます」

一瞬、どよめきが起こる。このような体験学習は、園児たちに向けて行われるものだったからだ。ところが、最初は戸惑い気味だった生徒たちも、いざ始めると、徐々に彼女たちの中にある子供時代の体験が、また本来持っている童心が解き放たれたかのように、「私は呉服店を」「では、私は喫茶店を作りますわ」などと言いながら、心底楽しんでいる。

「こうでなくてはな……」

そんな生徒たちの様子を眺めていた惣三が、一人つぶやいた。これまでと全く違う彼女たちの生き生きとした表情に、自分の授業の進め方を改めて反省した。つまらなそうな目をしていた生徒たちも、一皮剝《む》けば、こんなにも輝く童心の笑顔があったのに、いつも、机上で理論ばかりを教え、「遊び」を心から楽しむことを忘れさせてしまっていたのだ。

あるとき、惣三がスーツに泥をつけ、髪を乱しながら、授業に遅れてきたことがあった。

「いやあ、参りました。子供たちが私にシロツメクサの花冠を被せてくれるというのでお願いしたのですが、手は泥だらけで、しかも髪も見ての通り……」

「先生のお髪《ぐし》をこんなにするなんて……。なぜ、子供たちに何もおっしゃらないのですか」

よほど痛ましく映ったのか、惣三をこのような姿にした子供たちの行動を、生徒たちが非難がましく言う。それに対し、惣三は笑みを浮かべたまま答えた。

「楽しかったですよ。大事なのは、『子供の心になる』ということです。子供を楽しませるのは良いことです。子供と共に楽しむのはさらに良い。しかも、子供と一緒に自分も愉快に楽しく遊ぶことは最も大切なことです。私は、そう思いますよ」

その言葉は、どんな理論よりもまっすぐに生徒たちの心に響いた。実際、生徒たちは惣三が幼稚園で子供たちを叱るのを見たことがなかった。惣三はいつも笑って、そこにいた。


その年の八月――。湿気を帯びた空気が肌にまとわりつき、扇子をあおぐ動きですら汗ばむような暑さの中で、記念すべき『全国幼稚園関係者大会』が、三日間にわたり、東京女子高等師範学校講堂で開催。惣三も大会の企画立ち上げに携わり、準備に奔走していた。

これまで幼稚園教育界において、全国の関係者が一堂に会する場がなく、また全国の幼稚園名簿すら整っていない状況だったため、一からのスタートとなったのだが、『全国大会』の名に相応しく、大会は盛大に行われ、内容も充実したものとなった。

「久しぶりやなあ。ばり偉《えろ》うなっとーやんか、倉橋」

ふいに聞こえた聞き覚えのある博多弁《はかたべん》に、惣三はハッとした。そこには、きっちりと髪の毛を七三分けにして、右手に鉛筆、左手にノートを持った池田三郎太が立っていた。

「サブちゃんじゃないか！　どうして、こんなところに⁉」

「取材ばい。幼稚園に関する初めてん全国大会やって聞いたけん、どげなもんかと思うて。それに、倉橋も出るゆうけんな」

「そうか。僕たちはここで、熱のこもった活動をしているけれど、その熱がまだ世間には伝播《でんぱ》していない。だから、記事にしてくれるならうれしいよ。ぜひ、頼む」

思わず力が入り、惣三は三郎太の手をとった。

「お、おう。とは言《ゆ》ったっちゃ、多くの人にとってなかなか幼稚園はなじみがなかけんなあ。とりあえず、今回ん盛況ぶりば書いてみるばい」

そう言って、二人は久々の再会を祝して、思い出話を肴《さかな》に酒を酌み交わしに出かけた。


翌年の大正五（一九一六）年一月二十四日、次男・文雄《ふみお》が誕生。惣三の家は、一段と賑やかになった。長男の正雄も、ついこの間まで同じ状態であったのに、身動きできない文雄を興味深そうに見つめている。その様子すらも、惣三には愛おしくてたまらない。

季節が移り変わると共に、正雄と文雄も変わっていく。何もなかった庭に春の風が命を吹き込み、草花が芽吹き、花を咲かせ、その姿を変えていくように、子供たちもいろんなものを吸収し、さまざまな表情を見せる。

正雄は大人しく静かな子で、あまり泣くこともなかったが、弟の文雄はよく泣く上に、一度泣き出したら、何をして気を紛らわそうとしても止まらないから、惣三もトクも手を焼いた。それでも、正雄があやすとピタリと泣き止むから、子供同士というのは面白い。

子供たちが日々、進化していくように、惣三もまたさらなる進化へと向かう。

大正六（一九一七）年十月、惣三は青山女学院高等女学部（高等普通科より変更）、青山女学院手芸部を退職。国からの要請による一ヵ月ほどの満州、朝鮮の幼児教育機関の視察を経て、十一月、東京女子高等師範学校教授となり、附属幼稚園の第八代主事となった。ついに、お茶の水幼稚園の園長の座に就いたのである。

「主事ご就任、おめでとうございます」

杉本が惣三に挨拶する。彼女は保育実習科を卒業後、そのままお茶の水幼稚園の保母として、昨年から勤めている。そして、もう一人――。

「先生が主事になられるなんて！」

杉本の隣で、まさか保母になると誰も想像していなかった檜山が興奮気味に騒いでいる。

東京女子高等師範学校には、高等女学校、小学校、幼稚園という附属学校がある。師範学校の校長だけが〝校長〟と呼ばれ、その他の附属学校校長は〝主事〟という肩書になる。

女高師は国内初の官立の女子専門校であり、女子教育界の総本山だ。それは幼児教育界においても同様で、最高峰として世間からも非常に高い評価を受けている。つまり、惣三は大抜擢《だいばってき》されたのだ。

「教え子が一緒に働いてくれるようになるなんてありがたいし、心強いよ」

惣三はふいに真面目な顔つきになると、杉本と檜山をじっと見つめた。

「私はね、今の幼稚園のやり方は何かおかしいと思っているんです。何というか、〝幼稚園くさい〟気がするのです。もっと子供たちのためにできることがあるんじゃないかと」

「はあ……。幼稚園くさい、ですか……」

「まずは、朝の会集を止めましょうね」

「えっ！　会集をなくすのですか？」

会集とは毎朝登園してきた園児を集め、皆で唱歌を歌ったり、主事のお話を聞いたりする、いわゆる朝の会・お集まりのことである。

「幼稚園での生活は、もっとなめらかに、自然に始まっていくものではないかと考えているのです。想像してごらんなさい。朝、幼稚園に来てから、区切られることなく自由に遊んだり、友達と話したりしながら、一日が始まっていくことを。楽しそうでしょう？」

そうなった様子を思い描いているのか、惣三は遠くを見るように目を細める。

その隣で杉本は戸惑っていた。会集はこれまでずっと行われ、当然の習慣になっている。だから子供にとって、会集がないほうがいい、などと考えたこともなかった。

――でも倉橋先生は違う。画期的だ。今の状態を良しとせず、子供たちにとってどうすることが良いのかを考えていらっしゃる――そう思った杉本は、思い切って言った。

「会集をなくしてもいいのでしたら、私も賛成ですわ」

檜山も賛同した。惣三はにこやかにうなずきながら続けた。

「そう思うかい。よし、皆にも伝えよう。お二人も、もっとこうしたらいいと思うことや、やってみたいことがあれば、どんどんやってみてください。遠慮はいりません」

「どんどん……。分かりました」

惣三の勢いに圧《お》されながらも、二人の胸は期待に満ちていた。

この小さいようで今までになかった着手点が、その後の惣三の幼稚園改革の発端となるのである。当時の湯原元一《ゆはらもといち》校長は、幼稚園のことは一切を惣三に任せてくれただけに、惣三も心からこの幼稚園に尽くす所存で任務にあたった。

新米主事が次にしたことは、創園以来の古いフレーベル二十恩物箱を棚から下ろして、まぜこぜにして竹籠の中に入れたことだった。

恩物はフレーベルが生み出した遊具で、全部で二十種類ある。子供たちが楽しく学びながら、創造的な表現活動を展開できるように考案されたものだ。惣三は、これまで特別な意義を持つものとして取り扱われてきた恩物を、ただの玩具としたのだ。

「よろしいのですか、恩物をそこまでバラバラにしてしまって……」

竹籠をのぞき込む檜山に、惣三は恩物を一つずつ手に取って言った。

「私は、子供たちに積み木遊びをさせたいだけです。彼らにとっては、恩物も積み木も同じです」

数日後、登園してきた杉本と檜山は驚いた。いつもの場所にフレーベルの肖像画がない。慌てて職員室に向かう。従来、遊戯室の正面に掛けてあった肖像画は、惣三によって職員室の壁に移されていた。

「私はフレーベルを心から尊敬しています。だけど、子供たちに彼を仰がせる必要はありません」

「確かに……。子供たちにとっては、誰なのか分からないですものね」

杉本が言うと、檜山が何かを思い出して笑いをこらえながら話し始めた。

「本当に。子供たちにとっては、主事がどのような方かも分からないんですもの」

実際、惣三は自ら「おじちゃん」と名乗り、子供たちの中に入っていく。そして、砂場の中に一緒にしゃがみ込み、子供たちから砂のごはんをもらったりして相手をする。

「はい、おじちゃん、どうぞ」

子供たちもそう言って、先生ではなく、遊び相手として惣三を扱うのだった。

惣三は続けて言った。

「その代わり、私は幼稚園の各室や廊下を名画や彫刻で飾って、芸術の世界にしたいと思っています。そうなると、あの渋い顔のフレーベルの肖像とは調和がとれないのです」

いかにも倉橋先生らしいと思いながら、杉本が期待のこもった声で言う。

「本当に、先生は新しい幼稚園を作ろうとされているのですね」

「私はただ、幼稚園を子供以外の誰のものともしたくないだけですよ」

そう言いながら園庭の子供たちを見つめる惣三の目は、優しさの中にも強さを宿している。

これが、主事に就任した惣三がまず行った三つの改革だった。

「先生、ご就任早々、大活躍ですね」

檜山の言葉に、惣三は首を横に振りながら答えた。

「いやいや、私の仕事は、幼稚園を花壇に例えるなら、いうなれば花の世話だからね。主事というよりは、園丁（庭師）だよ」

朝は、惣三自身も幼稚園の門に立ち、やってくる子供たちを出迎える。

「おはようございます」

ある子が挨拶をして門を通る。また、ある子は後ろから突然ぶつかってくる。

「うわあ、びっくりしましたよ」

突然の腰への衝撃に惣三が振り返ると、いたずらっぽい目の男の子が走り去っていく。

「あの子は先生が大好きですものね」

檜山が微笑む。子供がちょっかいを出してくるのは、親しみの表れだ。

「……今、私は、飛び付いてきた瞬間のあの子の心をぴったりと受けてやっただろうか」

惣三がボソッとつぶやく。

「仕方がありませんわ。一瞬でしたもの」

檜山は答えるが、惣三は心底悔いているように続けた。

「後になって、のこのこ出かけていっても、あの子にとってはうるさいだけだからね。子供たちはいつ飛び付いてくるか分からない。いつも全力で受けとめてやる気持ちでいなければ」

またある子は、何も言わずに惣三の前を通り過ぎていく。

「先生にご挨拶は？」

檜山が注意すると、惣三がそれを制した。

「いいんです。全員が同じように言わなければいけないわけではないのですから。その子の気持ちのままにしておきましょう」

「でも、『皆さん、挨拶はきちんとしましょう』と日ごろから言っているのですが……」

「〝皆さん〟ですか……。恐らく園児にとって、それは異様な言葉でしょうね。そんな言葉を家庭で聞いたことはないのだから。空虚にしか響かないでしょう」

惣三にとって園児は、「皆さん」という一括りの言葉でまとめられるものではなく、あくまで一人一人なのだ。

また、惣三は時折、子供たちが帰った後の職員室に保母たちを集め、お茶とお菓子を囲んで話をする時間を持った。実際に子供たちと生活を共にする彼女たちから聞く話は、惣三にとっては一人一人の園児の様子を把握する貴重な時間だ。

「とにかく、どんな子でも、初めの印象で、はっきりした判断を下してはなりません。それは、親たちに対してもです。それから、あまり人好きのしないような子から先に親しむよう心がけましょう。かわいらしい子は、誰からもかわいがられるのですから」

惣三には、保母たちからの報告に上がってこない子供たちのほうが気になるのだった。


年が明けて大正七（一九一八）年、いよいよ正雄がお茶の水幼稚園に入園した。

「今日は、幼稚園で何をしたの？」

家で夕食を囲んでいると、トクが正雄に尋ねる。

正雄は何かを思い出そうとしているのか、食事をする手が完全に止まっている。

「幼稚園では、子供たちは毎日元気良く遊んでいるよ。正雄、温かいうちに食べなさい」

惣三に促されて、正雄は再び箸を進めた。

トクは、そのときは何も言わなかったが、子供たちが寝静まると、案の定、惣三に尋ねてきた。

「どうしてあのとき、私の正雄への質問を遮るようなことをなさったの？」

「正雄に、幼稚園が特別な生活をする場所だと感じさせたくなかったんだよ。幼稚園は、家での生活の延長であり、一部なんだ。幼稚園で何をしてきたのかと問われれば、正雄は君に報告できるような、何か特別なことをしなければいけないと思ってしまうだろう」

「離れて過ごしていたんだから、何をしたのかを尋ねることが、どうしていけないの」

「僕は、子供に家庭と幼稚園とを区別するようなことはさせたくないんだ。なぜなら、家では真《まこと》の自己を表して、特別な場所である幼稚園では〝よそゆき〟の自己を表すようになってしまうんじゃないかと思ってね」

「裏表があるのは、私も良くないと思いますわ」

「子供には、いつも自然体であってほしいからね。幼稚園に私がいることが、正雄にとって家庭の続きだと感じてもらえるといいんだが……」

トクは、ようやく納得したようにうなずいた。

「分かりました。正雄が話したかったら話してくれるのを、待つことにしますわ」

「そういう私も、つい幼稚園では正雄の姿を目で追ってしまうのだよ。困ったものだ」

幼児教育研究者としてではない、惣三の素直な親心に触れた気がして、トクは微笑んだ。


このころ、惣三は新たな改革に着手した。『フレーベル会』と『婦人と子ども』の改称だ。

『フレーベル会』は明治二十九（一八九六）年に創設され、明治三十四（一九〇一）年から機関誌『婦人と子ども』を発刊し続け、幼児教育についての研究を発表してきた。

惣三は、日本の幼稚園教育の中心を担う活動機関であることをより明確に示したいと考え、一切の責任をとる覚悟で『フレーベル会』会長である湯原元一校長から、会名と雑誌名の変更許可を得た。新たな会名は『日本幼稚園協会』。『婦人と子ども』は、日本の幼稚園教育の発展と充実を使命とし、本分とする雑誌として、『幼児教育』と改題した。

その後、この『幼児教育』は、大正十二（一九二三）年に『幼児の教育』とさらに改題され、この令和の時代に至るまで発行し続けられることになる。

新主事となった惣三が意気揚々と幼稚園改革へと出航してしばらくしたころ、それを足止めするような出来事が起こった。

アメリカから広がったインフルエンザ、スペイン風邪である。第一次世界大戦の荒波の中で、兵士の移動と共に世界中に拡散し、戦死者を上回る病死者を出すことになった。

日本でも大流行し、多くの人が亡くなる事態となった。政府は国民にマスクの着用を呼びかけたが、その勢いは止まらず、休校する小学校が相次いだ。お茶の水幼稚園でも、休む児童が後を絶たず、休園を余儀なくされた。

十一月にピークを迎えた感染拡大は、年が明けると落ち着きが見られるようになったが、夏前まで死者は出続け、大正七（一九一八）年八月から大正八（一九一九）年七月までの間で日本国内の感染者数は約二千百万人ともいわれた。

暗澹《あんたん》たる気分にあった惣三の曇天を晴らしたのは、長女の誕生だった。人間の命は強い。生命を脅かすような恐ろしい病が流行る中でも、母親のお腹ですくすくと成長し、この世界に飛び出してくるのだから。この新しい命を大切に育てなければ――。

大正八（一九一九）年六月十七日、長女・直子《なおこ》が倉橋家の一員となった。

十月には、『全国幼稚園関係者大会』が大阪で開催され、これに惣三も講演者として参加し、九百名にも上る幼稚園関係者に、「生活か教育か」というテーマで講演した。この中で惣三は、本来、生活と教育は同居していたが、複雑化した社会の中にあって、教育が生活から分離されてしまっていることについて話をした。

講演を終え、演台から下りた惣三のもとに三郎太が駆け寄ってくる。

「また取材に来たばい」

二人は大阪の夜の街へと繰り出し、酒を飲みながら講演のおさらいをした。

「要するに倉橋が言いよるごと、生活と教育ば、分《わ》くるべきやなかっちゅうことばいね？」

三郎太の質問を皮切りに、惣三の解説が始まった。

「例えば、原始時代を思い浮かべてみよう。父親が猟に出る。息子は父の姿を見て、自分もやってみようと思う。そのとき、父はその子に適当な指導を行う。また、娘であれば、料理をする母を手伝う中で、一つ一つ手順を教えられることになるだろう」

三郎太はうなずきながら、時にメモに書きとる。

「このような場合には、父にせよ、母にせよ、『鳥をとることを教えていた』『野菜を煮ることを教えていた』と言ったとしても、『教育をしていた』とは言わないだろう」

「そうやなあ」

「つまり、生活そのものが教育であって、生活することの中に教育は行われていたんだ」

「じゃあ、なして実生活から教育ば分けな、いけんとや？」

「人間生活が原始時代のように単純ではなくなったからだよ。複雑になっていく実生活の中で、親が子の教育のために十分に時間を費やすことができなくなってしまったんだ。その結果、教育の三要素として挙げた、人、場所、方法のうち、人に関しては教育者という人間を生み出し、学校という分離した場所で教育が行われるようになった。しかし――」

惣三は一口酒を飲むと続けた。

「僕はね、幼稚園では、固定的な意味を持つ『教育』という名詞は使いたくないんだ。実生活を〝教育的〟にするという意味で用いるべきだと思っている」

惣三が一貫して訴えているのは、幼稚園教育の特質として欠くことのできない四つの特色――自発的、相互的、具体的、情緒的であることを求めるものであった。なぜなら、生活を全く離れて教育は成し得ず、実生活が非常に具体的であることに比して、教育があまりに抽象的であるということに疑問を抱いていたからである。

「僕は、小学生のころに出会った浅草の子供たちが忘れられないんだ」

正太郎やフク、ロク、それに一平――。惣三は、懐かしい面々を思い浮かべる。

「彼らは学校に行かずとも、私の知らないことをたくさん知っていた。桶の作り方や草花の名前、大工道具の名前、おいしい野菜の見分け方、浅草じゅうの抜け道……。それは、生活の中の体験から得た具体的な知恵だった。つまり、生きる力なんだよ」

「なるほどな。近ごろは、共働き家庭の乳児の保育が問題になっとーらしかな」

腕を組みながら、三郎太は渋い顔する。

「ちょうどこの大阪に今年、我が国初の公立保育園ができたんだ。子供の保育が単なる慈善活動ではなく、両親が共に働けるように社会事業として取り組まれるようになってきたってことだ。これまで、民間の有志によって運営されてきたことを思えば、画期的なことだよ」

惣三は貧困層の子供たちを預かり、寄付によって運営していた二葉幼稚園のことを思った。その二葉幼稚園も、大正五（一九一六）年に二葉保育園と改称し、内務省の助成金を受けていた。

「つまり、これまで出征軍人家族や遺族を対象にした戦時託児所や工場内託児所が主流だったんが、多くの人は長い時間、子供ば保護してくれる施設ば求めとーちゅうこったい。やけん、幼稚園不要論者が根強くおるっちゃろう。そげな中で、どう幼稚園教育ば理解してもらうかばいね」

三郎太の言葉に、滔々《とうとう》と語っていた惣三の口から、何も出てこなくなった。杯を手にしたまま黙って机の上のただ一点を見つめる。

三郎太と別れ、宿に戻ると、惣三はすぐさま布団に横になった。胸のあたりが痛い。

幼稚園不要論――。これだけの情熱を傾けて、自分は何をやってきたのか。社会にとっては何の役にも立っていないのではないか。幼稚園と保育園に隔たりがあるのは分かっていたはずだった。だから、すべての子供たちに良い環境を、と思ってきたけれども、もっと子供たちの家庭の事情に思いを馳《は》せなくてはならなかった――。

自分は二葉幼稚園にも通い、貧しい子供たちを見てきた。けれどそれは、子供たちであって、その一人一人の家庭や親まで見ていたかというと、何も見ていなかった。

浅草寺で文太と話したときもそうだ。幼稚園は金持ちの子供が行くところだと言われたときに感じた複雑な感情を、自分はあのとき受け流してしまった。何を聞いていたのか――。

惣三は自分を恥じた。主事という立場に立って、知らぬ間に自分の幼稚園を中心に考えるようになってしまっていたのではないか。自分の理想を自分なりに追求し、それを広めようと努めてきたが、社会の実情を見落としていたのではないか、と――。

10 遺跡巡礼

大正八（一九一九）年、師走の寒風吹きすさぶ甲板の上で、惣三は遠く離れていく港をいつまでも見つめていた。もう人影など見えるはずもないが、あの陸の上のどこかに家族がいると思うと、ずっと見つめていたい気持ちになる。

その後甲板の反対側にまわると、これから自分が向かおうとしている大陸に思いを馳せる。

惣三が向かう先――。それは十五世紀に、かのクリストファー・コロンブスが発見したアメリカ大陸である。

惣三は、教育学・心理学研究のため、文部省から二年間の欧米留学を命じられたのだった。このため、一時的に幼稚園主事も辞した。

当時のアメリカは、幼稚園教育の発達した国の一つとして有名であり、海外の保育を日頃から研究している惣三にとっては、その現状を実際に目で確かめる、またとない機会であった。

惣三たちが模索している日本の「新保育」とどう違っているのか。もっと子供たちが生き生きとする保育がそこにはあるのかもしれない。海外の子供たちの遊んでいる様子を想像するだけで、惣三の胸は高鳴った。

唯一気がかりであった主人不在の家族は、家財を菅原家に預け、惣三の父・政直のいる静岡の実家で暮らすことになった。環境が変わることへの心配もあったが、静岡での暮らしが子供たちにもたらすものもあるだろうと思い、決めたのだ。

十二月十三日、横浜《よこはま》港を出港したこれや丸は、ハワイを経由して三十日にサンフランシスコに到着。

記念すべきアメリカ大陸への第一歩を記す。当然のことだが、人も街並みも、何もかもが違う。港に飛び交う英語、行き交う車、頭上に舞うカモメさえ英語で鳴いているのではないかと感じてしまう。空だって、日本で見るより広くて青く見える。空は、日本と続いているというのに――。

これまで写真で見ていたモノクロの異国の世界が、色鮮やかに眼前に広がっているのを見て、惣三は高まる期待を禁じ得なかった。

船から下りると、すぐに近くの売店で絵葉書を求めた。筆まめな惣三は、満州・朝鮮視察の際も正雄に絵葉書を出した。その土地でしか手に入らない絵葉書は、きっと正雄のまだ見ぬ世界への好奇心を引き出すに違いない、彼の視野を世界に広げてやりたいとの思いからだった。

まだ幼稚園児の正雄には、国という概念すら理解できないかもしれないが、後々彼の中の思わぬびっくり箱を開ける鍵にならなくもない。そう考えた惣三は、自分が送った絵葉書をきちんと保管するよう、トクに頼んでいた。

「高い家の上に立っているのがアメリカの国旗です。これから、父さんの世界見物が始まるのです。サンフランシスコにて　父」――惣三はペンを走らせて、ポストに投函《とうかん》する。

「一緒に行こうな」

惣三は、上着の内ポケットからそっと家族の写真を取り出し、微笑んだ。

その後、惣三は二月からおよそ四ヵ月間、シカゴに滞在した。シカゴ大学には、「新保育」の先駆けともいえるジョン・デューイの実験学校がある。

デューイは、「学習は、生活することを通して、また生活することとの関連において行われる」と主張する哲学者であり、教育学者である。この時期のアメリカでは、彼の生活経験主義的教育原理に基づいた幼稚園が新興していた。

シカゴ大学の実験学校は、この新教育を実践する場として作られた。そこでは、子供たちは料理や裁縫や織布、自然科学の実験や美術など、さまざまな経験をし、必要に応じて図書館や博物館で調べ物をして学びを深める。さらに、子供たちが日常生活で学んだことを学校に持ち込み、学校で学んだことを日常生活に応用するという、学校と社会との相互作用を目的とした教育が特徴であるらしい。

二月二日。「マイニチ　ヨウチエンへ　イッテヰ《イ》マスカ。アメリカ　ノ　コドモ　モ　ヨウチエン　へ　イキマス。ソシテ　ユウギ　ヲ　シタリ　ネンドザイク　ヲ　シタリシテ　ヰ《イ》マス」

――遠い異国の幼稚園。髪の毛の色も瞳の色も肌の色も違う子供たちを見ながら、正雄は静岡でちゃんとなじめているだろうかと、惣三は空を見上げる。文雄や直子は、まだ何も分からないだろうが、環境の変化を一番感じ取るのは、長男である正雄に違いない。

ここに一緒に来ることができたら、大人しい正雄は恥ずかしがってモジモジするだろうか。でも、一緒に砂遊びでもすれば、たちまち仲良しになってしまうだろう。

そんな空想をかき立てられながら、惣三は自由に遊び回る子供たちを眺めた。

この留学期間中、デューイ流幼稚園の本山であるニューヨークのコロンビア大学幼稚園をはじめ、さまざまな教育機関や幼稚園を見学したが、その中で最も惣三が気に入ったのは、ドーナー・グローブの幼稚園だった。

惣三には、理想とする幼稚園の設計があった。それは、遊戯室を中央に大きくとって、そこへ放射状に数個の小さい部屋を付けるというものだ。惣三は、この考えを一度も実現できていなかったが、ここにはそれがより理想的に実現されていたのである。

幼稚園の外には、庭ではなく、ただ森が広がっていた。土地は自然の高低のままに、草は自然に生えるままに、何一つ作ったところがない。

子供たちも同様で、惣三という外国人がいることを意識しているふうもなく、ただただ自然だった。草摘みに行く子供もいれば、お絵かきをしている子供もいる。ある机には絵本が山積みになっていて、一人の子供が静かに読んでいるかと思えば、ある机では若い先生と向かい合って二人の女の子がお話に相槌を打っていた。それでいて、少しもざわついたところがなく、全体として一つの調和が織りなされているのである。

ここでの体験は、長く自然に飢えていた惣三の心をすっかり満たした。『幼児教育』の原稿を執筆する際、「ドーナー・グローブの幼稚園」と題して、一番好きな幼稚園としてここを紹介したほどだった。


誰に会っても、何を話しても、惣三にとって海外でのあらゆる瞬間は、日本では決して得ることのできない体験の一つ一つであり、惣三をことのほか貪欲にした。そして、惣三にはこの半年で気づいたことがある。惣三の中で勝手にアメリカの幼稚園が先端化されていたが、自分の信念で改革してきたお茶の水幼稚園が、アメリカと比べても決して劣らないということだ。

惣三は、お茶の水幼稚園の保母宛てにも手紙を書いた。

「建築や設備はこちらのほうが進んでいますが、大抵はお茶の水に超すところはありません。あんないいところは世界中（まだ半分ですが）ありませんよ。誰が何と言っても世界第一です。また、職員室にみなぎっている呑気性、茶目性、笑い性に至っては他に類を見ません」

そして共通しているのは、やはり子供たちだった。先生よりも幼児のほうが主になって生活しているところほど子供が生き生きとしているのを見て、子供こそ真に自ら生きる力と生きる道とを持っていることは、アメリカでも日本でも変わりないと惣三は思った。

また、アメリカではそのころ、社会問題とされていた少年犯罪に関して、少年の心理学的問題の他に、家庭の教育機能の欠陥が重視されていた。家庭環境の研究が、当時のアメリカ社会で緊急課題となっていたことが、惣三に新たな視点をもたらしたが、これは日本にとっても他人事《ひとごと》ではないように感じた。


――六月十七日、「コレ　ハ　ニューヨーク　ノ　ハクブツカン　ニ　アル　ノデス。タクサン　ノ　トリガ　イル　デセウ《ショ》」。十九日、「コレハ　ニューヨーク　ヲ　ハドソンカハ《ワ》　カラミタ　トコロデ　タカイ　イヘ《エ》ガ　ナランデ　ヰ《イ》ル　トコロガ　キレイ　デセウ《ショ》」。二十一日、「ドウブツエン　ノ　エホンヲ　ヲ《オ》クリマシタ」。二十五日、「ニューヨーク　ノ　コウカテツドウ　デス」。三十日、「コレ　ハ　チカデンシャ　ノ　ステーション　デス」。――


聞いたこともない町の名前や、見たことのない大きな川や建物、電車……。それを、正雄は食い入るように見つめている。正雄は、小学生になっていた。

「お母様、〝ステ……ション〟とは何ですか？」

正雄は、次々に届く葉書の絵を見ながらトクに尋ねる。

「駅という意味ですよ。ほら、ここに線路があるでしょう」

トクは、絵葉書を裏返して見せる。

「お父様は、どこにいらっしゃるのですか?」

「お父様は、お船で二十日間も揺られて、海の向こうのアメリカという大きなお国に行かれたのよ。毎日、ご無事をお祈りしましょうね」

毎晩、寝る前にアメリカがあるであろう東の方向に向かって手を合わせることが、このところのトクと正雄の新しい習慣となっていた。

そのころ、早朝のアメリカでは、惣三がまた新たな絵葉書を投函しようとしていた。絵葉書が惣三の手を離れ、ポストの中に落ちる。しばし絵葉書を呑み込んだ投函口を見つめ、そして手を合わせた。家族皆が元気であることを祈って――。


七月、惣三のもとに、その祈りを裏切る内容の手紙が届いた。父、政直の訃報である。

「ご病気中、『アメリカへ決して知らせてはならぬ。心配させてはいけないから』というお言葉でしたが、今はお義母さまともご相談の上、この悲しいおたよりを書きます」

トクからの重い手紙は、このような書き出しでこまごまと記してあった。

帝大の名医をわざわざ静岡まで呼んで診断してもらったが、胃がんであることが判明。すでに手の施しようがなく、静かに六十八年の生涯を静岡の地で閉じた。惣三は、今すぐにでも帰国したい衝動に駆られるが、父は先手を打っていた。絶対に帰国するなと伝えるように、トクに厳しく言い付けていたのだ。父の、最後の親心だった。

ハドソン川の夕陽《ゆうひ》を眺めながら、親の死に目に駆け付けられなかった悔しさが惣三の胸を締め付ける。海外に来て初めて、来たことへの後悔がわき上がる。

「父上……申し訳ありません……」

惣三は、そっと目を閉じ、手を合わせた。

父が、海外視察の機会を邪魔しないようにと帰国を禁じたのだ。ならば、ここでその機会を最大限に生かすことが、父が望んでいることなのだと、惣三は気持ちを切り替え必死に学んだ。

八月にはボストン、九月はケンブリッジのハーバード大学、十月はニューヘイブンのエール大学、十一月はフィラデルフィア、ワシントン、ボルチモアと精力的に回った。

そして、アメリカで二度目の年越しをした惣三は、大正十（一九二二）年一月二十二日、ヨーロッパへと向かっていた。

イギリスでは大学の他に、ロンドンの社会事業学校に出席して、保育事業について調べることにした。日本でも急速に高まっている保育園の必要性。そのあるべき姿を、惣三は求めていた。

文太の息子の太郎や、かつての一平やロクやフク、正太郎の顔が思い浮かぶ。また、彼らの両親や二葉保育園に子供を預ける親たちのことを思う。彼らにとって、どのような施設があればいいのだろう——。

惣三は、その思いを東京女子高等師範学校の湯原校長宛ての手紙にしたためた。

――……アメリカは勿論《もちろん》、殊に英国が近時幼児保護の問題に力を注いで居ることは、驚嘆すべきものがあります。当国衛生省の方の案内や紹介で、いろいろその方の視察を致して、絶えずいろいろの事を考えさせられています。実際いくらでも問題はあるのでございます。昨日も産後虚弱の母親と赤坊（貧民の）とのために暫《しばら》く逗留《とうりゅう》させて静養を与えるところをロンドンから二時間ばかりの田舎へ見に行って参りました。我国のために実行したいこと、幼児達のためにしてやりたいことが、際限ない位であります。……実にじっとしていられないような気がして参ります。

――

八月に入ると、いよいよ惣三にとってこの欧州での最大の目的、ペスタロッチとフレーベルという二人の大教育者の生涯を訪ねる旅が始まった。

もしも彼らが生きているならば、私は必ず直接訪ねていくだろう。だから代わりに遺跡を巡礼するのだ。せめて遺跡に佇立《ちょりつ》黙想して、その人のありし日々を実感したい――そんな思いから始まった計画だ。

ペスタロッチが生まれたスイスのチューリヒでは、生家や記念博物館などを見て回った。そして、彼の教育精神の最初の生誕の地ノイホフに行くと、惣三はすっかり巡礼情趣に没することとなった。

田んぼの中の小さなマッチ箱のような駅から、人通りもない一本道が延びている。その一本道を何度も行ったり来たりしながら、彼が子供の生活に初めて触れ、さらに我が子を初めて持ったこの地で、彼の息吹に耳を澄ませ、心を澄ませながら大地を踏みしめた。

次に訪れたのは、今回のペスタロッチ巡礼の中でも、惣三が最も尊い聖地として心に描いていたシュタンツである。

ルツェルン湖をモーターボートで渡り、村の入り口に立つと、惣三は襟を正し、息を整えた。ここは、ペスタロッチが戦災孤児院の長として、同時に看護夫として、そして教師として、日夜の奉仕に精根をすり減らしたところだ。フランス革命後の混乱の中で、彼は孤児や貧民の子などの教育にその生涯を捧《ささ》げたのである。

師範学校長として推薦されて、学校教育者としての立派な地位を約束されていたペスタロッチ。それなのに、それを捨てて、この戦災孤児院を創設して身を捧げ、健康を害するまで働いた。そんな彼を前にすると、私のしていることなど……。

惣三は懺悔《ざんげ》にも近い様相で、まだまだ子供のために何もしてやれていない自分を恥じるのだった。

十二月には、ドイツへ、フレーベルを訪ねた。

惣三がブランケンブルヒで汽車を降りたのは、霧の深い夜だった。霞《かす》んで見える街が、惣三を幻想の世界へと誘う。ブランケンブルヒは、フレーベルの幼稚園発祥の地だ。

惣三は、まずフレーベルの生家を巡礼し、その後、フレーベル記念館での資料研究、さらにはカイルハウのフレーベルの住居と学園の跡を訪ねた。

次に惣三は、ある場所に向かった。そこには、フレーベルが「キンダー・ガルテン」の名称を初めて思い付き、声を立てて叫んだら山々が共感し、こだました地点があるという。

「キンダー――ガルテン！」

惣三も、同じように叫んでみる。フレーベルは、どんな気持ちでこの言葉を思い付き、叫んだのだろう。そして、山々がそれに答えたとき、どんな喜びが彼にもたらされたのか――その気持ちを、少しでも自分に重ね合わせてみたいと思った。

惣三は、あちらこちらを歩き回り、この辺だろうと見当をつけて同じように叫んでみる。

「キンダー――ガルテン！」「キンダー――ガルテン！」「キンダー――ガルテン！」

けれど、その声は空《むな》しく吸い込まれていくだけだった。

惣三の胸に、何とも言えない悲しみが広がる。

それは単に、その地点を見つけられなかったというだけでなく、フレーベルと喜びを共有できず、彼に出会うことができなかった悔しさであり、またフレーベルに共感した山々から惣三自身の保育人生に対する共感が得られなかった悲しみであった。

だが、そんな悲しみを拭うような出会いが、この旅の最後に待っていた。

惣三にとっての今回のフレーベル巡礼の最大の聖地は、リーベンスタインだ。そこには、老熟したフレーベルが村の子たちに親しまれたマリエンタールの幼稚園の跡や、若い女性たちに尊敬された保母養成所の跡があり、幼児らと没我となって遊んだ森がある。

フレーベルの精神に直《じか》に触れることを祈願する巡礼者としては、どの地にも増して尊い地だ。惣三は馬車を降りて、その森の丘に登り、美しい午後の日光に浴しながら徘徊《はいかい》し、思いをたどった。そして、その風景を深く心に刻み、フィルムに撮影した。

惣三の巡礼は、シュワイナの村端の墓参りをもって終わった。ここで、案内の馬車屋の少女から聞いたフレーベルへの言葉が、惣三の胸を強く打ったのである。

——キンダー・フロイント（子供の友達）。

惣三は思わずその少女の肩を軽く抱き、ブロンズの髪をなでながら、満面の笑みで「グート（それはいい）」と言った。少女の言葉は実に素直な、それでいて最も簡単に、的確に、そして親しみ深くフレーベルを言い表していた。「キンダー・フロイント」、それだけでいいのだ。

惣三は無邪気に子供たちに交じって遊んでいた、ただただ楽しかった学生時代を思い起こす。いつしか研究者となり、論文を書いたり、人前で講演をしたり、教授だとか、主事だとかいう立場を持つようになって、その原点を自分は見失っていたのではないか。

フレーベルの面影を追いかけた惣三の巡礼は、墓前にてようやく彼の真の姿に出会えたような気がした。

惣三は落ち葉深きフレーベルの墓を前に、

「東洋の巡礼者は、あなたの教育方法にはいろんな批判を考えますが、あなたの教育精神には満《まん》腔《こう》（体全体）の尊敬と礼賛を捧げるものであります」と告げた。

二大聖地を巡って、惣三はその胸にわき上がる思いを書き留めた。この感動と歓《よろこ》びと、そして畏怖と——。

——我々がペスタロッチやフレーベルの教育説を、その名の故によってとうとぶのは、まだ真に至らないためであろう。……

……大教育者たちは、いわば偉大なる『子供讃歌《さんか》』の歌い手、歌の主である。我らが大教育者の言を借りるのは、我々の独力では歌えない詩を、大詩人の前で、歌わせてもらうのと同じことであろう。つまり子供の見方、子供の感じ方を教えてもらい、助けてもらうだけ（そのだけが大きいが）のことに他ならぬのではなかろうか。……

それにしても、子供ほど常に新しく真なるものはない。ペスタロッチの「子供」も、フレーベルの「子供」も、昔の詩人芸術家の「子供」も、今我らの目の前にいる子供と変わらなかったし、今我らが愛する子供らと同じであったに相違ない。皆ありふれた子供であったものである。我らが、それを古人と共に見、古人と同じく感じ得なかったら、我自ら恥ずかしいことであるし、子供にすまないことである。——

ドイツでは、戦後のマルク相場が下落していたこともあり、惣三は子供たちの喜ぶ顔を想像しながらさまざまな玩具をあれこれ買い漁り、とうとうある店と懇意になったほどだった。

中には、玩具とは思えないほど精巧で頑丈な良いものがあり、各種工業の機械を模した科学玩具もあった。アルコールランプで湯を沸かして、それをモーターにして、さまざまなエンジンを回転させる凝ったものもあれば、ままごと道具にしても、電気仕掛けで一通り調理もできそうな台所セットや、小さいながら人形の着物くらいは縫えるおもちゃミシンなど、惣三がかねて理想の玩具として考えていたものが、何でもあった。

こうして、自分の荷物よりもはるかに多くなった玩具を抱えて、惣三の旅はチェコスロバキアのプラハへと続いた。そして、プラハで三度目の年を越し、オーストリアのウィーン、ハンガリーのブダペストを回った惣三は、一月十二日にイタリアのフィレンツェに入った。

惣三は、それぞれの教育論が生まれた舞台の違いを肌身で感じ、基盤となる社会や国家というものが、否が応でも影響してしまうことを知った。

二年あまりの惣三の洋行も、いよいよ帰国の時を迎えた。船は、惣三の帰心を乗せてフランスのマルセイユを出る。

帰国の喜びと同時に、多くの体験をもたらしてくれた遠い異国の地への旅愁を抱いて、惣三は甲板に立ち、次第に遠くなっていく陸地を目に焼き付けるように眺めた。

いよいよ海しか見えなくなると、惣三は胸の内ポケットから、帰国を目前に届いたトクからの手紙を取り出した。

トクからの手紙によれば、小学生になった正雄は「お父さんは洋行で偉くなって帰る」と言っているそうだ。果たして、自分は正雄に誇れる仕事をしてこられただろうかと、惣三は心の中で苦笑する。次男の文雄は、「お父さんが八十銭の煉瓦のお家《うち》をお土産に買ってきてくれる」と言っているそうだ。何と茶目っ気のある子だろうかと、哄笑《こうしょう》した。末の娘の直子は、「お父ちゃんがいない、お父ちゃんがいない」と言っているそうだ。生まれてすぐに家を空けてしまったのだから無理もないと、これは微笑。

惣三は、内ポケットから今度は写真を取り出す。日本を出発した当時の子供たちの写真だ。惣三の中では、三人の姿はこの面影のまま止まっているが、二年を経て、どのように成長しているだろうか。直子などは、赤ん坊の顔しか知らない。果たして、分かるだろうか。いや、子供たちは自分を父親だと分かるかどうか、そちらのほうが心配だ。

惣三の家族に対する思いに引っ張られるように、船は、コロンボ、シンガポール、香港《ホンコン》などに寄港しながら、刻々と日本に向かって進んでいった。

11

家庭教育行脚

大正十一（一九二二）年三月、惣三を乗せた船は神戸港に到着。

同じ空の下、海も欧米とつながっているのに、空気はまるで違う。匂いも、湿り気も、何もかもが惣三を安心させる。自分が異国に行っていたことなど、遠い昔のおとぎ話のようにさえ思えてくる。それほどに、惣三にとって海外は、全くの異空間だったのだ。

「やはり、私はこの国で生まれ育ったのだな……」

下船する階段を下り、最後の一段から陸地に足を着けた途端、何とも言えない感慨が押し寄せる。ようやく家族とつながったような、足の裏がしっくりくるような、そんな感覚が地面から駆け上ってくる。

前を見ると、出迎えの人たちであふれ返っている。皆、この船の乗客との再会を心待ちにしていた人々だ。

うちの子らはどれくらいに成長しているだろうか――。そう思いながら、惣三があたりを見回していると、

「お父様！」

という、はっきりとした呼び声が聞こえる。どことなく大人びた発声だが、直感的にそれは自分に向けられた言葉だと感じる。惣三は期待を込めて、その声のほうを向いた。

そこにいたのは、八歳になった正雄だった。その後ろには、トクがいる。

「正雄か！　よく来てくれたね。ただいま」

二年でこんなにも身長も伸び、顔つきも変わるのか――。惣三は、二年前の感覚でかがめた腰を少し上げる。その顔は、いつも幼児を目にしてきた惣三にとっては、立派な大人のように見える。惣三は正雄を抱きしめ、ひとまわり大きくなった体を確かめるように肩や背中をさする。すると、正雄の後ろから、トクが言った。

「無事のご帰国、何よりでございます。お義父《とう》様のことは、残念でしたけれど……」

「トク、留守の間、本当にありがとう。君のおかげで、向こうで研究に専念できたよ」

惣三は、トクにも深い感謝を伝えた。

静岡の実家へと帰った惣三は、まずトクたちと共に、父が眠る沓谷《くつのや》の共同墓地に向かった。惣三たちの他に墓参する人はなく、黙って歩く足音だけが命ある者の存在を表している。トクに案内されて、惣三は父の墓前に立つ。その後ろに、三人の子供たちも並んで立った。

「父上、ただいま帰朝いたしました。私の不在中、子供たちを誠にありがとうございました」

惣三は一礼をする。

長男の正雄は、父の名「政直」の「政」の字の〝偏〟、次男の文雄は〝つくり〟、そして長女の直子も父の名から一文字をとった。三人合わせれば「政直」になる。

「これからは、私も父上のごとく、良き父親として、そして世のため、日本のために働いて参ります」

目をつむり、手を合わせる惣三の鼻腔を、線香の煙がかすめる。アメリカでは流れなかった涙が一筋、頬を伝った。


惣三たち一家は、菅原が探してくれた中野《なかの》の一軒家に居を構え、再び東京で暮らし始めた。

四月には、惣三は再び東京女子高等師範学校教育科教授および附属幼稚園主事に復帰。海外の幼児教育の現場を実際に目にし、体験した者として、それを日本のために生かすことこそが自分の任務であると、その使命感に燃えていた。

「お帰りなさいませ」

杉本と檜山が、主事室の主《あるじ》として戻ってきた惣三に挨拶をする。

「あなたたちには、私の留守中、しっかり幼稚園を守ってもらい、また私が幼稚園の写真を送ってくれと頼んだときは、大好物の藤《ふじ》むらの羊羹《ようかん》も送ってくれて……本当に世話になったね」

「子供たちと同様、日本の甘味が恋しくなっていらっしゃるだろうと思いまして」

「さすがは、檜山さん」

惣三は笑顔で、結婚して、及川《おいかわ》に姓が変わった杉本を見る。その及川が、一冊の絵雑誌を惣三に渡した。

「無事、一月に創刊しましたよ」

赤い服を着た女の子が、ピエロの人形を持って座っている、美しい五色刷りの絵の表紙には、『コドモノクニ』と書かれている。

「おお、武井武雄《たけいたけお》君の絵だね。うん、紙質もしっかりしている」

「先生が各国から送ってくださった絵本や絵雑誌、鷹見《たかみ》さんがとても感謝されていました」

『コドモノクニ』は、鈴木三重吉《すずきみえきち》が創刊した『赤い鳥』に触発された東京社《とうきょうしゃ》が新しい絵雑誌を検討している際、惣三の論考を読んだ編集者の鷹見久太郎《きゅうたろう》が、惣三を編集顧問に招いて作ったものである。惣三は、子供に向けたお話や、付録の人形芝居の脚本を執筆していた。

この年の十一月、アルベルト・アインシュタインが来日した際、この『コドモノクニ』の芸術性に心を打たれ、祖国に持ち帰ったとか、帰らなかったとか。

及川は惣三が帰国したら聞いてみたいと思っていたことを尋ねた。

「あちらに行かれて、日本の幼児教育に生かすべきものは何だとお感じになりましたか」

及川の問いかけに、惣三の胸にさまざまな思いが浮かんでくる。やりたいことは多々あるが、惣三がまず着手すべきと考えたもの、それは――。

「私が追い求めてきた幼稚園教育の理想の実現のためには、設備の改善にお金も掛かるし、教師の養成にはそれなりの年月が掛かる。けれども、心一つで今すぐにでも始められることは、何だと思うね？」

及川も檜山も、その問いかけには答えず、黙って惣三の答えを待った。

「すぐに始められて、教育振興の最も基本となるもの——各家庭における教育だよ」

「家庭における、教育……？」

あまりにも身近で思いもよらなかった回答に、及川はただ復唱するほかなかった。

「家庭教育は、どこの国であろうと、また文化が違えども、究極的には親と子の間のことだ。世界どこであっても、親子の情に変わりはない。かといって、他国に学ぶ必要はないというのでもない。それどころか、違いを知って初めて、その根にある同じものの深さが味わえる。つまり、違いによってこそ普遍が見出《みいだ》されるのだと感じたんだ」

「異国に身を置かれた先生だからこそのご実感ですね」

檜山が言った。

「うむ。私も最初は、何もかもが違うと感じた。けれどね、表面的な違いにとらわれて普遍に至らないのは、掘り下げ方や、その違いに対する理解が足りないからではないかと思い始めた。違いを知らなければ普遍を感じることはできない。多くの違いを知るのは、普遍を会得するため——それを、今回の洋行では学んだ気がするよ」

それから惣三は、家庭教育についての講演を行う「家庭教育行脚」を始めた。

惣三の考えは、「家庭教育こそ教育のもと」というものであった。つまり、家庭と学校とどちらが大切というのではなく、子供の教育の土台は家庭教育である。だからこそ、家庭教育の重要性を述べたのだ。

外遊中に、アメリカでは少年犯罪や家庭教育についての研究が課題とされていることを知ったが、日本でも第一次大戦後の資本主義の急速な発展は、児童労働問題を引き起こしている。女性の職場進出と共に家庭における制度の崩壊が進み、都市や農村における階級格差が深刻な社会問題となってきており、解決を迫られている緊急の課題でもあった。

惣三は家庭教育の必要性を訴えるため、請われればどんな僻地《へきち》にも足を運んだ。講演行脚は機会を増し、休日や休暇をほとんどそのために用いて東奔西走した。

「このごろ、全くお休みになられていませんけれど、お体は大丈夫なのですか?」

トクも、惣三の激務を労《いたわ》る。最近、家でゆっくりしているのを見たことがない。

「我が子のことも、少しは見てやってくださいよ。やっと外国から帰ってきても、全く家にいらっしゃらないんですもの。子供たちも寂しがっていますわ」

惣三はそうトクに言われてハッとした。皮肉にも家庭教育の必要性を説くのに一生懸命になるあまり、その本人が自分の家庭をないがしろにしてしまっていた。

「それは……本当にすまないと思っている。でも、君がそうやって子供たちを心配するように、世の中の母親たちは皆、我が子を心配しているんだ。それに、できるだけ応えてあげたいと思ってしまうんだよ。母親が安心すれば、その子供たちも安心するだろうから……。でも、君と子供たちのことを忘れたことは一度もない」

惣三は、申し訳なさと共に必死で訴える。すると、トクがクスッと笑いを漏らした。

「分かっています。あなたは、学生時代からそうでしたもの。我が子じゃなくたって、心底かわいがって。じっとしていられないのは仕方ありませんわ。でも、たまには我が子と思い切り遊んでやってくださいな。あの子たちにとっては、あなたは唯一の父親なんですから」

「そうだね、そうするよ。そして、必ず君にも、子供たちにも誇れる仕事をすると約束する」

「そうでなければ困りますわ」

少し拗《す》ねたようにトクが言う。そしてこうつけ加えた。

「子供たちは、あなたが立派な人になるって期待しているんですから。もちろん、私も……」

惣三の講演先には、漁村もあれば山間《やまあい》の小さな町もあった。聴衆には、母親たちはもちろん、下足番をしている老婆や芸者など、思いがけない参加者もいた。

ある漁村では、惣三の講演当日に鰯《いわし》が大漁となり、女性も含めて住民総出で浜へ出たことで、予定よりも二時間以上遅れて講演開始となった。漁村ではよくあることで、惣三はむしろ、「それでこそ、忙しい母たちのところへ出かけていった実感がします。あの待っている時間こそ、私の仕事ですよ。彼らは漁によって生活しているのですからね」

と言って愉快がった。

また、ある町では、父親との会話もあった。それは、思いがけないところで始まった。

講演を終えた惣三を駅に送るため、会場には車屋が待っていた。惣三を乗せた人力車は勢い良く駆けたが、程なくゆっくりになった。すると、車夫が突然話し始めた。

「わしらのようなもんでも、親でごぜえまさあ。子供らにすまねえとばかり思っていましたが、親に変わりはねえことを、ようく分からせていただきやした。先生様のお話を聞いてて、わたしゃうれしくって、涙が出ました」

「子供さんは、何人いるのだね」

「五人」

「おかみさんは、達者かね」

「それが、長く患ってましてて」

車夫は前を見据えたままで、その表情は惣三からは見えない。

「そりゃあいけないね」

「へえ、だが、子供の世話だけは、よくしてくれますんで。わたしゃあ、だめですが」

「こうやって稼いでいる父親が、だめってことはないじゃないか」

言いながら、惣三は自分自身のことを考える。家庭の状況は違っても、父親も皆、悩んでいるのだ。自分だって、こうして家庭教育について偉そうに語っているが、父親らしいことは何一つできていない――。

「いや、全くだめでごぜえます。貧乏の上にだらしがねえんで、子供らに親の顔もできねえと思ってましたら、先生様のさっきのお話じゃあ、それでも親だって……」

車夫の声が詰まる。やはり顔は見えないが、ちょっと前屈《まえかが》みになって力んでいる首筋に汗がにじんでいる。

「先生様、親は親でごぜえまさあねえ」

「そうだとも、君」

惣三は、自分にも言い聞かせるように答える。

「こうなれ、ああなれとおっしゃらねえで、そのままで親だ、とおっしゃってくださったとき、わたしゃあ、胸へぐっと……」

「当たり前の話だよ」

車が駅に到着すると、惣三は車を降り、ようやくその車夫の顔を見る。毎日、懸命に車を引いているのだろう。日に焼けた肌が、その勤勉さを物語っている。

惣三が小学生のときに出会った、一平のことを思い出す。決して恵まれた家庭ではなかったが、車夫である父親のことを得意げに話していた一平――。きっと、この男の五人の子供たちだって、彼を自慢に思っているに違いないと、惣三は思った。

「子供たち、かわいがってやんなさい」

そう言って、惣三は車夫と別れた。こうした素朴な村の人々は、惣三が最も話しがいがあり、尊いと感じる聴衆だった。

一方で、惣三が苦手としていたのは、上流階級の母親とインテリ・マザーだ。

「我が子をよく教育したいという気持ちは同じなんだが、どうも観念的で、私にも理論で迫ってくるんだよ。まるで書物や文字の包装を被っているようで、生き生きとした母の実感を持ってもらうことが難しい」

惣三が珍しくトクにこぼしたときのこと。

「あら、いつかの生徒さんたちみたいなことを言うのね。ほら、あなたの授業が全く分からないと言っていた、あの生徒さんたち……」

またしてもトクに意図せずして核心をついてこられ、惣三はギクリとする。

あのころの自分こそ、この母親たちと同じだった。観念を喜び、理論を楽しもうとするインテリ癖に、見栄《みえ》という飾りまでつけた包装で身をくるんでいたあのころの自分を見るようで、自己も含めて嫌悪を感じたのだ。

惣三のその包装は、あの車夫のような、村々で出会った人々にぶつかることによって、少しずつ破られてきたのである。

この家庭教育行脚は、時に満鉄沿線にまで延びた。異国にある日本の家庭には、内地の家庭とは別の悩みがある。同じ経験を持たない惣三にとっては難しい問題であるが、語りながら一緒に考えるために、招きに応じた。

「うちの子がわがままで……」「子供がどうにも親の言うことを聞かないのです」「もう少し、気を強く持たせたいのですが……」「うちの子は、どうして落ち着きがないのでしょうか」……。

母親たちの悩みは、どこでも共通している。そして、どれも切実だ。

母は、教える前に慰むべき人である。導く前に労るべき人である。家庭教育行脚の心は、説く前に労ることである。戒める前に、まず察することである。悩みを解決する前に、まず共に語ることである。語るより、むしろ聞くことである。どの母でも、その子の母である。家庭教育行脚の要諦は、その母にその子の母たる喜びと幸福とを感謝せしめることにある。軽々しく理想の母を論じ、容易に賢母の範を示し、母を恥じしめ、母を苦しめてはならぬ。すべての母は悲願の母である。その悲願もまた、その母、その子、決して同じではない。それに対し、もちろん三十三種の観音様のようにはなれないけれども、すべての母の哀思の一つをでも救う一助となりたい——。それが、惣三の「凡力行脚」の念願であった。

思えば、母のとくが惣三を連れて東京暮らしを始めたのは、母がまだ今の自分よりも若かったころのことだ。父は不在で、見知らぬ都会で暮らすのは、どんなにか心細かっただろう。返す返すも、母という存在に、惣三は敬意を表さずにはいられなかった。

その後、静岡で一人暮らしをしていた母を東京に呼び寄せ、中野で同居することにした。久しぶりに家族がそろう生活となり、惣三は休みがあれば極力、一家で過ごすようにした。

　ある日の夕食でのこと——。

「ところで、正雄も文雄も、新しい学校はどうだい？」

　惣三が二人に尋ねると、兄の正雄を差し置いて、文雄が我先にと口を開いた。

「先生が、僕が描いた絵をほめてくれました！　お父様が送ってくれた絵葉書の、フラミンゴの絵です。教室に飾られています」

「すごいじゃないか！　正雄はどうだ？」

　自分に話を向けられて、正雄の表情が途端に固まる。そして、目をふせたまま消え入りそうな声で、たった一言、絞り出すように言った。

「特に、ありません」

　一瞬静まった食卓は、文雄の発した一言で笑いが戻る。

「お兄ちゃん、学校で何もしてないのー？」

　惣三はとりわけ、正雄のことが気に掛かっていた。惣三が、父の勧めで母と上京したのは小学四年生のときだった。転入した学校では友達ができず、いつもおどおどしていたことを思い出す。なぜ、父の都合で、このような慣れない土地に来なければならないのか——そんな思いにもなった。

　今、正雄はまさにあのころの自分と同じ境遇にあるのだ。静岡へ転校し、また東京に戻って、新しい環境に適応することを余儀なくされている。しかも、彼は惣三の幼少時代に似て、大人しい性格だ。学校に行っても、所在なさげに一人で過ごしているのでは――。

詮索したくなる気持ちとは裏腹に、文雄の明るさにその場の空気が流されてしまい、気になっていることを聞けずに終わってしまった。

なぜ、我が子となると、こううまく話ができないのか――。これだけ日本全国、そして満州においてまで家庭教育を語り、多くの親たちの悩みを聞いてきた惣三も、自分の息子を前にすると、理論通りにはいかない。ただ、これが親たちの心なのだ。そして、これが自分の親としての実態なのだ。そんな私が、どうして理想の親を語ることができるだろうか。

行く先々で出会ったさまざまな親たちの悩みは、惣三自身の悩みだった。だからこそ、一人一人に寄り添い、共に語る惣三の姿がそこにあった。

12 廃墟《はいきょ》からの出発

惣三を再び主事に迎えた附属幼稚園では、惣三が示したアイデアが即実行されるなど、さまざまな試みが積極的に行われていった。木片による工作も試みられたし、幼児のための人形芝居が本格的に始められたりもした。惣三がイギリスやフランスで盛んだったギニョールと呼ばれる指人形を紹介すると、それは全国の幼稚園に広がった。

さらに、惣三は、大正十二（一九二三）年に「お茶の水人形座」と名付けた人形芝居一座を立ち上げ、定期的な上演活動を行った。また、紙芝居にも関心があった惣三は、いつも子供たちに交じって街の紙芝居を見物し、ついには紙芝居屋の一人に教えてもらい、浅草の元締の家まで訪ねたほどだ。

農繁期託児所の唱道にも、惣三は熱心に力を注いだ。

農繁期託児所は、子供たちが農業の手伝いをするために、農繁期に幼児教育の場から引き離されてしまうという、日本の農村特有の事情から必要とされた施設である。そのころはまだほとんど普及していなかったため、子供の現実の緊急問題として、惣三は機会あるごとに全国の農村にその必要性を説いて回った。

大正十二（一九二三）年九月一日午前十一時五十八分。突然それは起こった。

夏季休暇中の講演旅行から前夜遅く帰ってきた惣三は、午前中、久しぶりに家の縁側でのんびりとしていた。

「今日は子供たちと庭で遊ぶか……」

そう思っていると、どしんと自分の体が揺れた。一瞬、何が起こったのか分からない。その後も激しく上下動する。地震だ。

このまま家が崩れ落ちるのではないかと思うほどの強い揺れに、惣三は急いで家族を呼んで庭へ飛び出した。門の前の空き地に建築中の二階建ての家が、傾いたと思ったらガラガラと倒れる。

「きゃあー」

惣三とトクは、母と子供たちの肩を抱きながらその場にしゃがみ込む。トクと母が、自分たちも恐怖に耐えながら、泣きじゃくる文雄と直子をどうにかあやしている。正雄は何とか耐えているものの、惣三の着物をつかむ手に力が入っている。六人はまるで一つの塊のように、固く抱き合い、揺れが落ち着くのをひたすら待った。

震動が続く。遠く都心の空に、赤黒い土煙が立ち上った。

「お茶の水か⁉」

思わず惣三は立ち上がり、その土煙のほうに目を凝らす。今日は幼稚園も女高師校もまだ休み中だから園児や生徒、保母たちは来ていないはずだ。惣三は胸をなで下ろしたが、この空の下のどこかで自分と同じように恐怖を味わったであろう彼らの安否が気になって仕方ない。

やっと揺れが収まり、振り返って我が家を見て呆然と立ち尽くす。すべての家財がなぎ倒され、足の踏み場もないほどである。

その夜、惣三たちは何とか運び出した籐《とう》の椅子を並べて、そこに子供たちを寝かせ、夜を明かした。どの方角、というよりも、東京の空が一面に真紅に染まっている。その火の中にある多くの幼稚園のことや、園児たちの家のことを思うと眠ることができなかった。

とにかくじっとしていられなくて、夜が明けるとすぐに出かけた。瓦礫《がれき》が散乱し、倒れたり燃えたりした家々の間を縫うようにしてひたすら歩き、お茶の水の橋に着いたときには、足が痛くなっていた。けれど、それよりも強い痛みが胸に走る。眼前に広がる焦土。

惣三は、何もなくなってしまった変わり果てた町の中に、どうにかお茶の水幼稚園の跡を探す。崩れた瓦礫と、うずたかい灰と、焦げた木材の破片との中に、土台の礎石だけが整然と残り、各室の位置と区画とをあったままに示している。それが、惣三をかえって侘《わび》しい気持ちにさせる。ちょうどついこの間、外部壁面の塗り替え工事をやって、実に何十年ぶりの新粧《しんそう》の美を凝らしたばかりだったのだ。まさか、それがこのような姿に……。

惣三は、まず事務所の位置に立ってみた。それから、想像力を働かせながら廊下を通り抜けて、遊戯室に入る。その右手の書庫にも入った。それから他の部屋を一つ一つ通ってみた。けれど、惣三が見たものは、どこもかしこも焼け焦げた空間だった。すすけた炭の臭いが鼻をつく。

「これぞ、まさに何もない『無』だな……」

空しく、灰の中にステッキを立てて佇立しながら、改めて園児の休暇中だったことが、不幸中のいかに大きな幸いであったかと思った。

惣三は、足の痛みも忘れて浅草方面へと歩き出した。けれど、一向に景色が変わらない。惣三と同じく、知人の安否を尋ねてきたのであろう人々や、焼け跡を前に泣き崩れる人たちもいる。焼け落ちた家々の下には、遺体であろうか、通りいっぱいにござのようなものが掛けられている。

線路の跡を頼りに歩くうちに、自分が、今も吹き上がる黒煙に向かっていることに気づく。

「浅草は、まだ燃えているのか……？」

惣三はまず上野公園の高台から、東京全体を見渡そうとした。惣三と同じことを考える輩《やから》と避難者で、上野公園はごった返している。その人混みをかき分け、見晴らしの利くところまで来ると、惣三は息を呑んだ。

「これが……東京⁉」

公園の下の停車場はほとんど跡形もなく、線路のあちこちに貨車や客車が焼けて散乱していた。奥には、高さを半分失った十二階建ての凌雲閣と浅草寺の観音堂が黒煙にけぶって見える。

浅草は、惣三にとって故郷のような場所だ。父に初めて連れられていった十二階。あんなに高くて立派な建物も、このように脆《もろ》くも崩れてしまうのか――。居ても立ってもいられず、惣三は浅草へと足を速めた。

「こっから先は危険だ！　下がれっ、下がれいっ！」

浅草では、今もなお盛んに消火活動が続けられている。ポンプ車による放水の他、住民たちによる地道なバケツリレーも行われていたが、火の手は一向に収まらない。それでも必死にリレーする人々を見て、自分も列に加わる。

これ以上、大切なものを焼き尽くさないでくれ――。惣三は悔しい思いで、やけくそのように重たいバケツを受け取っては渡していく。

「お前……倉橋じゃねえか！」

ふと懐かしい声に、手だけは動かしながら顔を上げる。

「ブンちゃん！」

煤《すす》だらけの顔に印半纏の山中文太の姿が、惣三の目に飛び込む。思わず抱き付きたいような衝動を必死にこらえて、バケツを回す。

「お前みたいなお偉いさんが、こんなとこで何やってんだ！」

「浅草のことが気になって……」

「浅草は全滅だ。俺もフクも昨日から飛び回ってるが、全く火が収まらねぇ。くそっ」

悔しそうに噛んだ文太の唇には血がにじんでいる。町の火消しは鳶《とび》職人が主たる担い手だったため、大工である文太もフクも日ごろから消火活動を行っていた。しかし、今回は規模が違いすぎる。町全体、いや東京全体が火事なのだ。

「だが俺らが絶対に立ち直らせてみせる。あの十二階もな！　浅草は俺たちの町だからよ！」

文太も浅草を愛しているのだろう。その声には強い意志がこもり、力強い。

「僕も子供たちのために、また幼稚園を復活させる！」

惣三も思わず叫ぶ。

「ああ、俺に何かできることがあったら、いつでも駆け付けるぜ！　紀念祭のときみてえにな」

そう言って笑いかける文太が何とも頼もしく惣三の目に映った。

思えば、小学生のころ、惣三は文太が苦手だった。いつも皆の中心にいて、運動神経も良くて、誰からも慕われていた。自分とは正反対の人間だと思っていた。それは文太も同じだった。惣三はのろまで臆病で、しかし秀才で、絶対に友達にはならない類いの人間だった。

あのころの二人に、今の関係が想像できるはずもない。子供社会という小さな枠組みの中で、成長過程における相手の一側面を見ているにすぎない。それで、苦手だの、嫌いだのと決め付けることの何と浅はかなことかと、惣三はあのころの自分に言ってやりたい。

「ブンちゃんには、いつも助けられてばかりだ」

惣三が文太を見つめながらしみじみと言うと、文太は照れたように目を逸らし、真っ黒な手で鼻をこすった。そして、黒く煤けた鼻を見せて言った。

「何しけたこと言ってんだい！　お前は子供らを助けんだろうが‼」

そこへ、一人の若い女性が半狂乱で駆け寄ってくる。

「母が、うちの母が……あの瓦礫の下にいるんです！」

「何だって⁉」

言うが早いか、文太は惣三の手からバケツを取ると、一気に頭から水をかぶった。

「ブンちゃん、僕も！」

「素人は危ねえ！　ここは俺らの仕事だ」

火の手の中に消えていく文太の背中に向かって、惣三は心の中で祈るように叫んだ。

――ブンちゃん！　ちゃんと、ちゃんと無事で帰ってくるんだぞ……‼

惣三も、文太に助けられた一人だ。浅草川の土手で、身動きが取れなくなった惣三を引き上げてくれたのが文太だった。その勇敢さと優しさは、今も変わらない――。

惣三は再びバケツリレーに加わるが、文太は戻ってこないのか、まだか、と気が気でない。

どれほどの時間が経っただろうか――。

「母さん――‼」

先ほどの女性が駆け出す。鳶職人の姿をした男が、ぐったりとした老婆を背負っている。助かったようだ。けれど、惣三はえも言われぬ恐怖に襲われる。老婆を連れ出してきたのは、文太ではないのだ。惣三はたまらずバケツリレーの列を外れ、その男に駆け寄った。

「すみません、ブンちゃん……いや、文太は？　山中文太は？」

男は黙って首を振った。

「ど、どこにいるんです？　彼はあの女性を助けに行ったんです。まだ、あの中に残っているんですか？　どうなんですか？」

惣三は男の両腕をつかみ、詰め寄る。

「火消し組にはよくあることだ。あいつのおかげで、あの人は助かったんだ。あいつはよくやったよ……」

そう言うと、男は惣三の手をほどいて、次の現場へと向かっていった。

「そんな……」

つい先ほどまで惣三の目の前にいて、言葉を交わしていたのに。この町を、浅草を立ち直らせると言ったばかりなのに。幼稚園の再建にも力を貸すと言ってくれたのに――。

ヘナヘナと全身の力が抜け、惣三はその場にしゃがみ込む。

なぜ、ブンちゃんが……。もう会えないなんて信じられない。いや、信じたくない！

何もできなかった自分が悔しくて、惣三は何度もこぶしで自分の太ももをたたいた。

なぜ、なぜ、なぜ――。なぜ、こんなに多くの人の命を奪う？　なぜ、平穏な生活を壊す？

とめどなく疑問がわき上がってきて、同時に怒りで震える。

すると、男の子が泣きじゃくっている声が聞こえた。ハッと顔を上げると、まだ小さな坊やだ。歳は、直子と同じくらいだろうか。

「お父ちゃーーん、お母ちゃーーん、お父ちゃーーん、お母ちゃーーん」

泣き叫び続ける子供に駆け寄り、惣三は黙ってその子を抱きしめた。

「お父さんとお母さんが見つからないのだね？」

子供は、返事もせずに泣いている。その子の背中を優しくなでてやっているうちに、ふと先ほど文太が言った言葉がよみがえってきた。

『お前は子供らを助けんだろうが!!』

そうだ。幼稚園を、早急に再開させよう。それがブンちゃんとの友情の証《あかし》だ。

園にいる間だけでも、子供たちの心がこの悲しみから救われるように、子供たちが安心できる場所を作ってあげたい。友達と会って、話して、遊んで、少しずつ子供としての日常を取り戻すことができるように。文太が浅草を立ち直らせたいと願ったように、自分は幼稚園を立ち直らせるのだ。そして、この悲惨な現実の中から、子供たちを助け出したいーー。

惣三は子供を避難所に預け、上野に向かった。誰か知り合いに会えるかもしれない。上野は先ほど来たときよりも多くの人で埋め尽くされ、身動きもできないほどだった。

東京女子高等師範学校は東京音楽学校に避難すーーそう書かれた、紙で作られた旗の文字が惣三の目に飛び込んでくる。惣三は駆け出し、東京音楽学校に向かった。すでに校内に仮事務所が設置され、今後についての話し合いが行われていた。話し合いは夜まで続き、その後それぞれの自宅または避難先へと引き揚げた。惣三の、長い長い一日が終わった。

大正大震火災。後に関東大震災と呼ばれたこの地震は、一瞬で東京を壊滅状態にし、周辺部を含む死者・行方不明者十万五千人以上、被害家屋三十七万棟と、明治以降の日本で最悪の被害を出した。東京市中、焼失した幼稚園は公立十、私立三十三、託児所十四、残ったのはわずかに三、四といわれている。

十月には大塚《おおつか》にある帝国女子専門学校の二教室を借りることができた。教室はあれど、幼稚園としての設備は何もない。床板にござを敷いて、遊戯もすれば仕事もした。

「まさに、『ござ保育』だな」

惣三は、ござの上で子供たちに交じりながら、そう笑った。

当然、全員が戻ってきたわけではない。家を失い、地方へ避難した家族もあれば、消息がつかめない家族もあった。それでも、今はこのござの上で笑顔を見せる子供たちのために、精一杯の保育をしようと心する。

子供たちは、いつでも楽しかった。どこでも楽しいのが子供である。この数ヵ月後の大正十三（一九二四）年一月、惣三には母のとくを肺炎で失うという悲しい出来事もあった。しかし、他の先生たちと共に子供たちに引きこまれて楽しくされ続けた。

そして三月、懐かしの故郷であるお茶の水に、バラックながら、前の形のままに建てられた幼稚園に戻ることとなった。

「やっと、戻ってきましたね」

及川が、幼稚園の建物を感慨深げに見上げながら言った。

すると、惣三が及川を含め保母たちに向けて呼びかけた。

「借り部屋でもバラックでも、仮の場ではあるが、仮の保育ではありません。子供の生活に一日の仮もない以上、保育にも一日だって仮はないのです。〝仮の保育〟といった気持ちを持ってはならないと心がけましょう」

「はいっ」

一同が答える。

「焼け野原の東京の子らには、設備の整っていたときよりも、一層良い保育を日々与えていきましょう」

こうして、お互いに励まし合いながら、バラックでの保育が始まっていった。

子供たちが目の前にいれば、自然と笑顔になるものの、帰ってしまった後などは、惣三はよく古い藤棚の跡に立ち、物思いにふけった。その藤は太い古株からくねった枝を広い棚に広げて、春になると美しい藤色の屋根と涼しい葉の影を作り、子供たちを喜ばせていた。

古い江戸名所図会にも残っているし、貞明《ていめい》皇后が行啓の際、九条《くじょう》家のおひいさまとしてこの幼稚園に通われた幼時の記憶を、ことにこの藤棚の下の遊びに偲《しの》ばれたこともある、由緒ある記念樹でもあった。それを思い出すと、ふと気が緩んで、何ともやるせない気持ちになる。

けれど自然は強い。

「及川さん、見たまえ!」

及川が、惣三の指すほうを見た。

「藤だよ! あの藤棚の藤が芽を出したんだ!」

「まあ!!」

焼け跡から、その藤が思いがけず新芽を出したのである。それからは、惣三自ら毎日藤に水をやり、雑草を取り払い、手入れをした。

「そのようなことは、私たちがやりますから」と保母たちが言っても、聞かなかった。

「言っただろう? 私は園丁だからね」

藤は、あの大災を生きのび、こうして新たな命を自分たちに見せてくれている。惣三にとっても、長年彼の心を育て続けてくれた幼児たちに対する感謝と礼賛の真心を深くとどめた木なのであった。

「さあ、藤のように私たちも強くありましょう。心に希望を持って」

もはやトレードマークともなった晴れ晴れとした笑顔で惣三が言った。

後に、大塚に本建築のお茶の水幼稚園が作られた際、惣三はそれを一緒に移して再び藤棚を作った。

その年の十二月、惣三は幼稚園主事を退任した。三月から東京女子高等師範学校附属高等女学校の主事も兼任していた惣三は、女子教育に専念することとなり、幼稚園に直接関与することはなくなった。同時に、昨年の七月に『幼児教育』から改題し、震災以降、発刊が止まっていた『幼児の教育』の主幹も、幼稚園主事を引き継いだ堀七蔵《ほりしちぞう》に譲った。

惣三は、また新たな道へと分け入ることになったのである。

13

傷心の祭り

大正十三（一九二四）年九月——。附属高等女学校校長となってからも、惣三は、時間を見つけては幼稚園に足を運んだ。登園すると、朝日の当たる庭園を見つめて幼稚園の職員室の黒板にこう書いた。

——秋晴るる日よ　子供らの声高し　外へ、外へ、外へ——。

「特に都会に住む幼児の場合、存分に日光を親しめるだけでも幼稚園へ通ってくる意義があるといってもいいほどなのに、それに背いての室内保育は惜しいものです。むしろもったいないくらいです。保育項目は室内、室外は自由遊び、そんな規則はどこにもありません」

そう言って、なるべく子供たちを外へ出すようにした。

「でも、外には椅子も机もありませんし、楽器も……」

困惑気味に言う保母に対する惣三の答えはこうだ。

「一里も離れている遠い野原へ運ぶのじゃなし、お部屋からお庭へ持ち出せばいいのです」

そのころ、帝国教育会において、幼稚園界でも幼稚園令についての対案を研究することが申し合わされ、惣三を含む十二名を委員に委嘱して調査を進めることとなった。

幼稚園に関する独立した法令はこれまで制定されていない。しかし、全国的な幼稚園数の増加もあり、惣三が中心となって法令の制定を訴えてきた。その思いがようやく形となる機会を得た今、惣三は他の委員たちと共に法令の草案作成に意気込んであたった。

そして、大正十五（一九二六）年四月、ついに「幼稚園令」は制定されたのである。

その日はフレーベルの誕生日の翌日、四月二十二日であった。

六月、「幼稚園令」発布記念の『全国幼稚園大会』が開催され、惣三は「幼稚園令の実際的問題」という演題で講演した。

この「幼稚園令」がどのようなものであるか、具体的な変更点などを交えて話していく中に、特に伝えたい重要な問題があった。社会的機能についてである。今回、保育園のように保育時間を長くしたり、三歳未満の幼児も入園できることになったのだ。

「幼稚園は教育であって、社会事業ではないというようなことを言う人さえあったりしたのです。教育か社会事業か、それが幼児そのものに対して、何の絶対的区分になりましょう。われわれは、幼児その人のために、必要なるものを与えるだけのことではありませんか」

そして最後に、今の「幼稚園令」が完成形ではない、ここからもっと良いものへ、もっと子供に寄り添ったものへしていくべきだと述べて、講演を締めくくった。

「倉橋先生、『幼稚園雑草』の序文の件なのですけれど……」

講演を終え、控え室で一息ついていた惣三に、及川が遠慮がちに尋ねた。

「ああ、そうだったね。待たせて申し訳ない。今、ここで書くよ」

惣三はバッグから原稿用紙を取り出し、机の上に広げるなりペンを走らせる。

「そんな、今すぐでなくても結構ですのに」

「いや、また忘れるといけないからね。それに、今日はこれを書くのに相応しい日だ」

そう言いながら、惣三は『幼稚園雑草』の冒頭に掲載する短い序文を書き上げた。

以前から、及川をはじめとした保母たちから、一般向けに惣三の原稿を本にして出版したいという話があったのだが、惣三自身はあまり気乗りしなかった。そんな惣三の煮え切らない態度に痺《しび》れを切らした七名の保母たちが、惣三に構わず、どんどん原稿を整理し、出版社にまで掛け合ってしまったのだ。

保母たちの熱い思いは、時に少々面倒くさく感じることもあったが、惣三の原稿を世に広めんと熱心に動いてくれていることに心から感激し、また感謝した。

そのようなことを思いながら、惣三は序文の最後にこう記した。

——題して幼稚園雑草という。実にその通り雑草である。花としても飾るに足らず、果実としても滋味あるものではない。ただ雑草も枯れて後、土地の肥料になることのあるものだということを聞いて、小さな望みとしているのである。

大正十五年六月幼稚園令公布記念全国幼稚園大会を了《おわ》りたる後　お茶の水にて

その年の八月、『幼稚園雑草』はトクの実家、内田老鶴圃から出版された。

仕事が順調になり忙しくなる一方、別の動きも生じていた。

この「幼稚園令」は保育界の実情に即していないとの批判が、保育関係者から噴出したのだ。幼稚園とは別に託児所準則を作り、託児所を普及させたいと内務省関係者が述べるなど、省庁を巻き込んでの幼保一元化の道は、長い道のりをたどることになるのである。

また、家庭でも問題を抱えることとなった。その年、東京府立第四中学校（府立四中・現在の都立戸山高等学校）に入学した正雄が、急性肺炎と胸膜炎を併発し、入院したのだ。

惣三とトクの重い心境には不釣り合いな、穏やかな九月の日差しが病室を明るく照らす。

惣三は毎日のように病院に立ち寄ったが、惣三が病室に顔を出すと、それまでトクと談笑していた正雄は急に静かになってしまい、笑顔が消えてしまう。

「体の具体はどうだ？」

と尋ねてみても、正雄は「大丈夫です」と答えるのみで、それ以降の会話が続かない。

眠っている正雄の顔を見ながら、惣三は心の中で語りかける。

――なあ、正雄。お前は、今どんな気持ちなんだ？　苦しいか？　痛いか？　倒れる前に、何か予兆はなかったか？　なぜ、いつもお前が思っていることを伝えてくれないんだ？　なあ、正雄。父さんはお前の気持ちが分からない。こんな、仕事ばかりの父親で……すまない――。

教育者としての、いや、親としての自分の不甲斐なさに、惣三は胸が締め付けられた。

退院後も自宅療養が続き、後期を休学した正雄は、結局留年することとなった。留年が決まったときの正雄はかなり落ち込み、何日も布団にくるまっていた。惣三もトクも何とか励まそうとするも、言葉だけが空しく空回りする。

「幼稚園令」公布後ということもあり、惣三は以前にも増して講演や説明会に呼ばれることが多くなった。正雄の体調が気になりながら、遠方へも出かけなければならない。

惣三にとって大正十五年の後半は、迷いと葛藤の期間となった。その年の暮れには、大正天皇が崩御。「昭和」に改元され、わずか七日間の昭和元年が終わった。


昭和二（一九二七）年夏――。惣三は、千葉の上総興津《かずさおきつ》の漁師の離れ屋を借り、一家で過ごしていた。

正雄の療養目的というのもあったし、家族旅行という側面もある。けれど、惣三にはもう一つ理由があった。とにかく、東京を離れたかった。そこで、これまで自分が歩んできた道について、そして自分は今後どう歩むべきかについて考えたかったのだ。

海も空も大きくて、広くて、遮るものも何もなく、どこまでも遠くにつながっている。

惣三は、まるで自分の未来の真逆を見るような気持ちになる。これまで、順調に築き上げてきた自らの来し方が脆くも崩れ落ち、自分の行く先が閉ざされてしまったかのような閉塞感に苛《さいな》まれていた。

なぜ、こんなことになったのか——。


昨年の五月のことである。

「茨木《いばらき》校長は、何ら学校の改善や学科課程に対して考慮していない」

そんな声が、東京女子高等師範学校の教授会から上がった。三十余名の教授たちが校長に警告を発し、学校を巻き込んでの派閥争いに発展。惣三も渦中の人となった。

惣三は安易にどちらかに付き、相手を非難することはしたくなかった。けれども、それが仇《あだ》となる。教授会の非難の矛先は、やがて惣三にも向けられるようになったのだ。

「ご自分の意見を言わず、何もなさらないのは、茨木校長と同じではありませんか」「主事さんにとって、校長に楯突《たてつ》くことは出世に響きますからなあ」「結局、主事なんぞ現場のことなど何も考えていないのですよ」

教授会の先頭に立っていた上田耕吉《うえだこうきち》を皮切りに、周りの教授たちも惣三を批判する。

「これ以上、進展が見られないようであれば、あなたにも責任をとっていただきますよ」

結局、校長と教授会の板挟みになった惣三は、どちらからも協力を得ることできず、状況の進展が見られないまま月日は過ぎていった。

年が明けて昭和二（一九二七）年二月、ついに新しく浦和《うらわ》高校の吉岡郷甫《よしおかきょうほ》校長を迎えることとなった。すると、教授たちは、さっそく二十五ヵ条にも及ぶ改革案を新校長に突き付けた。

「倉橋君、上田君たちから提出された改革案の中に君のことも書いてある」

吉岡校長に呼ばれた惣三は、改革案に目を通して息を呑む。そこには、附属幼稚園主事、小学校主事、高等女学校主事の解任要求が記載されていた。

「もちろん、君の功績は私も認めている。だが、この三月をもって、君には高等女学校主事を降りてもらう」

惣三は、血が上っているのか、血の気が引いているのか、自分の頭が今、熱いのか冷たいのかも分からない。喉がカラカラに渇いて、声がうまく出てこない。

吉岡校長の言葉に、惣三は何も言うことができず、ただ一礼して退室するのみだった。

自分がここまで築き上げてきたものが音を立てて崩れ落ち、それらがまるでガラクタのように思えてくる。

「高等女学校の主事を辞めることになったよ。四月からは平教授に降格だ」

その日の夕食時、惣三は重い口を開いた。トクは食事の手を止めて惣三を見つめた。

「そうですか……。でも、あなたがおやりになることは何ら変わりはないのでしょう？」

そう言うトクの表情は、いつもと変わらない。どうやら、トクは事の重大さが分かっていないのではないか――。そう惣三が考えていると、トクがさらに続けて言った。

「変わらないのであれば、主事だろうと、教授だろうと、そんなことは関係ないのではありませんか？　あなたが活躍できる場は、日本各地にあるのですから」

やはり分かっていなかった――。惣三は、トクに理解させようと必死に説明する。

「いいかい？　僕は主事だからこそ、講演に呼ばれるということもあるんだよ。それに、学校や教育界での発言権や影響力も全く違う。そう簡単な問題じゃないんだ」

「ではあなたは、ご自分に主事という立場がないと何もできないとおっしゃるのですか？」

先ほどまで冷静だったトクの口調も熱を帯びてくる。

「僕が言っているのはそういうことではない。君は、何も分かっていない」

その言葉に、トクは弾けたように反応した。

「ええ、分かりませんわ！　あなたがなぜそんなに主事という立場におすがりになるのか」

「僕は別に、すがってなどいない！　……もういい」

なぜ、「それは残念でしたね」「大変でしたわね」の一言が言えないのか。

思わず感情的になってしまった自分を隠すように、惣三は冷めた味噌汁《みそしる》に口を付けた。

三月、惣三は正式に辞令を受けた。四月から、肩書のない学校生活が始まった。

「やあ、倉橋先生。主事室に比べてこちらの机は狭いですが、これからは我々と仲良く肩を並べて、女子教育向上のためにご一緒に励みましょう。はーっはは」

上田はわざとらしく大笑いをしてみせる。惣三にとっては、机の大きさなどどうでもよかった。ただ、教授たちの惣三を見る憐《あわ》れむような、あるいは嘲るような視線が煩わしい。誰も自分のことを知らないところに行きたい――。珍しく現実逃避思考が働いた惣三は、その年の夏休みを家族だけで千葉で過ごそうと思ったのである。

けれど、千葉に来たからといって、急に閉塞感が打破できるわけではない。また正雄との関係が変わるわけでもなく、相変わらず二人はぎくしゃくしたままだ。

惣三は、夜の浜辺に一人たたずむ。

これが自分の現実なのかもしれない。周りからは保育界の重鎮扱いをされてきたが、最も身近な我が子との関係はこの有り様だ。トクも、あの日以来、仕事のことを聞いてこなくなった。自分がこれまで心血を注いでやってきたことは、いったい何だったのか。こんなにいとも簡単に壊れるほど脆く、役に立たないことだったのだろうか――。

惣三は、すっかり自信を失ってしまっていた。結局、自分は何も改善できなかったのだ。正雄との関係も、学校のことも……。

闇に慣れた目に映るのは、目の前の波だけの世界だ。

様子を見に行ったトクは、声を掛けず部屋に引き返した。惣三の背中は震えていて、時折、必死に抑えようとして漏れる嗚咽《おえつ》する声が聞こえたからだ。

新学期が始まった。惣三は、トクと共に子供たちを連れて、地元の氷川《ひかわ》神社の祭りに出かけた。惣三としては、祭りどころの気分ではなかったが、かねてからの文雄との約束となれば仕方がない。週末も仕事が多かった惣三にとっては、中野に越してきて初めての祭りである。

氷川神社の例大祭は由緒あるもので、壮麗な神輿渡御や山車の巡行が最大の見所である。子供たちも小ぶりではあるが、惣三たちが浅草で手作りしたものとは比べ物にならないほど立派な神輿を担いでいる。その中には、尋常小学六年生になった次男の文雄の姿もある。

「文雄――っ！　頑張れ――っ!!」

初めて見る文雄の雄姿に、惣三は思わず叫ぶ。隣では、直子も手をたたいて飛び跳ねている。トクは団扇《うちわ》をあおぎながら微笑んでいる。その奥、惣三から最も遠くに並んでいる正雄は、目を細めて文雄を見つめている。それは、ただ日差しがまぶしいからだけではないだろう。きっと、元気に掛け声を上げて仲間と神輿を担ぐ文雄を羨む気持ちもあるに違いない。

神輿を担ぐ男たちは英雄だ。見物客たちの視線は、彼らに注がれるのだ。

「お父様、見てくださいましたか？」

神輿を担ぎ終わった文雄が、惣三たちのもとに戻ってきた。

「ああ、立派だったぞ」

惣三が褒めると、文雄は誇らしげにはにかんだ。

それから五人は、沿道に並んだ出店をいろいろと物色した。文雄と直子はここぞとばかりに、惣三にいろんなものをねだる。おいしそうなラムネや流行りのメンコにベーゴマ、けん玉に花はじき……。惣三自身も楽しくて、つい言われるがままに買ってしまい、トクに渋い顔をされる。

正雄は、惣三が尋ねてやっとブリキの車の玩具を一つだけ頼んだ。

　ふと視線を感じ、惣三がそのほうへ向くと、四つか五つくらいの小さな男の子が立っていた。周りに、親らしき大人はいない。

「迷子かもしれない。何なら、家に送り届けてやらないとな。君は、子供たちと先に帰っていてくれるか」

トクたちと別れてから、惣三が先ほどの男の子にどうしたのか尋ねると、男の子は惣三のすぐ上にある、木の枝に引っ掛かったハンチング帽を指差した。

「小学生の奴らが投げやがったんだ。『祭りなのに帽子なんか被ってやがる』って」

男の子は悔しそうに言った。

「よし、おじちゃんが取ってあげよう」

惣三は適当な枝を拾い、帽子を引っ掛けて取ってやった。しかし、同時に枝で手を切ってしまったようで、その手のひらにはわずかに血がにじんでいる。

「おっちゃん、大丈夫？　……ちょっと待ってて」

男の子は少し離れた草むらから、草を採って戻ってきた。

「これ、薬草なんだ」

惣三の手のひらに草を押し付ける男の子を、惣三は感心したように見つめる。

「ほう、よく知っているね！　君の名前は？」

「一蔵《いちぞう》」

「いちぞう君か。お礼に、何かご馳走《ちそう》させてくれないか？」

すると、一蔵の顔がぱっと輝いた。

「え、いいの⁉　おいら、ラムネがいい！　ビー玉が入ってるやつ」

「分かった。買いに行こう」

惣三が進もうとすると、一蔵が惣三の着物の袖をつかむ。

「おっちゃん、こっちの道からのほうが近いよ」

一蔵は、するすると人混みを抜けて、あまり人のいない裏道を通ってラムネ屋に向かう。その小さな背中を見ながら、惣三は既視感を覚える。これは……。

『よし！　おいらにまかせとき！　こっち！』

小学生のとき、道に迷った惣三を、抜け道を使って吾妻橋まで連れて帰ってくれた一平だ。

「一平ちゃん……」

「おいら、一蔵だよ」

「そうだ、一蔵君だったね。よく道を知っているんだね」

「そりゃ、いつもこの辺で遊んでるからね」

一蔵は得意げな顔をして言った。

惣三がラムネを買うと、一蔵は、すぐには口を付けず、しばらく瓶を隅々まで眺めて、中に入ったビー玉を転がしたりして見ている。それから、そっと瓶の中身を口に流した。

「うんめえっ!!」

少し口に含むと、目を丸くして叫んだ。そのままゴクゴクと勢いよく飲み続ける。

「ははは。喜んでもらえて良かったよ。初めて飲んだのかい?」

一蔵は黙ったままコクリとうなずいた。

「そうか。ところで、君のお父さんとお母さんはどこにいるのかな?」

「いないよ。大地震で死んだって、おばさんが言ってた」

あっけらかんと答えられて、惣三は言葉を失う。

「そ、そうか……それは大変だったね」

「でもおいら、まだ生まれたばっかりだったから、父ちゃんのことも母ちゃんのことも覚えてねえんだ。この帽子が、父ちゃんのだったってことしか」

どうりで不釣り合いな大きさのハンチング帽なわけだ。

「大事なハンチング帽だったんだね……。それで、君はおばさんと暮らしているのかい?」

一蔵はまた無言でうなずいた。一蔵の関心は専らその両手に握られたラムネだ。もう飲み終わっているのに、未練がましく瓶を逆さまにして、最後の一滴まで飲み干そうとしている。

「また、ご馳走するよ」

「ほんと？　おっちゃんも、この辺に住んでるの？　じゃあ、また会えるね！」

一蔵が笑みを浮かべる。その顔に、一平の顔が重なって見える。

「君もそろそろ帰らないと、おばさんが心配するだろう。おじちゃんが送ってあげよう」

「大丈夫だよ。すぐ近くだから、おいら一人で帰れる。あ、これ……」

手に握った瓶を見つめて、一蔵はしばし考える。

「おばさんに、どうしたのか聞かれたらどうしよう」

「人助けしたお礼にもらったと言えばいいだろう。事実だ」

「……じゃあ、友達になったおっちゃんからもらったことにする。じゃあね、おっちゃん！」

一蔵は大きく手を振ると、家があるであろう方向へ駆けていった。

惣三はその背中を見送りながら、自分が今、とてつもなく幸せな時間を過ごしていたことを噛みしめる。心から楽しいと言える、かけがえのない時間。屈託なく子供と向き合い、同じ目線で語り合い、触れ合えた時間、いや、自分自身が子供に戻れた時間――。

「友達になったおっちゃん」。何かが突き抜けたような感覚が惣三の体を走った。そう、自分は今、一蔵の友達になっていたのだ……。

『キンダー・フロイント、子供の友達』――その言葉が、惣三の胸によみがえる。フレーベルの墓前で、それがあるべき姿だと思った。それなのに、いつの間にか失われてしまっていた。

トクの言う通りだったかもしれない。知らぬ間に地位や立場にとらわれていたのだ。降格という事実に心が釘付けになり落ち込んでいたが、自分は、キンダー・フロイントになりたいのだ。

あの日、トクに八つ当たりしてしまったのは、ただ自分の悲しみを受けとめてほしいという甘えだった。でも、今ならトクの言葉を受けとめられる。

『主事だろうと、教授だろうと、そんなことは関係ないのではありませんか？』

夜の上総興津の砂浜で流したのとは違う、清々《すがすが》しい涙が頬を伝う。気づけば、空には星が瞬き始めている。

「ありがとう、一平ちゃん」

惣三は、空に向かってつぶやいた。彼が思い出させてくれたに違いない。自分は何を望んでいるのか、どうありたいのか、そして何をするべきであるかを——。

家に帰ると、そのご機嫌な顔を見てトクが惣三に尋ねる。

「ずいぶんと時間が掛かりましたのね。坊やは無事に？」

すると、惣三は満面の笑みで答えた。

「ああ、彼と友達になったんだ」

トクは、これまで惣三の中の鬱々としていたものが抜けたことを感じて微笑んだ。

14 キンダーブック

出版社フレーベル館の一室で、創立者の高市次郎《たかいちじろう》と、東京女子高等師範学校を辞し、自分の幼稚園を創設し園長となった和田實は、新しい保育絵本を立ち上げようとしていた。

「『幼稚園令』が発令され、幼稚園の保育項目に遊戯、唱歌、談話、手技の四つに新しく『観察』が加わった。現在市販されている雑誌は、本当に幼児のことを理解しているものが少ないと感じる。今こそ、そこに応える新しい保育絵本が必要だと思う」

和田はそう熱っぽく語り、『キンダーブック』制作に向けて動き出した。

主な既刊の児童雑誌には、明治から続く老舗の『少年世界』、鈴木三重吉が主宰する『赤い鳥』、野口雨情《のぐちうじょう》が初代編集長を務めた『金の船（改題して『金の星』）』、惣三が編集顧問をしている『コドモノクニ』などがあった。『赤い鳥』には北原白秋や芥川龍之介《あくたがわりゅうのすけ》、有島武郎《ありしまたけお》など、『金の星』には島崎藤村《しまざきとうそん》、竹久夢二《たけひさゆめじ》、武井武雄、東山魁夷《ひがしやまかいい》などの名が、それぞれ連なっている。

これらの作家に声を掛け、制作に携わってもらうため、すでに『コドモノクニ』編集の経験があり、作家たちとの人脈が太く、和田とのよしみもある惣三が呼ばれた。

そして『キンダーブック』第一号は、昭和二（一九二七）年十一月、日本で初めての月刊保育絵本として創刊された。販売の仕方も、これまでとは違い、書店や販売店を通さず、幼稚園への直接販売を行った。

また、モットーの作成と編集体制を検討し、第二号となる第一集第二編から新体制が発足、巻末に「本誌のモットー」を掲載することになった。

——一つ、児童生活の「心の糧」。

二つ、絵画をもって編まれたる連絡あり統一ある幼児読本。

三つ、理知と芸術の交響楽。——

そして、新体制では、各担当に顧問と主任が配置された。

童話顧問は、『少年世界』『少女世界』『幼年世界』などの雑誌を通して日本中に児童文学を広め、「お伽《とぎ》のおじさん」とも呼ばれた巖谷《いわや》小波《さざなみ》。『桃太郎』『金太郎』『浦島太郎』『花咲爺《じじい》』など、それまで親から子へと語り継がれた昔話を子供の読み物として整えたのも彼だ。

童謡顧問は、北原白秋、野口雨情と共に童謡界の三大詩人と謳《うた》われる西条八十《さいじょうやそ》を迎えた。『赤い鳥』『童話』『金の星』など多くの児童雑誌に関わっており、後に『東京行進曲』『東京音頭』『青い山脈』など、数々のヒット曲を生み出した人物だ。

絵画顧問は、『赤い鳥』の主任画家を務め、創刊からずっと表紙、口絵、挿絵、飾絵を描いている清水良雄《しみずよしお》だ。彼は『コドモノクニ』にも情熱を傾け、取り組んでいる。

作曲顧問には、天皇陛下（昭和天皇）が学習院初等科に通われているころ、唱歌指導にあたったこともある小松耕輔《こまつこうすけ》が迎えられた。

そして、惣三と共に編集顧問を担うのは、大正十（一九二一）年に北原白秋らと雑誌『芸術自由教育』を創刊した岸辺福雄《きしべふくお》、主任に高市次郎の息子の高市慶雄《よしお》が就いた。

翌年三月発行の『キンダーブック』第一集第二編「乗物の巻（其二）」には、見開きいっぱいに路面電車や車、自転車、人であふれる賑やかな銀座の街の様子を描いた。この号は十万部を売り切り、『キンダーブック』の名を幼稚園関係者だけでなく世に広く知らしめることとなった。

「日本の子たちに美しいもの、本当のものを与えよう！」

惣三は常々そう言って、他の仕事もある中、週に一度は必ず編集室に出社し、若い編集者たちと話し、編集案を考え、時には校正まで手伝うこともあった。そして、「子供部屋や幼稚園に飾ってもいいような良質なものが、園の文化的環境の向上に必要」との惣三の考えから、この号から巻末付録として、印刷技術を凝らした色刷りの絵を掲載するようになった。

惣三たちは有名無名にとらわれず、若い作家であってもチャンスを与えたいと思っていた。子供たちに向けるまなざしと同じで、若い作家の中にどんな可能性が眠っているか分からない。他の雑誌で書いていたとしても、垣根を越えて良いものを作ることを目指した。

このとき、惣三は並行して『幼児の教育』と『コドモノクニ』も編集していたから、頭の中はいつも原稿と締め切りのことでいっぱいだった。

こうして、月日は流れ、惣三はもはや肩書のことなど気に留める暇もなかった。

その上、昭和三（一九二八）年、思いがけないお達しにより、赤坂離宮《あかさかりきゅう》にも通うようになっていた。天皇皇后両陛下へのご進講である。


「わ、私がですか……？」

「ええ、これまでもお茶の水幼稚園への行啓の際は、倉橋主事にお世話になりましたから」

「しかし、私はもう主事では……」

「皇后陛下お直のお召しです」

侍従にそう言われ、惣三は身に余る光栄を感じながら、真新しいワイシャツをおろし、新しいネクタイを固く結んで摂政御殿に参内し、緊張した面持ちで両陛下を待ち受けた。

「お出ましです」

侍従がそっと耳打ちする。惣三は侍従と並んで礼をし、その気配が近づいてくるのを感じていた。そして声を掛けられ、そのあまりの近さに驚き顔を上げた。すると、間近で親しく会釈をされる若々しい両陛下のお姿があって、惣三は幾分か気が和らいだ。

両陛下には、大正十四（一九二五）年に誕生された第一皇女の照宮成子《てるのみやしげこ》内親王がおられ、二歳におなりになっていた。今回の進講は、両陛下による「親としてのお勉強」という思し召《おぼめ》しによるものだ。

両陛下を前にして、いざ話し始めようとした途端、緊張で顔がこわばってくる。惣三は一つゆっくりと呼吸をし、子供たちの笑顔を心に思い浮かべた。

「このたび、児童の心理、特に出生より学齢に至る間の心理的発達についてご進講仰せつけられましたことは、誠にありがたく光栄に存じます。ただ平生、言葉の礼にならいませんのと、問題があどけない児童のことでございますので、自然と慎みの足りないような言葉遣いもいたしましょうかと深く恐縮いたしている次第でございます」

惣三の児童心理の第一講は、乳幼児精神発達についてだ。惣三は、生徒への講義のときと同じく、なるべく興味深い話をすることを心がけ、引用の具体例も市井の家庭生活からとるようにした。

「誠に恐れながら、身分相応に、私の知るところの世間にありふれた親であり、町や村にありふれた子供を例にお話を申し上げます」

そう言って、精神発達の原理としての自己実験の実例に、破れ障子を指で突いて穴をあける子供の様子を、惣三自身がジェスチャーを交えて話したり、破れた畳のへりを指でつまんでみたがったりする光景なども演じてお見せすると、両陛下もおかしそうに笑われた。

「このような光景は、下世話すぎてご理解に難しいかもしれませんが、私の児童心理学も、家庭教育学も、つまりは人間の子が人間の親の愛に育つお話でございます。この人間性を外にして私の話に命はありません。私が常々探究しておりますのは、人間性そのものの研究であると言ってもいいものであります」

惣三は進講の内容によって、子供たちが描いた図画、また折り紙や紙箱の家なども陳列し、ご紹介申し上げた。二回目の折には、『幼稚園雑草』の特別製本を天皇皇后両陛下および皇太后陛下に献上した。これは菅原に相談し、献納用として、本の天地と小口に金色を施し、函《はこ》は金地の無双帙《むそうちつ》にしたものだ。

こうして毎週金曜日、惣三は両陛下に子供について語るという特別な時間を過ごした。

明けて昭和四（一九二九）年、『キンダーブック』第二集第一編では、子供の日常生活を主題とし、全ページを通じて普段の子供の姿を描いた。この号から「文部大臣推薦」の文字と、皇族関係が読まれていることを示す「賜台覧」の文字が入るようになり、まさに国のお墨付きを得るほどの保育雑誌になった。

『キンダーブック』には、時代の世相を反映するように、カメラを持つ子供や、電車、自動車、ケーブルカー、モーターボートなどの絵を紹介した。『キンダーブック』は、社会を映して子供たちに見せる、鏡の役割を果たしていた。

惣三が手掛けていたのは、保育絵本に限ったものではない。自身の著作も精力的に執筆した。『農繁托児所《たくじしょ》の経営』『社会的児童保護概論』『幼児の心理と教育』『家庭と家庭教育』『児童保護の教育原理』といった専門的なものから、『幼児のための人形芝居脚本』の監修も担当した。

翌昭和五（一九三〇）年六月には、照宮成子内親王も四歳になり、改めて皇后陛下に「幼稚園保育事項」について三回にわたるご進講をする機会を得た。

この惣三の活発な活動は、もちろん東京女子高等師範学校の中でも有名になっていた。忙しそうにあちらこちらへと奔走する惣三の姿に向けられる視線は、明らかに変わっていた。

そんな矢先、惣三の後を継いだ高等女学校の主事が病死、次の主事を決めなければならなくなった。

誰もが惣三の顔を思い浮かべたが、校長が出した人事は、現小学校主事を高等女学校主事に繰り上げるというものだった。そして、現幼稚園主事は小学校主事へ、では幼稚園主事は——。

「倉橋君、やはり君が相応しいと思う」

そう声を掛けてきた人物に、惣三は驚きを隠せなかった。

「上田君……」

かつて惣三を主事から引きずり下ろす先鋒《せんぽう》役だった男だ。

「君は主事を降りてからというもの、とどまるどころか、ますます活躍の場を広げている。君は、保育のために生きているような男だ」

上田は決して惣三のほうは向かずに話し続ける。

「私にも小学生の子供がいてね。新吉《しんきち》というんだが……。この前、友達とケンカをして泣いて帰ってきたんだ。私はすぐに、相手の親に抗議しようと、相手は誰なのか尋ねたんだが、息子は『自分で相手に理由を聞くからいい』と言うんだ。なぜだと思う？」

惣三には心当たりがあった。なぜ相手が自分にそうするのか、直接尋ねるように子供たちに言ってきたからだ。これは子供同士の問題であって、大人はただその仲介をしてやるだけでいい。

「息子によると、幼稚園のころからそうしてきたらしい。息子が幼稚園に通っていたころの主事は君だろう？」

惣三の心に一人の男の子の、はにかむ笑顔が浮かんできた。

「あの新吉君は、君の息子だったか！　彼は心根の優しい子でね、遠慮がちだからすぐに遊び道具を横取りされてしまうんだよ。それで私に泣きついてきたことがあったなあ」

惣三の心の中には、園児一人一人との思い出が鮮明なまま、しまわれている。上田はそのことにも驚いた。

「私は、新吉君にはもっと自分の意見をはっきり言える子になってもらいたいと思っていたし、そうすることで子供たちの関係も良くなると思った。そうしたら、彼は勇気を出して言ったんだ。『僕もその道具で遊びたいんだ』って。そうしたら、相手の子は『何だ、そうだったのか』って言って解決さ。子供っていうのは実に素直で素敵だと思わないか」

「本当に君は、子供を愛しているんだな」

上田は初めて惣三に視線を向けた。そんな上田に惣三は問いかける。

「泣いている子がいたら、君はどうする？」

「えっ？　どうって……」

「例えば、涙を拭いてやり、『泣いてはいけない』と言う。『なぜ泣くの』だの、『弱虫だねえ』だの、いろいろなことを言い、してやりもする」

上田がうなずく。惣三は、廊下で泣いていた子供に声を掛けたときのことを思い出していた。

「それはありがたい先生だ。でも、子供たちが欲しいのは、うれしい先生なんだ」

「うれしい先生……？」

「ああ。そのうれしい先生は、その時々の子供たちの心持ちに共感してくれる先生なんだと、私は思う。泣かずにいられない心持ちへの共感なんだ」

惣三が子供に出会うときに特に大事にしている心持ちだ。上田は小さく唸った。

「泣かずにいられない心持ち、か……。私ももっと新吉の気持ちに寄り添えるようになりたいものだ。息子を通して、私は改めて幼児期の教育がいかに大切かってことを思い知ったよ。だからこそ、幼稚園の主事には今一度、君になってもらいたいと、嘆願書を出そうと思ってね」

「君の嘆願書は力がありそうだね」

そう言って、惣三は笑った。それを見た上田は、改めて惣三に向き直ると頭を下げた。

「本当に、すまなかった」

「いや、よしてくれ。私だって、学校を改革するという約束を果たせなかったんだ。それにこの期間は、私にとって必要な時間だったと思っている」

立場にとらわれず、「キンダー・フロイント」という自分の原点、真にあるべき姿を思い出させてくれたのだから。

十一月、惣三は三度目の東京女子高等師範学校附属幼稚園主事に返り咲くことになる。元高等女学校主事が幼稚園主事になることは、別の見方をすれば、ある意味降格である。しかし惣三は全く意に介さなかった。

翌月には、『幼児の教育』の主幹にも復帰。ここに、惣三は完全復活を遂げたのである。

一方で、世界の情勢は不穏な動きを見せ始めていた。

昭和六（一九三一）年九月の満州事変に続き、翌年一月には上海《シャンハイ》事変が起こり、日中間の対立は深まっていく。五月には、青年将校たちによる犬養毅《いぬかいつよし》暗殺事件が勃発。片やロサンゼルスオリンピックでは、日本は目覚ましい活躍を見せた。しかし、翌昭和八（一九三三）年二月には国連で満州国独立が認められず、日本は三月に国連を脱退。世界から孤立していった。

そんな中、昭和七年、長男・正雄が高校に進学。まだ体調に不安が残ることから、自宅からの通学を考え、惣三は友人の小原國芳《おばらくによし》が校長を務める成城《せいじょう》高等学校を勧めた。

惣三にとっても、ついに大塚に新園舎が完成し、年末にお茶の水幼稚園が移転したことにより、新たな始まりとなった。

「ずいぶん時間が掛かりましたが、やっと落ち着けるところに来ることができましたよ」

惣三はそう言いながら、藤棚をそこに作った。それは、関東大震災で何もかもが失われた幼稚園跡で芽を吹き、よみがえった藤だ。惣三はその藤を自ら手入れし、いつか新校舎ができるその日までと、大切に育ててきたのである。

その後、昭和十一（一九三六）年にかけて小学校、高等女学校、高等師範学校が移転を完了し、同校の歴史は、またここから新たに刻まれることになった。

このころから、惣三は自身の保育論を積極的に世に発信していくようになる。

15

教育者の心、親の心、子の心

昭和八（一九三三）年七月、日本幼稚園協会が主催する『夏期保育講習会』が、新しい大塚の大講堂で開催された。

惣三はここで六日間、毎朝二時間ずつ「保育の真諦」という演題で講演した。それは熱弁というよりも吐露と言ったほうがよく、長い間惣三の中で温められ、精査され、推敲《すいこう》されて、満を持して外へと吐き出された。

「フレーベルの精神を忘れて、その方法の末のみを伝統化した幼稚園を疑う。定型と機械化とによって、幼児のいきいきしさを奪う幼稚園を嘆く。つまりは幼児を教育すると称して、幼児をまず生活させることをしない幼稚園に反対する」

「しかもこれ皆、他に対して言う言葉ではない。そこで私は思い切って従来の幼稚園型を破ってみた。古い殻を破ったら、その中から見つけられたものが、この真諦である」

惣三が、かねてからずっと抱いてきた現状の幼稚園のあり方に対する疑問――。それに対し、惣三はようやく自身の保育法を雄弁に語り始めたのだ。

「あのう……」

一人の若い女性の参加者が遠慮がちに手を挙げ、立ち上がる。

「お恥ずかしながら、私は『自己充実』だの『充実指導』だの『誘導保育』だの、そういったことは学んできておりません。それは、いったいどういうものなのでしょうか」

それは、そこにいた参加者の誰もが感じた共通の疑問だった。

「どなたも学んでいらっしゃらなくて当然です。これは、私が生み出した言葉なのですから」

惣三がそう答えると、女性は安心したように腰を下ろした。

「例えばです。洋食屋でコース料理を注文したとしましょう。コース料理は、一品一品が順番に出てきますが、それらはバラバラに孤立しているのではなく、一つながりのものとして成り立っているものです。保育も同じです。遊戯、唱歌、談話、観察などの保育項目を、まるで小学校の時間割りのように羅列することは、幼児の生活を分断することになりかねないのです。子供にとってごく自然のままの生活が、幼稚園でも営まれるようでありたいと私は思っています」

幼稚園は、あくまで幼児にとって生活の場なのである。そこで、惣三が常々口にしていたのが「生活を生活で生活へ」という言葉だった。

「生活を？　生活に？　で？　生活へ……？」

会場から声が漏れる。

「ええ。幼児たちにはその生活のままをさせておいて、そこへ教育を持ちかけていきたいという気持ちを呪文にして唱えているのです。幼児たちを呼び寄せるのではなく、あの椎《しい》の木の陰に子供が集って遊んでいる。そこへ、あなたのほうから出かけていく。あるいは家の子供部屋に立ち寄り、日当たりの良い縁側へ腰を掛けさせてもらい、というふうに、子供の生活しているところへ教育を持って出かけていくとしましょう。そうしたら、随所に子供の真の生活形態のままで、教育をなさることができるわけです」

これが、惣三の保育法が「生活主義」といわれる所以《ゆえん》だ。

「では、そのような教育がいかにして行われるのか――。それこそ、私が『自己充実』『充実指導』『誘導』『教導』と申し上げたものなのです」

惣三を語るとき、代名詞になりつつある「誘導保育」という思想は、この講演で初めて世に明かされたのである。

「いや、倉橋史上、いや、歴史に残る講演やったと思う。反響がすごかもん」

三郎太がメモ帳をめくりながら、お猪口《ちょこ》を傾ける。講演後の酒場での惣三の個人講義は、恒例のものとなっていた。

「参加者に感想ば聞いたんや。えーと、名古屋《なごや》市の女性。『時々耳の痛い、我が身の垢《あか》をさらけ出されたような気がして恥ずかしかった』。東京文華《ぶんか》幼稚園の保母。『もう一度六歳になってお茶の水の幼稚園に入れていただきたいと思った』。富山の女子師範学校附属幼稚園の先生。『まるで自分の欠点をつかみ出して言われているように思いました』……な？　ところで講演で言うとった、お茶の水幼稚園ば見学に来た人が『いつになったら保育が始まるのか』って言うとったとは、本当や？」

「本当だよ。僕は、なるべく子供たちがやりたいように遊べて、自然に過ごせる生活環境を、作っているつもりだ。それでも時々、十分ではないと思うことがある」

「そうなんや？」

三郎太が首をかしげる。

「教育の現場に子供を入れ込むのは簡単だ。こっちの都合に合わせて指示を出し、子供を動かせばいいんだからね。そうではなく子供たちが自然に生活している中に、するすると入っていくような保育ができないものかと、そのことをいつも考えているんだ」

「つまり、今の幼稚園は子供たちの生活ば不自然にしとーとか？」

「従来の幼稚園型は子供を教育に当てはめるやり方だ。幼稚園に来たんだから保育してやるぞ、と子供たちを捕まえているのと同じだ。教育の目的を押し付けなくても、幼児の生活そのものが大きな力を持っている。だからこそ、その生活を営むことが、まず幼児教育の第一段階として大切なことなんだが、それが保育者になかなか伝わらない」

「ほうほう。それが、『自己充実』やな？」

惣三はうなずくと、空いた三郎太のお猪口に日本酒を注《つ》ぐ。

「生活そのままに子供を自由に遊ばせているということは、好き勝手にさせて放っておけばいいということじゃない。子供たちの自己充実を信頼する、ということなんだ。信頼するからこそ、実現させてやることができる」

「信頼か……。信頼しとーつもりで、押し付けとーことは大人同士でもようあるけんな」

「その通り。子供が何かを作っている。でもうまくいかず、どうやったらできるかと困っている。そのとき、『そうじゃない、こうすればいいんだ』と先生が取り上げてやってしまっては、やりすぎなんだ」

「うわあ、そりゃ俺んことや。後輩がもたもたしとーとが、もどかしゅうて『貸してみぃ』ゆうて取り上げてしまうっちゃんね。倉橋、何で分かるとや？」

三郎太が天を仰いで苦笑いをすると、惣三もつられて笑ってしまう。

「相手のために良かれと思うからこそ、つい余計にやってしまうのは誰だって同じだよ。そこが『充実指導』の難しいところなんだ」

「それで、『誘導』ゆうとはなんね？　講演で聞いとって、なんのことかいっちょん分からんかったばい」

「簡単に言えば、子供が自ら遊びたい、やりたい、知りたいという興味を、細切れでなく、生活として広がっていくように、自然に水を向けることなんだ。例えば動物園を作ったり、お店を開いて買い物をしたりね。何より、子供たちが〝自発的に〟そう思えるようにこちらが準備しておく必要があるんだ」

「ただ自由に遊ばせとーだけとは違うんやなあ」

三郎太は飲みながらではあるが、きちんとメモを取って聞いている。

「ああ。最後の『教導』は、普通に学校でやっていることだよ。教師が知識や技術を生徒に教えるようなことさ。保育では、少しするだけで良く、しなくてもいいことでもある」

「やけん、幼児の生活の本質ば壊さんで保育ばするところに、幼稚園の真諦があるったい！」

突然、三郎太が力強く言った。

「その通りなんだよ、サブちゃん。幼児のあるがままの生活をどう誘導するかというところに保育案は立てられるんだ。『誘導』というのは、大人が思うように導くということとは全く違う」

三郎太は、別れ際にこう言った。

「倉橋、お前、今回の講演ん内容は、ちゃんとまとめるべきぜ！　お前にとって、初めて幼稚園の先生らに保育法ば講義したんやからな？」

酔っている割に真面目なことを言う三郎太がおかしくて、惣三は「ああ、そうするよ」と軽く答えた。

その進言があってかあらずか、その翌年、これまでの幼稚園教育の方法をまとめた『幼稚園保育法真諦』と題した惣三の代表作の一つが生まれることとなるのである。

昭和九（一九三四）年、倉橋家では正雄が大学受験の時期を迎えていた。惣三の場合、父親にすべて決められていたようなものだったから、正雄には自由に決めさせてやりたいと思っていた。

けれどトクは違った。ただでさえ、府立四中時代に一年留年しているため、正雄のことが心配で仕方がない。同時に、体の弱さだけではない気の弱さも気になっていた。

「文雄はあんなに活発なのに、どうして正雄は、ああなんでしょう？」

惣三と二人になると、時折トクはそう言った。

「活発な子もいれば、そうでない子もいる。あれは正雄の個性だよ。優しい子じゃないか」

惣三は、そう言っていたが、正雄の決断には正直驚きを隠せなかった。

「お父様、お母様、私を神戸へ行かせていただけませんか。神戸の大学に行きたいんです」

「神戸……!?」

惣三からもトクからも思わず声が漏れる。

「また、どうして神戸なんだ？」

正雄が決めたことなら二つ返事で認めてやりたかったのに、まさか東京を出るという発想は惣三も持ち合わせておらず、質問を返してしまう。

「私が留年したときの担任の先生が、今は故郷である神戸に帰っておられるのです。その先生は、今も私のことをずっと気にかけてくださっていて、何度か手紙のやり取りをしているうちに、私も神戸に住んでみたいと思うようになったのです。それに……」

正雄は一呼吸置いて、さらに続けた。

「私は小さいころから体が弱く、お父様、お母様にご心配ばかり掛けてきました。中学は留年し、高等学校も自宅から通えるところへ行かせていただき、そのおかげでこの通り健康になりました。ですから、私はそろそろ自立しなければならないと思ったのです」

正雄はいつになく強い意志を持った口調でそう言った。トクが正雄ににじり寄る。

「そんな！　何を言っているの。神戸なんかで、もしも体調を崩したらどうするの」

「そのときは、自分で医者にかかります」

「健康を維持するためには、食事だって大事なのよ」

「おいしい食事処《しょくじどころ》を探します」

「そう簡単に、家に帰ってこられなくなるのよ……」

「夏休みには帰ります」

トクが何を言っても、正雄の決意は揺らがない。そこには、反対されるのを承知で、それでも自分の意見を貫くという固い決意がにじみ出ている。

「私は反対です。正雄の学力なら、東京にも行ける大学はいくらでもあるでしょう。ねぇ、あなたも何か言ってくださいよ」

トクは、一緒に正雄を説得するよう、惣三に促す。

「そうだな……。少し、時間をくれるか」

惣三は即答するのを避け、頭を整理しようとした。

正雄が初めて自分の意見を表明した。それはそれで認めてやりたい。でも、それがよりによって東京を離れることだとは。トクの心配も理解できる。もしも正雄に何かあった場合、すぐに対処できない。かつての担任がいるとはいえ、その人が面倒を見てくれるわけでもなかろう。それとも、よほど親から離れたいのか……。

考えるほど、惣三は複雑な気持ちになる。親として、どう答えてやることが正しいのか。答えを出せないまま、数日が経った。

「倉橋先生、あなたに会いたいという人が来ているよ」

小学校主事の堀が惣三のいる主事室にやってきた。その後ろには、三十代半ばくらいの男が控えている。

「倉橋先生、こちら山田《やまだ》君だ」

堀がその男を紹介した。

「お久しぶりです。私のことを、覚えておいででしょうか」

どうやら、その男とは初対面ではないらしいが、惣三には心当たりがない。

「いやあ、私も歳をとってしまいました……どこでお目にかかりましたかな」

「無理もございません。お会いしたのはもう三十年ほど前になるのですから」

「三十年前……」

惣三は即座に暗算する。えー、三十年前となると、自分が帝大に入るか入らないかくらいの時期だ。彼は恐らく……まだ幼い子供だったはず……。

「ああ！　かつてお茶の水幼稚園にいらしたのかな」

「その通りです！　直次郎です。山田直次郎」

その名を聞いて、惣三はすぐにピンときた。それは、惣三にとって忘れがたき園児だった。帝大生だった惣三がお茶の水幼稚園に入り浸り、園児たちと遊んでいたころ、他の子らの輪にも入らず、惣三にも懐かなかった男の子だった。惣三は彼に、子供を前に自分を飾ろうとする心の薄皮を剝がしてもらったのだ。

惣三はおもむろに机の引き出しの中の書類から一枚の絵を取り出した。

「それは……！」

直次郎が驚きの声を上げる。

「これを描いてくれたあの小さな男の子が、こんな立派な紳士になっていたなんて」

「まだ、持っていてくださったのですか」

その絵が強く心に残っていたのは、直次郎も同じだった。友達になじめない寂しさを抱えながら、保母たちに声をかけられても素直になれなくて。いつものように一人で絵を描こうとしていたら、そっと側に寄り添ってくれた人――それが惣三だった。

「あのときから、私の心はふっと軽くなったんです。周りに無理に合わせることはないんだって。そんな私に、倉橋先生はずっと付き合ってくださって……」

「私にとっても、この絵は宝物なんだ。大切な何かを思い出させてくれるからね」

それまで黙って惣三と直次郎の会話を聞いていた堀が口を開く。

「その山田君が倉橋先生に憧れて、今や小学校の先生になっているんだから」

「そうなのかい」

惣三が驚いて直次郎を見ると、直次郎は照れたように頭をかきながら言った。

「ええ。私も、あのころの自分のような子供の良き理解者になりたいと思いまして」

「今日、ある小学校教諭の会合で彼に話しかけられましてね。『女高師の先生なら、倉橋先生とお知り合いでしょうか』って」

堀がいきさつを説明する。その会合で、堀に惣三と引き合わせてほしいとお願いしたらしい。

「初対面である堀先生にこのようなお願いをするのは不躾《ぶしつけ》かとも思いましたし、また倉橋先生にもこのように突然押しかけてしまい、誠に申し訳なく思っております」

「彼はもうすぐ神戸の小学校へ行くことになっているらしいんだ」

堀が説明する。

「神戸……」

最近、自分を悩ます地名が突然飛び出してきて、惣三は思わず繰り返した。

「この機会を逃したら、お会いすることができないかもしれないと思い、私にしては思い切った行動に出てしまいました。こんなふうに自分の意志を行動に示せるようになったのも、私を受容してくださった倉橋先生との出会いがあったからだと思っています」

「そんな、私はあのとき、ただの学生だったんだよ」

自分が何をしたわけでもない。教えられたのは私のほうだ——惣三はそう言い、直次郎を激励して彼を神戸へと送り出した。

「あの人見知りの直次郎君が教師に……」

直次郎が去っていった扉を見つめたまま、感慨深げに惣三がつぶやいた。

「子供というのは、将来どうなるか分からないものだなあ」

堀の言った言葉と共に、立派な教師になっていた直次郎の姿に、惣三の胸にじわじわと感動の波が押し寄せていた。

「倉橋先生は、子供たちの可能性を引き出すのが非常にうまいですね」

堀の言葉に、惣三は首を振った。

「いや、引き出すのではなく、出口を開けてやる、ということが大切ではないかと思うのだよ」

「出口を開ける？」

「ええ。つまり、出しやすくするのです。一般に、子供はどんどん心の中のものを出すといわれていますが、必ずしもそうはいかない。大人にも、自分の心の中が楽に出せる人と出しにくい人があるのと同じだよ」

惣三の話を、堀は興味深そうに聞き入る。

「堀先生も心がけてくれているように、低学年幼稚園でなぜお話をさせるか、なぜ製作をさせるかといえば、ひとえにそのためだよ。それで子供の心の中を引き出そうというのでなく、書こうとしたらすぐその材料があり、作ろうとすれば粘土があることによって、心の蓋がだんだん開いていくようにしている。それにはまず、こちらの心が開いていなければ。いつでも心のままを出せる人、自分の弱さや足りなさに対しても正直になれる人。そんな人が、相手の心をも開くのではないかと思うのだよ」

「確かに。そのようにありたいものだな」

それにしても、あの日の小さな直次郎に、教育者となる可能性が秘められていたとは——。自分は、彼の中にその可能性を見ていただろうか。その彼が、教師として神戸へ行く。

神戸——。正雄も思うところあって神戸へ行きたいと言い出したのだろう。正雄にだって、これから何にだってなれる可能性がある。自分はその可能性を感じてやっていただろうか？　彼の心に寄り添ってきただろうか？　心の中のものを出させてやっただろうか……？　その問いに、惣三は胸の奥底から突き上げるような後悔に打ちのめされる。彼に今、必要なことは何だ。

その日の夜——。

「正雄、少し散歩しないか。今日は月もきれいだし、久しぶりに男二人で話そう」

正雄は怪訝《けげん》そうな顔をしながらも、惣三と共に外へ出た。トクは、夜は冷えるからと、顔まで隠れるほど幾重もの襟巻きを正雄に巻き付けた。

惣三は、「ほら正雄、見てごらん」などと話しかけるが、正雄は月を愛でるような気分ではなかった。しばらく無言で歩いた後、先に口を開いたのは正雄だった。

「やはりお父様も反対されるのですか」

正雄の顔に、初めてあきらめの表情が浮かぶ。惣三が散歩へ誘ったときから、何かを感じていたのかもしれない。

「いや、いいと思うよ」

予想を覆す回答に、正雄は息を呑んで惣三を見つめた。

「何だ、反対してほしかったのか?」

「いえ、そんな! まさか、賛成してくださるとは思ってもいなかったので……」

正雄の中では、まだ喜びよりも驚きのほうが勝っている。

「はっきり言って、父さんはお前に何も父親らしいことをしてやれなかったからな。せめてお前の意志は尊重したいと思っている」

「お父様……」

月夜はいい。月の柔らかい光が、暗く閉ざした心を照らしてくれる。お互いの顔もぼんやりとしか見えないから、かえって正直な思いを語れる。

「私は、体が弱く、文雄みたいに明るくもなければ、活発でもありません。お父様やお母様が心配されるのも、無理はありません。でもそれが時に苦しくて……」

正雄が、その重い心の扉を開き始めた。その隙間に、あの優しく透明な月光が射し込《さこ》むことを惣三は願う。

「父さんもそうだった。運動は苦手でね、小さいころから同級生に笑われていたもんだよ」

「お父様が⁉」

「のろまだの、カエルだのとからかわれた。気弱な父さんは、言い返すこともできずに、ただ唇を噛んで、東京になんか来たくなかったって、父上を呪ったもんだよ」

正雄は目をシバシバさせて惣三を見つめる。

「だけど、そんな父さんを救ってくれたのが、浅草の子供たちだった。活発で、粋で、小さいのに親の仕事を手伝っていた。その子たちが私のことを〝兄ちゃん、兄ちゃん〟って慕ってくれてね。父さんの灰色の子供時代は、一気に天然色に変わった……」

「じゃあ、お父様が子供に興味を持ったのは……？」

「そうだな。あの子たちの影響が大いにある」

「そうだったんですか……」

正雄がしみじみと言い、月を見上げた。

「私にとってお父様は、立派で、立派すぎて、周りからもそう言われるし、先生からも『あの倉橋惣三先生の息子』という目で見られるし……。何とかそれに応えたかった。だけど、自分には何一つ誇れるものがなくて……」

「それは私のせいだよ、正雄」

「えっ？」

「本当は、お前以上に気が弱くて、人見知りで、一高時代の行軍演習でも、いつも居残り組で情けない自分だったのに、やりたい仕事に就き、お前たちが生まれると、だんだんとね、無意識なんだが、立派な教育者、立派な父親でいなくてはと思うようになっていたみたいだ。それが知らず知らず、お前に重荷を背負わせてしまっていた……。正雄、本当に申し訳なかった。父さんは今、心からそう思う。だから、お前はお前が望むように生きてほしい。もちろん、何か力になれることがあったら、どんなことでもする」

「お父様……そんな……。私はお父様のことが大好きで、本当に尊敬しています……」

正雄の目から、はらはらと涙がこぼれ落ちる。それをこぶしで拭う正雄の肩に、惣三はポンと手を置いた。

「私もお前のことが大好きだ。もしかしたらお前こそ、将来何か大きなことをやり遂げるかもしれない。父さんは幼児教育のことしかやってきていない。あとはてんでだめだ」

「私が……何か大きなことを、ですか？」

正雄が自信なさげにうつむく。

「そうだ！　お前には可能性がある。誰にだって無限大の可能性があるんだよ。このことだけは父さんのこれまでの経験上、自信を持って言える。その可能性の芽を育てたくて、父さんはずっと子供に関わっているんだ。この世にいるすべての子供が、大人になってそれぞれの才能を花開かせたら、すごいと思わないか！」

子供の話になると急に饒舌になる惣三を見て、正雄は微笑んだ。父がなぜそんなにも幼児教育に心血を注いでいるのか、そして、その思いがちゃんと自分にも向けられていたことが感じられたうれしさもあった。

「お前が自立しようと思った気持ちは素晴らしいと思う。だから思い切って挑戦してこい」

「はい！　ありがとうございます！」

家を出ていったときの様子と打って変わり、笑顔で帰ってきた惣三と正雄に、トクはいったい何が起こったのかと驚いた。正雄が就寝したのを見計らって、惣三に詰め寄る。

「あなた、ちゃんと正雄を説得してくださったのでしょうね」

「僕は、君を説得しなくちゃならない」

「どういうことですの？　まさか、あなたは正雄が神戸に行くことに賛成なのですか？」

トクは頭を抱え込んでしまう。惣三は、そのトクの肩をそっと抱き起こして言った。

「正雄もいつの間にか、しっかり自分の意志を持ち、意見を言えるまでになった。僕たちはその正雄の成長を喜ぶべきなんじゃないか」

「でも、正雄が間違っていたら？　それで正雄が大変な思いをしたらどうするんですか？」

トクは惣三に食ってかかる。

「もちろん、人としての間違いは正さなければならない。だけど、今回の選択が間違いかどうかは分からない。もし、失敗したとしても、正雄がそこから何かを学ぶことができたら、それは正雄を一つ賢くする」

「でも……」

「正雄に足りないのは自信だ。それを付けさせてやるためにも、正雄の挑戦を応援してやろうじゃないか。僕たちは、正雄を心配して、少し手を掛けすぎてしまったのかもしれない」

「もし、何かあったら、どうするんですか？」

まだ納得のいかない様子で、トクがなおも尋ねる。

「そのときは、求められれば迷わず手を差し伸べよう。求められていないのに手を出すのは、彼の主体性を奪うことになる。そうすれば、彼はいつまでも自信が持てないままだよ」

それは、惣三がいつも幼稚園で実践し、保母たちに指導していることでもあった。

「……分かりましたわ。正雄を、信じることにします」

こうして、惣三の説得が成功し、正雄の神戸商業大学への受験が認められた。

「それにしても、どうして神戸商大なんだ？」

今さらながら、肝心の志望理由を聞いていなかったことに気づき、惣三が正雄に尋ねる。

「私は、商業について学びたいのです。だって、商業が今の日本の経済を動かしているでしょう？　それに、子供のころにお父様からいただいたドイツの玩具、ああいう工業製品などにも関心がありますし。東京にも商科大学はありますが、自立したいというのもあって……」

このときの決断が、後に日本を代表する企業の一つとなったソニーの取締役への道に正雄を誘《いざな》うことになろうとは、この時はもちろん誰も知る由もない。

『幼稚園保育法真諦』が出版された昭和九(一九三四)年の十一月、惣三は再びご進講に召されるようになった。惣三はこれまでの「児童の心理」「幼稚園保育事項」の内容を踏まえ、教育そのものに関することをお話しさせていただくことを決めた。

「今日はまず両陛下に一般的に親は、教師は、どういう点に、どういうふうに苦心しておりますかを申し上げたく存じます」

この講義は毎週月曜日、翌年まで続けられた。

惣三はここでも、なるべく自分が日ごろ出会っている子供の生活の諸相をありのままに描き出したいと思い、さまざまな児童生活の写真をついたてに貼り、子供らの姿そのものをもって問題のあり方と解説を語るようにした。それらの写真の中には、紙芝居を追う町の子もあれば、草野の日なたを駆け回る田舎の子もあり、労働児童もあり、障がい児もあった。

「私が一貫して申し上げておりますのは、これらの子供は、問題として種々異なった面を示していますが、子供としての尊さと日本の子供としての大切さにおいては、いずれも差がないということでございます」

惣三はこのご進講を、日本の子供の問題について考える機会が与えられたと感じていた。だからこそ、両陛下にとってこれは単なる「親としてのお勉強」にとどまらず、日本の子供の福祉と教育に関心を持ち、慈心を持っていただく時間と受けとめていた。

——子供の無邪気とあどけなさが、最も人間的真実を以《もっ》て受け取られると信ずる喜悦をもって、また、子供を愛する精神とはたらきが、最も人間的に共感せらると信ずる満足をもって。

——

それが、惣三が参内するときの心持ちであり、退下するときの気持ちであった。

講義室の床の間には、週ごとに床軸が掛けられ、見事な花が活《い》けかえられていた。その床脇の違い棚には、紋付袴の福助と打ち掛け姿のお多福の人形が二つのガラス箱の中でにこやかな笑顔を並べていた。惣三は、この福助とお多福を夫婦に見立て、しばしば話の中に登場させた。よほどそのことが両陛下に大きな印象を残したのか、ご進講が終わりに近づくころ、その夫婦が惣三へと下賜され、倉橋家の家宝となった。

正雄は見事、受験に合格し、昭和十（一九三五）年、神戸商業大学への進学が決まった。

「しっかり勉強してきなさい」

惣三がそう言うと、正雄は深々と一礼して、最低限の荷物を抱えて出発した。

「こうやって、いつか文雄や直子も皆この家を出るときが来るんですね……」

トクはそう言って手拭いで目頭を押さえた。惣三もまた、その背中をさすってやりながら、息子の成長に対しては、喜びだけでなく、寂しいという感情が伴うことを味わった。親の心、子知らず――。父上は、まだ小学生だった自分を東京へ送り出すとき、こんな寂しさを感じていたのだろうか。一高は寮生活だった。母上も寂しい思いをしたのだろうか。あのころ、自分は親の気持ちなど考えもしなかった。惣三は、親の心を知ったのである。

その翌年の昭和十一（一九三六）年、ベルリンオリンピックが開催。ＩＯＣ総会では、次の第十二回オリンピック開催地が東京に決まり、日本はお祭り騒ぎとなっていた。

惣三は、彼の最も有名な著書となる『育ての心』を出版。これまでに捧げてきた幼児との生活の中で、また主事を降ろされ苦悶《くもん》した日々や我が子との関係に葛藤した日々の中で、惣三が会得してきたものの集大成といえるものだった。

――自ら育つものを育たせようとする心、それが育ての心である。世にこんな楽しい心があろうか。それは明るい世界である。温かい世界である。育つものと育てるものとが、互いの結びつきに於て相楽しんでいる心である。

育ての心。そこには何の強要もない。無理もない。育つものの偉《おお》きな力を信頼し、敬重して、その発達の途《みち》に遵《したご》うて発達を遂げしめようとする。役目でもなく、義務でもなく、誰の心にも動く真情である。

しかも、この真情が最も深く動くのは親である。次いで幼き子等《ら》の教育者である。そこには抱く我が子の成育がある。日々に相触るる子等の生活がある。斯《こ》うも自ら育とうとするものを前にして、育てずしてはいられなくなる心、それが親と教育者の最も貴い育ての心である。

それにしても、育ての心は相手を育てるばかりではない。それによって自分も育てられてゆくのである。我が子を育てて自ら育つ親、子等の心を育てて自らの心も育つ教育者。育ての心は子どものためばかりではない。親と教育者とを育てる心である。——

（『育ての心』「序」より）

16 赤坂離宮内幼稚園

　昭和十二（一九三七）年春――。

「フレーベル館の創立三十周年と『キンダーブック』創刊十周年を記念して、乾杯！」

「乾杯！」

　フレーベル館では記念園遊会が開かれていた。

「早いものだな。『キンダーブック』を発刊してから、もう十年も経つのか」

　惣三が感慨深げにワイングラスを傾けると、すかさず若い編集者たちがワインボトルを持って注ぎにやってくる。

「それもこれも、いつも熱心に私どもにご指導いただいているおかげです」

「必ず、百年続く保育絵本にしましょう！」

　そんな熱意に満ちた、それでいて和やかなひと時を過ごした。

　同じころ、かの有名なヘレン・ケラーが来日し、四月からおよそ四ヵ月を掛け、全国および朝鮮、満州の三十八都市で九十七講演を行った。三重苦を抱えながら、このように世界中を駆け回り、講演する彼女を一目見ようと、多くの日本人が各会場に駆け付けた。

四月二十六日には東京女子高等師範学校に来校。惣三は学校代表の一人としてヘレンを出迎え、幼稚園児を紹介した。生徒や園児たちが、それぞれ作った手芸手工作品をヘレンに贈る。「これは、園児が紙で作った鯉《こい》のぼりです。日本では、これを五月の端午の節句に家の外に飾ります」

惣三が鯉のぼりの説明をすると、ヘレンは、

「鯉は勇気の象徴です。ありがとう」

とにこやかに答えたのだった。

惣三は昭和十三（一九三八）年の春から明仁《あきひと》皇太子殿下の遊び相手として、葉山《はやま》御用邸や東宮仮御所などへ出仕するようになった。殿下は昭和八（一九三三）年十二月二十三日にご誕生。このとき四歳でいらした。

惣三は毎週水曜日と土曜日の午前に参殿することになった。赤坂の東宮仮御所御苑《ぎょえん》内の建物には幼稚園が開かれ、学習院幼稚園の先生と園児らが招かれていた。

初めのころは、日頃殿下が大事にされている玩具や三輪車を勝手にいじったり、遊具で思い切り遊ぶ園児たちを見て驚かれ、彼らが歌ったり遊んだりするのをただ見守ってばかりだった殿下も、次第に慣れてくると、そのお友達と一緒に砂遊びやブランコ、滑り台や山滑りをしたりして、楽しそうに遊ばれるようになった。

惣三はなるべく幼児生活を邪魔せぬよう、遠くから様子を拝しながら、そのご様子を記録した。

「池の側のことである。ドブ貝の大きいのを取り上げて見ると、泥がつまっている。『泥が、泥が』と仰せあり。御探究心盛んにあらせらる」

「天晴れているが、時々薄日になることあり、そのたびにすぐにお気づきになって『暗くなった』と仰せある。三、四回に及んだ。周辺のことにお気の付くこと多き様、拝す」

惣三は、記憶が新しいうちに、その日のことをつぶさに日記にしたためた。殿下が何に興味を示され、何を喜ばれ、また何がお嫌いなのか。どのような個性をお持ちで、必要なことは何なのか——。殿下のお相手をするにあたっては、それらを惣三なりに把握したいと考えたのだ。

気が付いたことを書き記していくうちに、惣三は、殿下の鋭いご観察眼に驚かされることがたびたびあった。

例えば、お成りの先々でご覧になったことはよく覚えていらっしゃり、御所にお戻りになると、それらをクレヨンで見事に描かれる。

上野動物園に行かれたときなどは、カバを見て「尻尾があるね」とお笑いになった。それが、仮御所に置いてあるカバの玩具には尻尾が付いていなかったからだということを、惣三は後から知った。よくぞその違いをお気づきになったものだと、惣三は感心した。

仮御所内のある戸には、花や動物が鮮やかに描かれており、あるとき、殿下は「これはクマだね」「あっ、これはトラだね」と指を指されながらご覧になっていた。殿下は殊に動物がお好きで、絵本などをご覧になっても、ほぼ間違いなくさまざまな動物の名前を言い当てられる。しかし、突然「これはツルではないでしょう」と言われたのだ。お付きの者が「なぜでしょう」と尋ねると、「ツルの尾羽は黒くはないよ」とお答えになった。

後でそのお付きの者が調べたところ、ツルの尾羽に黒い羽根はないことが分かった。殿下はもともと非常に几帳面《きちょうめん》で、何をされるにも丹念にお調べになるので、そのような知識が自然と身に付いておられたのかもしれない。それと共に、優れた理解力と記憶力をお持ちだった。

童心ながらその探究心の強さに、惣三は殿下に研究者気質のようなものを見出していた。「殿下は生き物がたいそうお好きだし、将来、きっと素晴らしい研究をされると思うよ」――惣三はよく、トクにそう話していた。

仮御所の自然は美しく、広い御苑内には丘があり、川の流れがあり、森がある。ご一緒に散歩をするだけでも相当の運動になる。だから、自然保育の時間はお茶の水幼稚園よりも十分といっていいほどだった。自然と自由は保育のすべてではないが、性格にのびやかさとゆるやかさとを培うと惣三は感じていた。前者は己を直くする必須条件であり、後者は他を許す広い心の基である。己を直くすることと他を許す心とは、敬愛を受くるの真価であると考えていたのだ。

だが、いざ殿下のお相手が始まると、困ったことに惣三は遊び方が不得手で、何をしてもうまくできなかった。釣りをすればばえさばかりが取られ、毬投げでは失投ばかり。殿下はすでに補助輪を外して自転車にお乗りになっているので、惣三も慌てて練習したが、乗れない。せめても、と、補助輪つきの自転車に乗っても運転し損なってしまう……。自分でも手が付けられないと惣三は自分に呆れる。けれども、呆れることなく、「大丈夫？」と気に掛けてくださる殿下のお優しさに、惣三はいつも救われるのだった。

運動神経が鈍いのは承知の上、それ以外にも、殿下がお採りになる草の名は知らないし、いろいろな虫を平気でお捕まえになってお渡しになるのには、ありがたく手を引っ込めてしまう。

そんな不手際なお相手ではあるけれども、惣三は一切ご機嫌を取るようなことはしないように、固く自分に言い付けた。保育法の原則として、お茶の水の幼稚園児に対しているときと同じように努めた。また、それを保母にも求めた。惣三が推薦したある保母の母が、惣三にこう相談したときのことである。

「うちの娘が、万が一にも殿下に無礼を働いてはいけませんので、御所に上がらせる前に、倉橋先生にお作法を教えてもらったほうが良いのではないかと思うのですが」

けれども、惣三の答えはこうだった。

「とんでもない、作法の立派な娘さんなら華族様からいくらでも探せます。たとえ行き届かなくても、お嬢さんのような純真なありのままが良いと思って推薦したのです。遊び相手のときも、お側でお辞儀ばかりしているのではだめで、雪が降り積もったら殿下のことを放って外に飛び出して、自分たちが夢中になるくらいのほうが、私は本当の忠義だと考えます」

惣三は、保母も子供も皆、お茶の水幼稚園と同じような環境を作りたいと考えていた。それが〝日本の子供の実態〟であり、そこでこそ子供の性情は育成されるとの信念があったからだ。

惣三が葉山御用邸の附属邸に参殿した、昭和十三（一九三八）年夏のことだ。そのときのことは、惣三の胸に大切にしまわれている。

十時過ぎ、惣三は殿下が海岸に出かけられるのにお供した。惣三の他にも、女官二人と侍医もお供し、それぞれセルロイドのバケツとすくい網などを携帯した。

渚《なぎさ》に打ち寄せる波は柔らかく、雲も風もなく、遠くには富士山《ふじさん》が浮かんでいるように見える。

殿下は、紺地の帽子を被り、白い開襟シャツに紺色のパンツ、白の靴下と赤茶色のゴムの短靴というお姿で、打ち上げられているウミウシなどをお手ずからお拾い上げになって、バケツに入れられていく。岩のほうへ行かれると、石の下の小蟹《こがに》にご関心を示され、たくさんお捕まえになって、バケツに入れた。

ある傅育官《ふいくかん》（守り役。教育係）が一匹の小指の頭ほどのタコを見つけてきて殿下にお目に掛けたところ、特にお気に召され、他の採集とは別のバケツに入れて熱心にご覧になり、それからはそのバケツを離さずお持ちになった。一度、岩の上でつまずかれたときも、起き上がられる前にすぐに「タコは？」とお尋ねになり、石段を上るときも、その振動で水が少しこぼれたが、「タコはいますか」とすぐ尋ねられた。一時間半ほどの間、殿下のタコに対するご興味が一貫していたことに、惣三は興味を持続するお力の強さを感じた。

また、何か疑問があるとすぐに「これは、どうしたの?」とお尋ねになる。このときの惣三は、さまざまなものに関心を持ち、原因を追究しようとする質問期が早いように感じたが、それは大人ばかりをお相手にされて、行動性遊戯が少ないためかと推察した。

それも無理のないことである。殿下は、満三歳と三ヵ月あまりで両陛下と別居の生活に入られたのだ。陛下は子煩悩であられ、簡単には承諾されなかったが、当時の元老西園寺公望《さいおんじきんもち》公までが参内して、

「皇太子様は陛下のお子様でありますが、やがては国民の陛下になられるお方です。厳格にお育てしなくてはなりませぬ」

と、何とかご納得していただいたのだ。そこで、赤坂離宮の東門内に、純日本式平屋の東宮仮御所が作られたのである。


普段は砂遊びや積み木の他、フランス鬼という鬼ごっこや「いっさんバラリコ」という、その年頃の幼児がするような遊びのお相手を、惣三をはじめ、側に仕える傅育官たちが務めた。

「いっさんバラリコ出ないと鬼」

掛け声と共に、皆が陣から出て他の陣へ移動する。鬼ごっこにしても、とにかく走ることが多く、惣三はしょっちゅう鬼になった。殿下が鬼になったときも、誰が捕まりやすいのかを心得て

いらっしゃるのか、惣三がよく狙われた。そして鬼になると、なかなかそこから抜けられず、いつまでも鬼を続ける羽目になる。

あるときは、殿下が大きな積み木で家のようなものを作られ、その中にこもられた。

「猛獣狩りだ！」

殿下のその一言で、惣三たちは自分たちが置かれている状況について、即座に空想を膨らませる。

「何やらおいしそうな匂いがするぞ」

惣三は、鼻をクンクンさせながら言う。仰せつかっている任務と心得つつも、つい自分で興じてしまう。そんな惣三を見て、傅育官の二人もそれに続く。

「どなたか、あそこに隠れていらっしゃるのでは？」「どれどれ、見てみよう」

そうして惣三たちが積み木の家に近づくと、輪投げの輪や毱投げの紅白の毱が飛んでくる。

「し、しまったー」「やられてしまいましたぁ」「ご堪忍くださいませぇ」

すると、殿下は満足されたように次の遊びに関心を移された。それを見て、自分たちの想像力や演技が殿下の世界観を壊すものではなかったと胸をなで下ろすのだった。

室内では、絵本や『キンダーブック』をよくお読みになり、細部まで詳しくご覧になる。本を手荒く扱ったり、落書きするようなこともなく、大事になさっていた。惣三は時折、お付きの人たちとお遊戯をして踊ったり、おとぎ話を申し上げたり、紙芝居を演じてお見せしたりする。しかし、そのときの惣三の演技は、誰よりもお付きの人たちの笑いを誘った。

「何をお笑いになっているのです。ここは、一寸法師が鬼退治をする緊迫した場面です。……さあ、鬼に呑み込まれてしまった一寸法師は、その腹の中を刀代わりの針で突き刺した！『あいたた、あいたた、止めてくれぇ〜』」

鬼になり切り、顔も歌舞伎役者のごとく歪めながらのたうち回る惣三に、お付きの人たちが声を立てて笑う。

「倉橋先生の演技がおかしくて……」

その笑いが傅育官にも伝播して、ついには殿下もお笑いになる。別にわざとおかしくしているつもりは本人にはないのだが、惣三の踊りや演技は、側《はた》から見ると滑稽なようだ。

「下手な演技で申し訳ないことでございます……」

惣三は殿下にお詫びしたが、殿下はさらに惣三に続きを促され、その様子を見てさらにお笑いになるのだった。

那須《なす》御用邸での散歩のときのこと。山を少し奥に入ったところに、細い丸木橋があった。惣三は丸太でも橋でも、ものを渡るということに臆病で、兵役時代、梁木を渡らせられたときはいつも足を震わせていた。そのときのことを、つい思い出し、腰が引けてしまう。

その橋はそんなに高いものではなかったが、下には浅い渓流がある。惣三が少したじろいでいると、お付きの人が先導するのに続いて、殿下はどんどんお渡りになる。恐らく、何度かお渡りになっていて、決して危険ではないことが証明されていたに相違ないが、惣三は殿下が向こう岸へお着きになった後で、太くて短い足をしずしずと橋の上に乗せた。勇気の鍛錬ということを、惣三は常日ごろ講義しているのであるが、その実行が必ずしも容易でないことを、肌身に感じた。

　そのようなときも、殿下は惣三のほうを振り返り、カメのような歩みの惣三が渡り切るのを、何も言わずお待ちくださる。さり気ない優しいお心遣いを受けるにつけ、惣三は殿下のお心の広さを感じずにはいられなかった。

　小さいころから両陛下のお膝元を離れられ、お寂しい思いもされているに違いない。自分だって、小学生のときに父と離れ、見知らぬ土地で母と暮らした。父がいないだけでも心細く感じたが、母は側にいてくれた。だが、殿下は自分よりもっと幼少の砌《みぎり》に両陛下から離れられたのだ。その悲しみはいかばかりか、推して知るべしである。

　けれども、だからこそ人の悲しみや苦しみに共感することがおできになるのではないか。きっと、国民に寄り添って歩まれる慈しみ深き成人になられるであろう――。惣三は、まだ幼き子供の体であられる殿下の中に、未来のご立派なお姿を思い、胸を熱くした。

　そんな惣三であったが、唯一、殿下にお褒めの言葉をいただいたことがある。皆で虫取り網を持って、殿下のお供をして御所内の池へと歩いていったときのことである。虫が苦手な惣三は、内心、気が気ではなかったが、意外な才能を発揮したのだ。

　土中の虫を捕っていた殿下の頭上を、一匹の蝶がひらひらと舞う。

「あら、殿下。蝶が……」

お付きの人に言われて殿下が顔を上げると、ちょうど目の高さで蝶が羽をはばたかせている。すぐに手を伸ばされたが、蝶は不安定な飛行を続けながら、するりと殿下の手から離れていく。

ついに殿下は立ち上がって蝶を追いかけられたが、お捕まえになることができない。

そのまま蝶を追っていくと、日当たりの良いレンゲの花畑に出る。そこには、数匹の蝶が飛んでいる。惣三はそっと両手を伸ばし、包み込むように蝶を捕らえた。

「殿下、捕まえましたよ」

惣三が両手を少しだけ開くと、殿下はその中をおのぞきになる。

「わあ……。籠へ」

惣三は蝶を籠に入れると、その後も数匹の蝶を捕まえては籠へ入れていく。

「殿下、ご覧ください」

「倉橋はよく捕るね」

そうお笑いになる殿下を見て、惣三は自分のような鈍い男にやすやすと捕まってくれた蝶に感謝した。

こうして殿下のお相手をしながら、惣三は同時に、傅育官や事務官、侍医、養育係に対しても講義を行った。毎週木曜日の夜に「幼児生活と運動活動」や「幼児生活と非現実性」と題して、幼児の生活とそれに付随する活動やその意義、心的健康などへの影響について話した。それぞれの立場からの質問も多く出て、毎回活発な議論が交わされた。

東宮仮御所を囲む塀の内側には、こんなにも美しく平和な世界がある。特に、殿下のお相手をしていると、それを強く感じる。いや、そうでなければならない。

なぜならその門を一歩出れば、日本は完全な戦時体制に入っていたのである。

17 焦土から

昭和十二（一九三七）年ごろ、世間では千人針や慰問袋が盛んに作られ、幼稚園でも国旗掲揚式が開始。園児たちは園庭で軍隊ごっこをする。内閣は、戦時下における全般的教育改革案を立案した。

でも、世間は明るい。相変わらず吉本興業《よしもとこうぎょう》のお笑いは流行っていたし、大相撲も行われ、人々は横綱・双葉山《ふたばやま》の活躍に熱狂した。映画だって多くの人が楽しんでいる。その内容は戦意高揚を図った国策映画ではあったが。人々は百貨店での買い物や食事を楽しみ、高尾山《たかおさん》へのハイキングが流行していた。

「皆あんまり呑気やけん、自粛ば促す記事ば書かないけんくなったばい」

新聞の「敵前行楽を追い払え」との見出しを見せながら、三郎太が言った。

確かに戦争は行われているのだ。あの海の向こうで……。

仮御所からの帰り、えも言われぬ不気味な影が徐々に忍び寄ってくるのを感じた惣三は、ふとあたりを見回す。その影は、惣三だけでなく、この国全体を覆い尽くそうとしていた。

その年の暮れも、日本軍が中国の南京《ナンキン》を攻略したと大々的に報道され、銀座でパレードが行われた。国民のほとんどが日本軍の勝利を疑わなかった。

にもかかわらず、それからも戦争が終わる気配は全くなく、昭和十三（一九三八）年四月、ついに日本政府は日中戦争の長期化に対応するために、戦争にすべての人的、物的資源を投入できるよう「国家総動員法」を公布。翌年に定められた毎月一日の「興亜奉公日」には、食事は一汁一菜、禁酒、禁煙とし、それぞれ勤労奉仕に励む日とされた。

昭和十四（一九三九）年九月に第二次世界大戦が始まると、「ぜいたくは敵だ」といった標語が謳われるようになり、町の活気は失われ、物資と共に人々の笑顔も消えた。翌年からは六大都市で砂糖とマッチの切符配給制が始まり、生活は日に日に困窮していく。

神戸の大学を卒業した正雄は、丸《まる》の内《うち》の八重洲《やえす》ビルに本社がある工業品専売の塩の製造・輸入をする日本最大の会社、大日本塩業《だいにほんえんぎょう》に入社していた。

「お父様のように、世界を見たいのです。そのために、世界とつながる仕事を、と思いまして」

会社を選んだ理由をそう説明していた正雄だが、わずか一年足らずで、惣三が志願兵として入隊したのと同じ静岡歩兵第三十四連隊に入隊した。しかし、惣三が入隊していたころとは時勢が違う。日本は戦争真っ只中《まただなか》、いつ戦地へと送られるかも分からないのである。

人気だった漫才の内容も政府や国策に批判的なものは許されなくなり、内務省による雑誌浄化運動や、陸軍省による出版言論の統制も今まで以上に厳しくなった。

児童雑誌もその対象になり、三十五誌あった雑誌は二十五誌に整理統合された。ここで『キンダーブック』を発刊しているフレーベル館は新たに『国民保育』を発刊する。

昭和十六（一九四一）年一月の創刊号で、惣三と和田は「児童中心主義」思想に基づくそれぞれの持論を展開した。その一方で、東京市教育局長が書いた巻頭論文では「皇国日本」の日本精神論を展開していた。何とも一貫性を欠いた内容のようだが、全体としては保母の教養を高めることを目的としたものだった。

けれども、その論調にも変化が生じる。

陸軍の軍人らと「総力戦下保育者の使命を語る」という座談会を開いたときのことだ。軍部は、この緊迫する情勢下において、保育においても臨戦体制を確立すべく、これまでの保育のあり方を革新すべしと主張したのである。それはつまり、日本の武士としての気風を基とし、児童を「武」において強く教育することを意味している。

これに対し、和田は真っ向から反論した。

「幼児教育に対し、『こういう教育をしろ』というような注文をそのままお受けすることは、私どものような指導者にはいささか受け取りにくいものであります」

それは、園長として自ら理想とする保育を導いてきた和田の正直な気持ちだった。

ピリピリという音が聞こえそうなくらい張り詰めた座談会の間、惣三は何をしていたかといえば、遅れてきた挙げ句、お昼ご飯をまだ食べていないということで、ひたすら弁当を食べていた。それは、軍の意向に同意しないという、惣三の静かな抵抗だった。

この座談会以後、『国民保育』から惣三と和田の名前が消えた。

昭和十六（一九四一）年十一月二十三日日曜日、宮中祭祀《さいし》の一つである新嘗祭《にいなめさい》の日。昨日までの雨が上がり、すっきりとした秋晴れのもと、長女・直子が日本製鉄姫路《ひめじ》工場に勤務していた平《ひら》松一允《まつかずのぶ》と結婚。惣三とトクゆかりの上野精養軒で披露宴を行った。

「早いものですね。あれから三十年近く経ったのですね」

トクも、娘の花嫁姿に当時の自分自身を重ね合わせているのだろう、感慨深げに言う。

こうして娘を送り出す日を迎えられた喜びと、自分たちの手元から離れていく寂しさと、どちらとも言えない涙が惣三とトクの頬を濡らす。それは、束《つか》の間《ま》の明るい時間だった。

十二月には、日本軍が真珠湾攻撃を開始、いよいよ米英軍と開戦したのだ。

昭和十七（一九四二）年二月に発刊された『国民保育』の「皇道保育号」では、これまで惣三が主張してきた個人主義、自由主義を「正しい国家観念を被教育者に与へることが出来ず、皇国民としての錬成にも欠くる所が多かつた」と批判し、「さうした時代にうけた誤れる教養を、保育者は真摯に反省し、真に国体信念に徹し、皇国民としての健全なる人生観を基礎として、日々の保育を実践しなければならぬ」と謳った。そして、前年に公布された「国民学校令」が定める「皇国」の道への邁進《まいしん》を、保母に求める教養の基礎として、保育者の自己犠牲的献身を煽ったのである。

惣三は、これらの誌面を忸怩《じくじ》たる思いで読んでいた。そして皮肉なことに、惣三自らその道を扇動しなければならない立場に立たされることになった。『幼児の教育』や『キンダーブック』にも、当然検閲の手が回ってくる。

「滅多なことを申し上げるようですけれど……」

及川が一層声を潜めて顔を寄せた。

「お国がいつも正しいとは言えません。昨今の政府の発表ときたら……」

「及川さん」

それ以上、先を言うのを惣三が制止した。

「すみません……。倉橋先生は、陛下のところへも参内されているのですものね……」

「いや、私だって君が言っていることは正しいと思うよ。だけど、我々が最も大切にしなければならないことは、子供たちを、保母の皆さんを、そしてこの幼稚園を守ることだと思っている。だとしたら、我々はどうしなければならないかということなんだ」

及川は惣三の言わんとすることが分かった気がして、それ以上何も言わなかった。

「倉橋先生がお決めになった方針なら、私たちはそれについていきます」

そう言い残して、及川は静かに部屋を出ていった。

惣三は、どうすることが正しいことなのか、分からなくなってしまった。自分は子供たちの健全な成長を願ってここまでやってきた。それは人生をかけて取り組んできたことだ。けれど、それがお国の意向にそぐわないとしたら……？　それは正しいことなのか――。

惣三は、頭を抱える。そして、ある若い学者に投げかけられた言葉を思い出す。

『幼児教育を、今日のようにだらしないものにしたのは倉橋先生の罪である』

そのとき、惣三は弁解もせず、深刻な様子で「その点、自分もちょうど考えているところだ」と答えたのだ。

国家によって、何もかもが歪められていく。その力に対して、用紙もペンも何の抗力も持たない。ただ屈して、信念とは違う主張を発しなければならないのか――。


「先生、これは……間違いではなく？」

その春、印刷所から校正刷りを受け取って戻った檜山が、驚きの表情で絵本の表紙を惣三に見せる。

「ああ。変えたんだ」

四月に発売された『キンダーブック』は、その顔である誌名を変えて『ミクニノコドモ』となった。

「どうせ、意に反したものにしなければならないのなら、それはもう私が作りたい『キンダーブック』ではない。それならいっそ、誌名を変えてしまったほうがいいかと思ってね」

「先生……」

苦渋の決断だったのだろう。寂しそうにその表紙を見つめる惣三に、檜山は掛ける言葉が見つからない。このころの『幼児の教育』でも、惣三の書く論文は精彩を欠いている。本当のところ、何を考えているのか分からなくなるような内容のものもある。

「それに、後に振り返ったとき、この戦時の我々の苦しみを思い出せるだろう」

その『ミクニノコドモ』は戦争が激化する中、二年後の昭和十九（一九四四）年四月に他の雑誌と共に『日本ノコドモ』一誌に統合された。情報局*は惣三が編集者に近づくのを警戒したため、惣三は同誌に関与することが全くできなくなった。

四月十八日午後、春の穏やかな空に不似合いな、鈍く不穏な飛行音が上空に響く。

学校へと移動中だった惣三が空を見上げると、一機の軍用機が二百メートルくらいと思われる低空を、東南から西北に向かって飛んでいくのが見える。

今朝、十時頃に警戒警報が発令されていた——。惣三は、咄嗟に近くの建物の陰に身を小さくして避難する。遠くのほうで、聞き慣れない花火のような音が五、六発続けて聞こえて、惣三は反射的に耳を塞ぐ。どこで何が起こっているのか分からない。爆弾はどこに落ちた？　幼稚園は？　我が家は？

状況が何もつかめないまま、爆撃音が収まるのをひたすら待つ。気づくと、たくさんの人々がその場にしゃがみ込み、惣三と同じように耳を塞いでいる。ようやく落ち着くと、一人また一人と体を震わせながら立ち上がる。

「い、今のは何だ？」「まさか攻撃されたのか？」「どこの国の飛行機だ！」「どこがやられた？」「大したこたあねえだろうよ」「しかし、また来るかもしれないぞ」

突然の襲撃に驚きと衝撃を受けた人々が口々に叫ぶ。

日本本土における、米軍機による初めての空襲だった。その後、米軍が東京の他に横須賀《よこすか》、横浜、名古屋、神戸などに空襲を実施し、日本軍に大きな打撃を与えたことを、惣三は三郎太から聞いた。もはや戦争は対岸の火事ではない。戦禍の恐怖が、これまで見ないようにしてきた人々の目に、耳に、現実のものとして押し寄せてきている。

六月、ミッドウェー海戦で日本は大敗した。そのことは、自分の身の安全を確保するために政府の発表に頼らず、自力で情報を収集し始めた国民の耳にはすでに入っていた。けれども、大本営はその事実や詳細を正確には伝えようとしない。

「サブちゃん、なぜこんなお国に関わる大ごとを報道しないんだ」

惣三は新聞社に赴き、三郎太に詰め寄る。

「外電で戦況の悪化っちゅうニュースば知って報道部に問い合わせたっちゃけど、『そげな事実はなか』っちゅう一点張りで掲載ば禁止されるったい。ああ、もちろん相手は博多ん人間やなかけどな」

「そんなこと言ったって、もう国民にはとうに知れ渡っているぞ。それで、報道の役割を果たしているといえるのか？」


ていると言えるのか？」

　すると、三郎太の瞳が厳しい光を放ち、いつになく真面目な顔で答えた。

「生き残るためばい。倉橋だってそうやろう？　発禁になるより、出し続くることにも意味があろうもん？」

　惣三は痛いところをつかれて黙り込んだ。自分には三郎太を、いや、報道機関を非難する資格はない。自分だって、機関誌を発禁にしないために政府からの圧力に屈したのだ。

「つらいな……」

　そうつぶやいた惣三の肩を、三郎太が軽くたたく。

「できることばやるしかなか」

「こんな世の中じゃ、子供たちは不安だろうな。怖いだろうな。そんな彼らがどんな大人になっていくのか……、どんな日本を作っていくのか……。それが一番の気がかりだよ」

「お前も当局から、目ば付けられとーみたいやけんな」

　惣三は、かの陸軍軍人との対談以来、その言動が厳しく見張られていた。

「私はただ、幼稚園にいるときくらい、子供たちをそんな不安や恐怖から解放してあげたいだけなんだ。たとえ空から火箭《かせん》が飛んできて、焦熱地獄の中で大人たちが怒り戦い、あるいは恐れ逃げ回っている間にも、幼い子らは必ずその貴重な幸福を、楽しい遊びの場と正しい導きによって誰かに保証されなくてはならない。これは、自分の生命を守ることに次ぐ大人の責任だと思う」

三郎太と別れ、家路に向かう途中、惣三は銀座の大通りを抜ける。こんな戦況でも、相変わらず映画館には多くの人が出入りしている。人気があったのは陸軍省が監修した『マレー戦記』で、従軍映画班の撮影による記録映画だった。海外作品ではアメリカ映画が打ち切りとなり、同盟国であるドイツとイタリアのものが上映されていた。

「何もかも政府の意向によって管理されてしまう……。子供たちだけは、守らなければ」

惣三は足早に通りを抜けた。

同じ年の十月、正雄が陸軍現役将校による丙種学生試験に、二千名近い志願者から八十名という難関を潜《くぐ》り抜《ぬ》けて、合格。さらに、翌十八（一九四三）年五月、陸軍中将田村浩《たむらひろし》の長女・翠《みどり》と婚約、結納《ゆいのう》を済ませた。七月には、平松家に嫁いだ直子に長男・紘《ひろし》が誕生するなど、戦禍の中で、倉橋家にはめでたいことが続いた。

昭和十九（一九四四）年、アメリカ軍機による空襲が激しくなると、四月から幼児は防空服装を携帯か着用して登園することになった。さらに同月十九日、東京都教育局は泰明《たいめい》国民学校の講堂に公私立幼稚園園長を集め、「公私立幼稚園非常措置ニ関スル件」なる通牒《つうちょう》、いわゆる「幼稚園閉鎖令」を示し、「幼稚園ハ当分ノ間其ノ保育事業ヲ休止」するか、保育を継続する場合は、時局下必要な「託児施設ト認メラルルモノニシテ引続キ戦時託児所トシテ経営」することを要請した。

これらの措置を受け、五十一の公立幼稚園は率先して休園し、和田が園長を務める幼稚園を含め多くの私立幼稚園も休園や閉鎖となった。

「幼稚園は非常時的でないから、戦時託児所と名を変えろというのは理解しかねる。なぜ、託児所という看板ならよくて幼稚園ではいけないのか納得できない」

惣三はそう言って抵抗した。第一、立て込んだ町家よりは、広い園庭を持つ幼稚園のほうが安全であるし、幼児たちを見る大人の手は、非常時の忙しい母よりは行き届いている。

「現に幼児らは戦争をよそに、楽しく遊んでいるではないか。運動具があり、おもちゃがあり、友達の笑い声がある。砂場に近い小山の下には防空壕《ぼうくうごう》が掘ってある。遊戯のときに避難演習の一斉行動も演習してある。登園してくる園児のために、我々はその小さな非戦闘員の可憐《かれん》な魂から、地獄の怯《おび》えを除くことに努めなければならない」

巻き脚絆に鉄兜《てつかぶと》を携帯した惣三は、自ら陣頭指揮を執り、保母たちはもんぺに防空頭巾のいで立ちであらゆる準備を整えた。

「私たちは、身をもって子供たちを守る覚悟をしながらも、彼らにはこういうときだからこそ、いつも以上に和やかな楽しい幼稚園を与えることに努めよう」

惣三は、あくまで「幼稚園」を貫いた。いつまでも休園も閉鎖もせず、かといって戦時託児所への転換もしないお茶の水幼稚園に対し、文部省は何度か園長である惣三を呼び付けた。しかし、ここにおいて惣三は決して屈しなかった。

「私が子供たちのために制作してきた『コドモノクニ』や『キンダーブック』は休刊せざるを得ませんでした。私はそれらを甘んじて受けてきました。しかし、子供たちのことだけは手放すわけにいかない。我々が守っていかなければならないのです！　未来の日本のためにも……」

そう踏ん張ってきた惣三だったが、八月から学童疎開が始まり、次第に園児が減ってくると、緊急保護者会を開き、九月からは遠距離通園者を休園させる臨時措置をとると伝えた。

十一月になると、米軍爆撃機が大編隊で東京を空襲するようになった。そのころ、菅原の息子が戦死したことを聞かされた。菅原の落ち込みようはひどく、惣三はいかんともしがたい感情を、ただひたすら手帳に「気の毒、気の毒、気の毒、気の毒……」と書き連ねた。

昭和十八（一九四三）年に結婚した正雄の妻・翠は身重のため、実家の田村家が疎開する岐阜に同行した。翌月、正雄は主計大尉に昇進。さらに次男の文雄が結婚し、千駄ヶ谷《せんだがや》の八幡神社《はちまんじんじゃ》で結婚式を行った。

惣三は、喜びと共に何かをもぎ取られたような欠落感を覚えていた。それは、軽くなったというのとは違う。

子供は三人、皆立派に成人して、それぞれ家庭を持った。一方、幼稚園は徐々に休園の方向に向かい始めている。東京女子高等師範学校の中でも、幼稚園は閉鎖したほうがいいのでは、との意見が多数出始めている。手掛けてきた雑誌は休刊になった。果たして、今の自分の役割は何なのか。もはや自分の役目は終わったのではないか――。

相次ぐ空襲で、家の防空壕にトクとこもることが多くなった惣三は、暗く狭い壕の中でそんなことばかりを考えている。極端に言えば人生が終わったような気さえした。幼稚園にも行けず、あの子たちはどうしているだろうか。けれど、こうもしょっちゅう空襲が来るようでは、もう覚悟を決めなければ……。

年が明けて昭和二十（一九四五）年二月、惣三は藤本萬治《ふじもとまんじ》校長のもとへ赴いた。校長は惣三から差し出された封筒を見て、驚きと共に惣三を見上げる。封筒の表には「辞表」の文字が書かれている。

「来月、年長の子供たちを送り出したら、我が幼稚園も閉鎖し、私のお勤めも卒業させていただきたく。後のご判断は、校長にお委ねいたします」

そう言って校長室を後にした惣三は、職員室へ行き、保母たちに自分の考えを示した。

「私たちは、子供たちに純粋に楽しめる時間と場所を与えるためにここまでやってきました。しかし、こう空襲が多くては、園児たちの行き来も危険を伴ってきてしまいました。あなた方にも何かあってはいけない。そろそろ潮時だと感じています」

惣三は、これまで自分についてきてくれた一人一人の顔を見つめ、ゆっくりと語る。

「子供たちには、しばらくの間休園すると伝えましょう。それから、卒園証書もきちんと用意しましょう。この伝統あるお茶の水幼稚園での日々が確かにあったことのせめてもの印を、子供たちに残してあげたいのです」

こうして、園内の整理が粛々と進められていった。

慣れ親しんだ園舎。関東大震災からようやく復興した新しい建物と、変わらぬ藤棚と、子供たちと、それを見守る保母たちと――。どれも惣三の人生の一部だ。それらが引きちぎられるような気持ちで、惣三は主事室の整理を始めた。

三月十六日、園庭の花壇に植えられた花々が、別れの春を告げていた。惣三は、一人一人の子供たちの顔を目に焼き付けるように見つめる。彼らとの思い出どころか、ここにはいない子供の顔、とうの昔に卒園した子供たちの顔まで見えてくる。

すぐに泣き出す子、喚《わめ》き散《ち》らす子、笑い上戸な子、ひょうきんな子、伏し目がちな子、声の小さな子、保母を独り占めしたがる子、おしゃべりな子……。

どの子のことも懐かしく愛おしい。毎年、卒園を迎えるから別れは付きものだ。けれど、今日はこれまでの別れとは違う。これは、お茶の水幼稚園との別れでもあるのだ。その日、惣三は一人夕暮れの園に残り、いつまでも園舎を見つめていた。

子供たちを見送った翌日、幼稚園にはすぐに文部省の役人たちが事務所として使うため、荷物が搬入された。もはやここは子供たちの生活の場ではないのだ。

惣三はこのところ、自分の感情を殺していた。そうでもしなければ、この光景に、本当に心が死んでしまうと思った。

最後に、惣三は保母たちを集めて言った。

「皆さん、ご自分たちも大変な中、ここまでよく私に付き合ってくださいました。我が幼稚園は、本日をもって閉鎖となりますが、今や子供たちが無事でいてくれることだけが唯一の望みです。皆さんも、どうか気を付けて」

そんな労《ねぎら》いの言葉を掛けたものの、惣三の落胆ぶりは明らかだった。

「倉橋先生！　私たち、ここまでご一緒に来られて本当に良かったと思っています。先生は、子供たちに楽しい時間を与えるよう私たちにご指導されましたが、そのことによって、私たち自身が子供たちから楽しい時間を与えてもらっていたのです」

及川が深々と頭を下げる。それに檜山をはじめ他の保母たちも続いた。

「私もです！　幼稚園に来ることが、私たちを恐怖から解放してくれました」「子供たちの笑顔に救われました！」「子供たちを守らなきゃって、気を強く持つことができました」……。

いつの間に彼女たちはこんなにもたくましくなったのだろう――。惣三は、自分と気持ちを一つにこの幼稚園を守り続けてくれた保母たちを誇らしく思う。

「私は……このような素晴らしい皆さんと働くことができて幸せ者でした。ありがとう」

「お礼を申し上げるのはこちらのほうです。先生も、どうかご無事で……」

そして、幼稚園は閉鎖された。

多数のB－29爆撃機による大規模な空襲があったのは、四月三日の夜だった。雨のように、焼夷弾《しょういだん》が次々に落とされ、一向に防空壕の外へ出られる様子ではない。あまりにも近くで爆発音がして、惣三は思わず防空壕から外の様子をのぞき見る。

夜だというのに空が赤い。熱風が吹き荒れ、遠くからいくつもの叫び声が聞こえる。惣三は恐ろしくなって防空壕の奥に戻った。

しかし、中野を含めた東京への本格的な空襲は序章にすぎなかった。それからも、B－29爆撃機は連日のように東京の町を襲い、五月には五百機以上の戦闘機による大空襲が起こった。山の手大空襲である。中野だけで死者・負傷者併せて二千人以上、約二万戸が焼けた。次男の文雄たちが住んでいたアパートも炎上、文雄は顔に軽い火傷《やけど》を負った。長野に疎開した菅原が住んでいた代々木の家も焼け落ちた。最後まで惣三と共に幼稚園で働いた保母の及川夫妻の本家と分家が全焼したことも知らされた。――東京は焼けに焼けたのだ。

惣三とトクは、長女の直子がいる姫路に疎開することを決めた。

そして八月十五日――。全国民がラジオの前で待機していた。陛下がお言葉を下される。

「……おもうに今後、帝国の受くべき苦難はもとより尋常にあらず。なんじ臣民の衷情も朕《ちん》よくこれを知る。しかれども朕は時運のおもむくところ、堪え難《がた》きを堪え、忍び難きを忍び、もって万世のために太平を開かんと欲す。……」

御所でお目に掛かったあの若々しき陛下のお声――。惣三は耳を澄まし、まぶたの裏にあの日のお姿を思い浮かべる。惣三が話す庶民の子供、親、家族の話をいつも熱心に聞かれていた陛下。日本の敗戦を、どのようなお気持ちで述べられているのだろうか。

そのご心中を思うと、何ともやるせない気持ちになる。

ラジオのある直子の家に集まり、この玉音放送を聞いた近所の人々は、ある者は泣き崩れ、またある者は呆然と立ち尽くしている。八月に入り、広島と長崎に得体の知れない恐ろしい爆弾が落とされ、たった一発で町全体が吹き飛んだという噂も届いていた。多くの若者が海の彼方《かなた》の空に散っていった。

惣三は無言で立ち上がると、外へ出た。どんよりと曇る空の下、よろよろとあてもなく歩き出す。町はひっそりとしていた。家々からも、あまり物音が聞こえてこない。

負けた。日本は戦争に負けたんだ……。これから日本はどうなるのか。子供たちの未来はどうなるのか……。日本が日本でなくなるかもしれない。未知なる迷宮に入り込んだかのように、惣三の思考は答えに導かれるどころか迷走を続ける。

空を見上げると雲間は晴れ、太陽が顔を出している。まぶしさに顔をしかめた。

子供たちは、まるで太陽のように明るく周囲を照らし、生き生きさせ、笑顔をもたらす尊い存在だ。けれども、これから幼稚園はどうなる？　子供たちは……？

『お前は子供らを助けんだろうが!!』

ふいに文太の声が聞こえた。——ああ、そうだ。私は生き残った。ブンちゃんのように天災の犠牲になった人が、菅原の息子のように若くして命を落とした人が大勢いるのに、今もこうして生きている。その私が、無為に生きていいわけがない。疎開してきたとき、残りの人生は隠居生活を送るつもりでいた。いったい何を考えていたのだろう——。

心がどんどん熱くなってくる。

彼らからのバトンを落としてはならない。私は子供たちに支えられ、励まされてきた。助けられてきたのは私のほうだ。この老骨、何の力にもならぬとも、子供たちに少しでも報いたい……。

「今こそ教育だ！　新しい日本の未来を生きる子供たちにとって、教育ほど重要なものはない。子供たち一人一人に、自分の中に秘めたる計り知れない可能性があるのだということを気づかせてあげたい。それは多くのものを吸収する幼子のときに育まれる。それこそが教育であり、日本の復興なのだ。そのために私はもう一度生きる。生きてみせる！」

惣三は衝動的に理髪店へと駆け込んだ。

「短く刈ってくれ」

幼稚園閉鎖以来、惣三の胸に巣くっていた失望感や喪失感、虚無感、厭世的《えんせいてき》な思い……そういったものが少しずつ剝ぎ取られるように、パサリ、パサリと髪が刈り落とされていく。いったい何をしていたのだ、私は。子供たちがいない人生などあり得ないということを、すっかり見失っていたなんて。

「まあ、ずいぶんとすっきりなさって」

家に帰ると、トクが惣三の頭を見て少々驚きながら言った。

「ああ、軽くなったよ」

惣三の頭は五分刈りになっていた。軽くなったのは髪の毛だけではない。重苦しさの抜けた心には、代わりに新たな志が芽生えていた。

「それで私は、東京へ戻ろうと思う。汽車の乗車券も手配してきた」

「そんな、いきなり……。つい先ほど、日本が負けたと聞かされたばかりですのに……」

「勝手に決めてしまって申し訳ない。でも、私は居ても立ってもいられないんだ。これからの日本を造るのは、教育だ。この厳しい戦争と敗戦を経験した子供たちに希望を与えてやりたい。この国を再建するためには、子供たちを育てなくてはならないんだ。それが私にできる、最後の務めだと思う」

惣三の目は、ここ数ヵ月の間に見たこともないほど濁りなくすっきりとしている。その目を見たトクは深くうなずいた。

「行くと決めたら、お行きになるのでしょう。もう長いこと一緒におりますから分かります。子供のために生き抜く。それでこそ倉橋惣三ですわ」

翌日、惣三は廣畑《ひろはた》天満宮を参拝。微力かもしれないが、国家再建の責任感を胸に残りの力を捧げる覚悟を神に誓う。

すぐに荷物をまとめ、敗戦から四日後の十九日には、惣三とトクは駅のホームにいた。

東京に着くと、すぐに学校へ行き、校長のもとへ向かう。

「校長、退官を願い出ておきながら恐縮ではございますが……」

惣三がそう切り出すと、校長は黙って惣三の辞表の封筒を机の上に出した。

「まだ文部省には伝えてない。倉橋先生の教育への情熱が冷めることはないと思ってね。私のほうで預かっておきましたよ」

そう言って封筒を惣三のほうへと押しやった。

「ありがとうございます！　再建のために、私の最後の力を出し尽くす所存です」

再び学校に通うこととなり、すぐに住める場所を探していたところ、惣三たちの疎開中、知り合いに貸していた中野の家に再び住めることになった。

九月に入ると、惣三はかつての保母たちを訪ね歩き、幼稚園再開の準備に取り掛かった。幸い、及川や檜山たち数名と連絡が付き、彼女たちからも二つ返事で賛同を得た。けれど、肝心の子供たちは疎開先に離散したままで、開園の通知の出しようもない状態だ。

「どうしたものか……」

惣三はまず、行き場を失った子供たちを預かることから始めようと考えた。町は瓦礫の山で子供たちが遊ぶ場所がないし、親御さんたちは仕事や家の再建で子供たちの相手をしている余裕がない。そんな状況を見かねて、平時の幼児募集とは別に、臨時に「御近所幼稚園」と名前を付け、案内広告を門に出した。それと同時に、町会事務所を訪ね、近所の幼児たちの来園を勧誘し、炎天下を手分けして幼児のいるバラックにも誘いに出かけた。

そうして次第に子供が集まって、戦前のお茶の水幼稚園とは違った新しい様子を見せた。近所の子供たちとの出会いは、保母たちを少なからず驚かせることとなった。

「おい、ネエちゃん」

暑さもあって、半裸の男の子が砂まみれの顔で檜山を呼ぶ。そんな呼ばれ方をされたことのない檜山が唖然《あぜん》として振り返ると、何と園庭の小山の上から放尿しているではないか。

「ま、まあ……！　ここはお小水をするところではありませんよ！」

檜山は慌てて注意するが、子供たちはキャッキャッと楽しげだ。こうした子供たちの言動は、託児所を知り、保育所を知り、農村の幼児を知り、漁村の幼児を知り、都会のスラムの幼児たちの生活も知っている惣三には、少しも違和感がなかった。

並行して保母たちと手分けしながら、かつての園児たちの居場所をどうにか突きとめ、十一月十日にはついに保育開始式にまで漕《こ》ぎ着《つ》けた。

保育としては足りないことずくめであったけれども、惣三と保母たちは、空襲の怯えと戦火の恐怖と生活物資の欠乏とに乾燥し切っている幼い魂のために、幼稚園が願わくばオアシスとなることを専ら心がけた。このときの幼児たち、同僚の先生たちは、惣三の保育者としての生涯の中で最も忘れがたい人々となった。

同時に、惣三は戦時中に休刊してしまった幼児雑誌の再開に向けても動き始めた。

翌年の昭和二十一（一九四六）年には、日本保育館と改名していた社名がフレーベル館に戻った。

「食べるものも乏しく、復興ままならない世間の状況は続いています。この大変なときだからこそ、『キンダーブック』を復刊し、少しでも子供たちに希望を届けたいのです」

編集会議で熱を込めて語る惣三に、社員たちも大きくうなずき、復刊に向けて動き出した。二月になると、惣三は雪の降る中、作家たちの自宅を一軒一軒訪ねて、制作のお願いをして回った。武井武雄は当時、長野県に疎開していたし、画家の黒崎《くろさき》義介《よしすけ》も大磯《おおいそ》にいた。同様に、疎開先からまだ戻ってきていない人もいれば、自宅が焼けてしまった人もいる。

待っている子供たちがいる。『キンダーブック』を届けることが、私の使命――。その思いが、惣三を駆り立てた。

「よくぞ、ご無事で……。戦火をかいくぐり、こうしてまたお会いできてうれしい」

画家たちは口々にそう言いながら、惣三を迎えた。

「日本はこれから新しくなります。その日本を背負っていく子供たちが豊かに、のびやかに育っていけるよう、先生の絵が必要なのです」

惣三の熱意が彼らに響き、どの画家も快諾した。

「おお！　倉橋もいよいよ始動か！」

新聞社に『キンダーブック』復刊の広告を依頼しに行くと、三郎太が顔を出した。

「ああ。サブちゃんも無事で何よりだよ」

「これから日本ば復興させないかんけんな。俺もいよいよ政界に打って出るけん」

もともと三郎太が新聞社に勤めたのも、政治家になることが目的だった。

「それでや。お前は母親に人気があるけんな、マダム票ば集めてほしかとよ！」

この四月に行われる第二十二回衆議院議員総選挙は、終戦後初めて成年者による普通選挙が実施された。政治の面でも、新しい日本が生まれようとしていた。

こうして『キンダーブック』は、八月に復刊。止まることのない惣三は、十月には『幼児の教育』も復刊させ、あの廣畑天満宮で誓った通り、粉骨砕身して幼児教育の復興にあたったのである。

その間に、疎開していた正雄の妻・翠と、前年生まれた長女の彌生《やよい》が上京し、惣三たちと一緒に暮らすようになっていた。惣三は、孫の未来のためにもと、さらに活動を広げていった。

日本の教育改革が行われたのも、この年だ。三月、アメリカから「アメリカ合衆国教育使節団」が来訪。連合軍の占領下に置かれた日本は、総司令部により教育の抜本的改革が必要とみられていたためである。

これに際して設けられた日本側教育家の委員会において、惣三はその委員として接待にあたり、日本の教育事情を彼らに理解させるべく熱く説明した。

そして八月、この委員会を母体とした内閣直属機関として「教育刷新委員会」が設置された。惣三は、その一員となり、新しい日本の教育・保育を構築しようと奔走した。

すべての幼児が同様の施設で等しく就学前教育を受けることを不動の信念としていた惣三は、再三にわたり幼稚園の義務化への思いを力強く述べた。が、この問題は、時代が昭和から平成、そして令和の世に至っても課題としてあり続けている。

並行して「学校教育法」の準備が進められ、日本の義務教育を小学校六年間、中学校三年間とする、いわゆる六三制が制度化された。これを主張した坂元彦太郎《さかもとひこたろう》は、文部省の青少年教育課長で教育刷新委員会にも参加していた。惣三はよく坂元の席を訪れては、彼にさまざまな助言をした。坂元も、新しく作ろうとしている学校教育法の中に、幼稚園を小学校から大学までと並ぶ教育機関として位置付けたいと考えており、惣三も大いに彼に賛同していたのだ。

結局、五歳児保育の義務制は実現には至らなかったが、昭和二十二（一九四七）年三月、「学校教育法」が公布、四月より施行され、幼稚園は晴れて学校教育機関として位置付けられるようになった。これにより、保母は幼稚園教諭となり、待遇向上が図られたのである。

五月には日本国憲法が施行。戦後日本の基礎が整えられつつあった。

一方、昭和二十二（一九四七）年二月、小学校での教育の手引書として学習指導要領を作るのにならって、惣三を筆頭に「幼児教育内容調査委員会」が設けられ、「保育要領」を作ることになった。これは、幼稚園、保育所、家庭において幼児を保育する人々を広く対象とした幼児教育の手引書である。この委員会には、お茶の水幼稚園の及川も委員として入った。

こうして出来上がった「保育要領」は、翌年の昭和二十三（一九四八）年三月に刊行された。

坂元が担当した「まえがき」は、次のように述べられている。

――今、新しい日本を建設しようとするときに当たって、幼児の育て方や取り扱いについて根本から反省をし、学理と経験にもとづいた正しい保育の仕方を普及徹底して、国の将来をになう幼児たちを心身ともに健やかに育成していくことに努めなければならない。――

この「保育要領」は、指導の手引的な性格から、昭和二十五（一九五〇）年頃になると幼稚園の教育課程の基準として考えられるようになる。

焦土と化した日本の建て直しにおける幼児教育分野の再興に、惣三は火のごとき情熱を注ぎ、文字通り身を捧げていった。

＊情報局……昭和十五（一九四〇）年発足。戦時下における言論・出版・文化の検閲・統制などを行った政府機関

18 子供讃歌

終戦のあの日、惣三の胸に灯った国家再建への情熱は衰えない。

昭和二十二（一九四七）年十一月、東京女子高等師範学校と東京第一師範学校を会場に『第一回全国保育大会』を開催し、保育事業の普及発達に寄与することを目的とする『全国保育連合会』が結成。その翌年、各都道府県より一名ずつ選出した委員により、満場一致で惣三が会長に選ばれた。

さらに、幼児教育界がとかく経験主義に立ち、科学的研究から取り残されていることを気に病んでいた惣三は、昭和二十三（一九四八）年十一月、山下俊郎《やましたとしお》と共に発起人となり、幼児教育や保育に関する研究者たちを集めて『日本保育学会』を創設し、自らその会長となった。これは、保育学の発達を期し、保育の研究に関係のある個人および団体との連携を図り、保育事業の進歩に貢献することを目的とするもので、現在に至るまで継続して活動が行われている。

しかし、どれほど惣三の心が燃えていても、六十六歳を迎えようとしている体には大きな負担が掛かっていた。このころから、惣三は体調を崩すようになり、実際のところ、気持ちはあってても体が言うことをきかず、これらの大会にはあまり出席できなかった。

加えて、惣三の健康を損ねた原因があった。大学への児童学科の創設である。戦後の学制改革の一環として、東京女子高等師範学校も新制大学へ移行することとなり、その準備のため学部組織問題で揺れていた。

「大学への昇格を機会に、家政学部に児童学科を設けたいと考えております。女子大学において心理学が独自の研究を発展させるには、児童学科が最も相応しいと思うのです」

教育や心理学の研究の基盤を作るためには、専攻する学生が必要だと思っていた惣三は、こう提案した。

ところが、従来このような講座がなかったため、新設するとなると種々の困難が生じた。

「そうは言われましても、新たに児童学科を創設するためには、他学科の先生に退いてもらわなければなりません。あなたは、ご自分の希望を通すために、他の先生方を退職させようというのですか？」

「そういうつもりでは！　ただ、私はこれからの日本を考えるにあたり、人を育てるということが非常に重要であるから、そのための専門学科を置きたいと申しているのです」

「どのような理由であれ、あなたのなさろうとしていることは、今まで我が校に貢献してきた先生方の首を切ることだ！」

このことによってさまざまな誤解や対立が生じ、惣三は方々から非難され、中傷され、侮蔑の言葉さえたびたび受けた。それでも惣三は、あの戦時下に軍部の圧力にじっと耐え、幼稚園を守り続けた持ち前の辛抱強さと粘り強さで、ひたすら児童学科の成立のために尽力した。

こうして、児童学科は辛《かろ》うじて創設が認められた。けれども、その処遇は他の学科に比べて決していいものではなかった。

「児童学科に割り当てられるような場所はありませんよ」

そう言われ、本館の中には研究室を割り当てられず、結局、惣三の顔が利く幼稚園の中に二室を割いてもらわなければならなかったのである。

昭和二十四（一九四九）年六月、この新制大学設立に際して、惣三は女高師教授からお茶の水女子大学教授兼お茶の水女子大学東京女子高等師範学校教授に任ぜられ、附属幼稚園主事はそのまま引き継いだ。

惣三が苦労して設立した児童学科であったが、彼が講義をすることは一度もなかった。

そんなころ、愛育《あいいく》研究所小児科医の平井信義《ひらいのぶよし》が、惣三の自宅に一人の若者を連れてきた。愛育研究所は、母子の養護と教育についての研究を行う愛育会の機関だった。愛育会は皇太子殿下（現在の上皇陛下）ご誕生を機に、天皇陛下（昭和天皇）から伝達された御沙汰書をもとに創立された恩賜財団である。

「初めまして、津守眞《つもりまこと》と申します」

「津守君は倉橋先生と同じ帝大の心理学出身でしてね。子供の研究をしたいと、今は愛育研究所で乳幼児の研究を行い、最近は障がいを持つ子供にも接しているんです」

平井が津守を紹介する。緊張した面持ちで座る津守が小さく頭を下げた。希望にあふれた二十三歳の青年が、惣三の目にまぶしく映る。

「倉橋先生が書かれた『幼稚園雑草』を拝読しました。最初に書かれている『我等の途《みち》』から感動してしまって……。私が読んだどんな心理学の本より、子供のことを理解されている先生だと」

「いやいや、ははは。そんなに褒めてもらっても、何も出ないぞ」

惣三は大きな声で笑った。そして、津守がやりたいこと、興味のあることは何なのか、いろいろと尋ねては、惣三は自分の経験や幼稚園での子供の様子を例えにして話して聞かせる。

「津守君、真心を尽くすことだよ。相手が誰であろうと同じだ。子供だから大人が勝手に決め付けていいことなどない。一人一人が一人の人間として、我らの前にいるのだからね。幼いからといって、その尊厳に一毫《いちごう》のかわりもないのだよ」

津守はその言葉の重さを感じ、大きくうなずいた。一人一人が、一人の人間……。津守の心に日頃出会っている乳幼児や障害を持った子供たち、そしてその母親の顔が浮かんでくる。

津守は帰り道、心がいつまでも温かいもので満たされていることを感じた。そして、その日のことを日記にこう書き記した。

『子どもの世界に生き、その中で呼吸をする気持ち。わたしはそれをこのうえなく珍重し、尊敬する。人間と人間の社会とを客観的に科学的にみていく道、それをわたしは進みたいと思う。今はもう、わたしは大きなことは言うまいと思う。現実のこの世界をできるだけよく生きていくことを考えよう。ひとは現実を最善に生きることを考えるのが一番良さそうだ。どんなに高尚な理想もそれを抜いては意味がなさそうだ』

それからすぐ、津守は再び惣三の自宅を訪ねた。そして毎週のように通った。疑問をぶつけたり、学説について尋ねたり、聞いてみたいことが山のようにある。惣三はそれに一つ一つ丁寧に答え、時に津守自身に考えさせ、時に津守の心の状態にまで話が及ぶこともあった。

そんな惣三に、津守は武士道的な峻厳《しゅんげん》さを感じずにいられなかった。ただの優しく経験豊かな心理学者ではない。真に光るものを感じさせる「人間倉橋」がそこにいた。

その後、惣三は難聴を訴え、病院で治療を受けるようになった。状況ははかばかしくなく、体はどんどん衰弱していき、ついには学校を続けて休むようになった。惣三は、自身の身の引き方を考えるようになっていた。

そのことを初めて家族以外に話したのは、暑さがこたえ始めた七月、及川が見舞いに来たときだ。

惣三の容態は、床に伏せるほどではなかったが、暑いのに青白い顔をしていることからも、体調が優れないことが見て取れる。

「主事が長いこといらっしゃらないと、寂しい限りです」

「君が幼稚園のことを見てくれていると思うと安心だ。もう、私がいなくても大丈夫だろう」

ふと、惣三の口から出たその言葉に、及川の胸がざわついた。

「何をおっしゃいます。私、先生がいついらしてもいいように、主事室をきれいにしてお待ちしておりますのに」

「主事室は、君が使いたまえ」

及川は目と口を大きく開いたまま固まる。

「どうした、そんな埴輪《はにわ》のような顔をして」

惣三は笑う。が、及川は笑えない。

「私も、そろそろ幼稚園を引退しようと思っているんだ。籍を置いたまま不在にするのも申し訳ないし、新しい日本を作っていくのは君たちなんだからね」

「でも……」

及川の口からは何も言葉が出ない。その代わり、瞳からは大粒の涙が流れ出てきた。

「なあに、君なら大丈夫だ。私は君が学生の頃からずっと見てきた。そして、今まで一緒にやってきたじゃないか。いや、それどころか、戦時下も一緒に戦ってきたじゃないか」

及川の胸には思いがあふれているのに、すべてが涙になってしまい、言葉にならない。

「私はねえ、自分がやれることはやり切ったつもりだ。もちろん、未だ成し得ていないこともあるが、それは君たちに託そうと思っている。こうして人は思いをつなげ、紡いでいくのだね」

惣三は、元良先生のことを思い出していた。まだまだ教えてもらいたいことがたくさんあったけれども、時間が、元良先生の体力がそれを許さなかった。でも、その思いは確かに惣三の中に生き続けてきた。だからこそ、ここまでやってくることができたのだ。

「……分かりました」

涙で顔をぐちゃぐちゃにしながら、及川がやっとの思いで絞り出した一言だった。

その後、惣三は退官を申し出るが、新たにお茶の水女子大学学長となった野口《のぐち》明《あきら》は、惣三の退官願を何とか思いとどまらせようとした。しかし惣三の意志は固く、ついに現職に就いたわずか六ヵ月後の昭和二十四（一九四九）年十二月、惣三はすべての役職を免ぜられ、惣三の後を継いで及川ふみが附属幼稚園主事となった。

明治四十三（一九一〇）年、二十七歳のときに女高師の講師に任じられてから、六十六歳となるまで、実に三十九年にわたる教職生活の幕を下ろした。


退官した翌年の昭和二十五（一九五〇）年、難聴に加え、惣三はひどい腰痛に襲われた。盲腸炎と分かり、一ヵ月半以上もの長期入院を強いられる。春になり、ようやく退院できると、自宅には毎日のように多くの見舞客が訪れた。

その年の秋、津守は新制大学となったばかりのお茶の水女子大学家政学部児童学科の非常勤講師になった。

「君のような、これからの日本を背負って立つ若い方がこの児童学科に来てくれて、私は本当にうれしく思うよ」

挨拶に来た津守を、惣三は歓迎した。

「そんな……。先輩たちが皆、戦死してしまわれましたから……。だからこんな若造に、たまたま声を掛けていただけたのだと思います」

恐縮したように謙遜する津守に、惣三はこう答えた。

「〝たまたま〟だと思えることも、すべて必然なのだよ。この歳になると、それがよく分かる。偶然のようにここへ来た君が、これから先どうなっていくのか、私はとても楽しみだ」

実際、惣三も自分の人生の出来事が、すべて必然だったと思える。

あの両親のもとに生まれたから、小学生で上京し、浅草に住んだから〝偶然〟一平と出会い、初めての友達ができた。そして、中学生のときに〝偶然〟手にした『児童研究』に夢中になり、そこで惣三にとっての偉大な師となる元良先生を知った。また、〝偶然〟パン屋で金を借りた菅原の縁で、〝偶然〟トクと出会った。自分にとっての人生の転機は、いつも何気ない〝偶然〟を装って素知らぬ顔で近づいてきた。

きっと、新しい児童学科ができたこのときに、自分の前に現れた若き青年は、自分の浅はかな知識では計り知れない必然をたたえた存在に違いない――。惣三はそう確信していた。

この年の八月二十五日、正雄に長男が生まれた。和雄《かずお》である。昭和二十七（一九五二）年一月二十日には次女・正子《まさこ》も生まれ、惣三は三人の孫に囲まれて暮らすこととなった。

それからはさまざまな症状を患い、入退院を繰り返しながらの生活が続いた。

そんな中、アメリカへの洋行から帰国した津守の結婚式が行われた。彼の結婚の世話まで焼いた惣三は、仲人として出席することになっていたが、体調は思わしくない。

「本当に大丈夫ですの？　いくら仲人といっても、ご無理をなさってはいけませんわ」

トクの心配をよそに、惣三は震える手で杖をつきながら、津守の待つ控え室に向かう。

「先生！　お加減はいかがですか？」

惣三の姿を見るやいなや、津守が駆け寄ってくる。

「ああ、この通りピンピンしているとは言えないが、やる気だけは満々だよ」

「無理を言ってしまい、申し訳ありませんでした。でも、倉橋先生とご一緒にバージンロードを歩けるなんて、光栄です！」

「君、私と結婚するんじゃないんだから」

無邪気に喜ぶ津守に、惣三もおどけて返す。

津守が式を挙げたのは教会だったため、仲人は新郎と共にバージンロードを歩かなければならない。今の惣三は、自分が最後まで歩き切ることができるのか、自分の体力を信用できないほどに衰えを感じていた。

それでも、惣三のまぶたに浮かぶのは、トクとの結婚が父親の反対にあったとき、病をおしてわざわざ静岡まで説得に来てくれた元良先生の姿である。体はつらそうに見えたが、そんな様子はおくびにも出さず、自分が倒れるまで、あなたの息子を信じてほしいと父に訴えてくれた。結婚するときは無理を言って仲人をつとめてもらい、最後の仕事を果たしたかのように程なくしてこの世を去ってしまった。元良先生が身をもって惣三に渡してくれたバトンは、その後、惣三が幼児教育に注ぐ力の源となった。そのバトンを握りしめて、ここまで走ってきたともいえる。そろそろ、このバトンを次の走者につなぐときが来たようだ。

体のつらさよりも、あのときの元良先生の気持ちを、我が身をもって感じられることを、惣三はうれしく思った。そして、自分もこの役割を果たせれば悔いはないとさえ思う。

教会の扉が厳かに開く。惣三と津守の目の前に、十字架へと続くまっすぐなバージンロードが続いている。その先に、新婦が恭しくたたずんでいる。隣には、惣三を心配そうに見つめるトクが控えていた。

「津守君、行こうか」

そろりと、惣三は一歩を踏み出す。けれど、それはあまりにもおぼつかないものだった。

「倉橋先生、私がお支えいたします」

そう言って、津守が惣三を脇から支える。そのたくましさに、惣三は安心したように言った。

「ああ、頼む。君に託すよ」

このバージンロードを歩き切ったら、後のことは君に託す。きっと彼が、これからの幼児教育界を引っ張ってくれるに違いない——。

津守の腕の力強さを体に感じながら、惣三の胸にそんな思いが去来していた。周りから見れば、ほとんど津守が惣三を引っ張って歩いているように見えたかもしれない。それでも、一歩一歩、惣三は自分のこれまでの人生を振り返るように歩みを進める。十字架へのバージンロードは、惣三にとってはまるであの世へと向かう道のように思われた。

一歩——。一平はあの世で元気にしているだろうか。相変わらず、あのときの子供の姿のままだろうか。こんな老いぼれの自分を見たら、何と言うだろうな。

また一歩——。ブンちゃん、浅草はあの後、空襲でもう一度大震災に見舞われたかのように焼け野原になってしまったよ。でも、見てくれ。今やすっかり浅草は、いや日本は立ち直った。僕も、君の息子の太郎君のような子供も通える「御近所幼稚園」を作ったんだ。『お前は子供らを助けんだろうが!!』——あの一言が、どれほど僕を奮い立たせてくれたか……。幼稚園義務化まではは成し得なかったが、きっと津守君のような若者が果たしてくれると思う。そうしたら、太郎君も皆、幼稚園に通えるようになるよ。

さらに一歩——。懐かしき学生時代。宇野君はどうしているだろうか。現実の「メドウ・キンダー・ガルテン」の夢は、来世に持ち越しかな。大賀君はハス博士と呼ばれるほどになった。サブちゃんも立派な政治家になって、今やこの日本の成長を支えている。誠に誇り高き我が友らよ。彼らは今も現役だ。先に行って、君たちの活躍を見守るとしよう。

菅原君、まさかクリームパンが縁で君と親族になるとはなあ。僕の人生は、君によって大きな影響を受けた。トクに出会えたのも君のおかげだ。その後も君にはさまざまに世話になった。君が息子に先立たれたのは、僕も悲しい。あちらで息子の親不幸を叱っておくよ。

十字架が徐々に近づいてくる。まさにそこから神の祝福の光が注がれているように感じられ、その神々しさに目が眩《くら》む。

もう一歩――。父上、母上、私もそちらへ参るときが迫っております。この喜び多き我が人生をお与えいただき、心から感謝いたします。あなた方の愛が、私の幼児教育の原点でありました。

あと一歩――。元良先生、私は先生とのお約束を果たすことができたでしょうか。先生のように生徒を愛し、敬い、育んできたでしょうか。幼児教育はあれから少しでも前進したでしょうか。そして、先生が生まれ変わられたら入っていただけるような幼稚園を、私は作ることができたでしょうか――。いや、まだ日本の幼児教育は途上のものです。そのバトンを、私は今、隣にいるこの若者に託そうと思っております。

新郎新婦が十字架の前に並ぶ。トクがそっと惣三の側に寄り添い、津守に代わって支えた。いよいよ惣三も、十字架の前に首《こうべ》を垂れてたたずむ。

こうして、ずっと僕に寄り添い、支えてきてくれたトク。

何と僕は恵まれていたのだろう。さまざまな反対や非難も受けてきた。けれど、僕が今こうしてあるのは、これらの人々との出会いがあり、励ましがあったからだ。

そして、これまで出会ってきた多くの子供たち――。彼らが、惣三の生きる原動力だった。彼らの笑顔が、その存在自体が惣三の生きる理由であり、存在理由だった。

惣三は、津守夫婦への祝福と共に、改めて神への感謝を捧げた。

そしてこれが、惣三が自分の足で歩いた最後の日となった。

惣三は退官後、お茶の水女子大学名誉教授、東京女子高等師範学校名誉教授の肩書を得ていた。律儀な惣三は、名ばかりでは申し訳が立たぬと、老骨に鞭打《むちう》って全国を講演してまわったが、終盤は神経痛で杖をついて歩く夫を気遣ってトクが同伴していた。津守の結婚式を終えると、惣三の病は進み、講演旅行も断念せざるを得なくなった。

講演に立つことはできなくなっても、惣三は自分に残された時間と体力の続く限り文筆活動を続けた。昭和二十八（一九五三）年六月に、昭和九（一九三四）年に出版した『幼稚園保育法真諦』を改訂し、『幼稚園真諦』と改題して復刊させると、翌昭和二十四（一九四九）年の九月から二十七（一九五二）年の五月まで『幼児の教育』に連載していた『子供讃歌』を、一冊の本に書き直す作業に着手した。それは、まるで惣三の自叙伝であった。

その序文に、惣三は子供に対する自分の思いをこう書いた。

——子どもの弱点をあわれむ心から子どもの愛憐が生れ、子どもの長所を讃美《さんび》する心から子供讃歌が生れる。注文でなく、要求でなく、教化の心でもなく、讃美である。讃嘆である。またしても起る小さきものへのあわれみの心を越え、さげすみをすててその小ささよりも、偉《おお》いさに驚き嘆ずる心である。それも、浅い心からの驚きではなく、功利打算の値ぶみからでなく、いと深きところの嘆美であり、詠嘆である。……

子どもにおいて、足らざるをあわれむは、小さき教育の心である。子供讃歌という。はたして、如何《いか》なる讃美か、どれだけの詠嘆か。讃美の心なきものは、語るにたらず。嘆美の大小は、そのものの価値よりも、嘆美者の価値を示す尺度である。自らあわれむ。子ども讃美の心のすくなきを、誠に天下の子どもに対して、はずかしさに耐えない。足らざるを嘆ずる心を、天下の子どもに告げて、以て子供讃美の序とする。——

昭和二十九（一九五四）年十二月にフレーベル館から出版された『子供讃歌』は、惣三の最後の著作となった。

折しも日本は、「東洋の奇跡」と呼ばれる高度経済成長期に入っていた。東京ではテレビ放送が開始され、街頭テレビにはいつも多くの人だかりができている。

目覚ましく発展する世の中を見ながら、惣三は最後まで筆を走らせた。昭和三十（一九五五）年一月号の『幼児の教育』には、巻頭言に「新しき年を迎えるにあたって」を書いている。これは大正五（一九一六）年に『婦人と子ども』に載せた「斯《か》くてまた暮れゆく」をほぼ再掲載したものだ。三十五年以上経っても、惣三には一貫した思いがあった。現在の幼稚園教育界の進展が思い付きの対応にとどまっている状況を憂いながら、惣三は次の言葉で締めくくった。

——私の幼児教育に関する考えは三十年前も根本的には変っていない。基本的真理は時代の変化にかかわらず真理である。——

これが、惣三の絶筆となった。

惣三は、この『幼児の教育』の編集を津守に託した。

そして春も近くなったころ、惣三は正雄を、岡山大学で教育学部長をしている坂元彦太郎のもとへ行かせた。惣三と共に教育刷新委員会のメンバーとして幼稚園義務化を訴えてきた彼に『キンダーブック』の編集顧問を頼んだのである。

「本当は、父が自分で伝えたかったようですが、もう体が自由に動かなくて……」

正雄が坂元に伝える。

「こちらこそ、こんな大役、本当に私でいいのか……」

「父は、これを引き継げるのは、坂元さんしかいないと言っていました。日本の教育体制の確立に向けて共に闘った坂元さんに、全幅の信頼を寄せているんです」

坂元は、何かを噛みしめるようにしばらく置いて、一つ強くうなずいた。

「倉橋先生からのバトン、しかと受け取りました。『キンダーブック』の名を汚さぬよう、しっかり務めます、とお伝えください」

正雄から坂元の返事を聞いた惣三は、一息ついて安心したようにまぶたを閉じた。

「これで、私の役割はすべて次につないだよ」

四月二十一日、午後三時五十分、惣三は脳血栓で満七十二歳の人生を閉じた。奇《く》しくもその日は、惣三がヨーロッパまでその足跡を追い求めた幼児教育の祖フリードリヒ・フレーベルの誕生日だった。


翌日、翌々日は、中野の倉橋家に弔問客と百通を超える電報が後を絶たなかった。二十三日午前には皇后陛下（香淳《こうじゅん》皇后）、皇太子殿下（現在の上皇陛下）よりお供物が届いた。そして、二十四日の葬儀、一般告別式には、数千人の人の波が一時間以上続いた。

『幼児の教育』は同年七月号を「倉橋惣三先生追悼号」とし、各界から三十人を超える人々の追悼の言葉を掲載した。

惣三が幼児教育界に残した功績は、誰もが認めるところであり、その死を惜しんだ。こうして彼は、〝近代幼児教育の父〟〝日本のフレーベル〟と呼ばれるようになったのである。

了

あとがき

「倉橋惣三さんの本を書きませんか？」

三年前、そう声をかけてくださったのは、保育関係の仕事に携わっている友人二人でした。

「保育関係者にとって、倉橋惣三先生は神のような存在です」

そう言われても、私の人生において倉橋惣三という方といえば、夫の祖父というだけでした。しかも惣三氏は彼が幼いころに亡くなったので私は会ったことがなく、彼の記憶には、「やさしいおじいちゃん」という印象のみ。

もちろん教育者であり、時の天皇陛下御夫妻に幼児教育についてのご進講をしたり、現在の上皇陛下の皇太子時代の教育係であったということは知っていました。実際、娘の麻生がひょんなことから大学院卒業後に宮内庁に勤めることになり、当時天皇陛下だった上皇陛下と拝謁する機会に恵まれた時、上皇陛下は娘にじきじきに「倉橋惣三さんには、とても可愛がっていただいたんですよ」と仰られたと聞いて、仰天したこともありました。それでも大した興味は湧かないままでした。

私は三十年以上、児童書というジャンルで物語を書いてまいりましたが、まさか惣三氏について書くことになるとは夢にも思いませんでした。けれど友人達の勧めに触発されて、初めて惣三氏自身の著作や惣三氏について書かれた書物等を読んでみると、彼は現在のお茶の水女子大学附属幼稚園の主事を務め、お茶の水女子大学の名誉教授でもあったこと、そして『近代幼児教育の父』『日本のフレーベル』と呼ばれていること等を知りました。

また、夫の母が大切に保管していた家族の遺品の中に、惣三氏の日記や手紙、果ては勲章や各出身校の卒業証書までがあり、数々の立派な肩書きの下に、一人の人間としての倉橋惣三を感じてまいりました。

特に何冊もの日記は、一冊一冊がまるで分厚い書物のようで、中にはびっしりと文字が書かれています。達筆だったせいか、その文字を解読するのは大変骨の折れる作業でした。しかしそれらを読み進めるほどに、専門書等では語られないありのままの惣三氏の姿が見えてきました。

勉強熱心でエリートコースを歩んだ方ではありますが、何をやっても不器用で、引っ込み思案。また運動神経が鈍く、学校では苦労していたこと等々、とても人間臭い面がありました。その中で本当に感動したのは、惣三氏が心底子供を好きだったこと。常に子供達のことを思っていたことです。子供達に寄せる言葉の、何と優しく温かいこと……。

子どもたちの顔はみんな明るく輝いている。外からの光でなく、内からの光である。
天の太陽は雲につつまれる日があっても、ここの小さい太陽たちは、いつだって好天気だ。

それが言葉だけでなかったことは、様々な評伝に書かれています。そして、子供達の中に眠る可能性をとことん信じ、それを引き出そうとしたことも——。


子供を偉大なものにこしらえ上げようというのではない。

この子供が偉大なるものになることを信じて教育するのである。

この子が日蓮《にちれん》になるかもしれない。この子がベートーベンになるかもしれない。

私は驚き後ずさりしてその子供を見る。……私は心理学によって子供をしり、教育学によって子供の教育法を学ぶ他に、絶えず人間の偉大さをしらなければならない。

絶えず心にその感激を湛えていなければならない。

そうでない時、私の目は子供において凡庸だけを見るものとなるであろう。


このように常に子供達に寄り添う教育者でありながら、自分に心を開こうとしない長男との関係に葛藤し、その葛藤がさらに教育や人間観というものへの関心と情熱を生み出していく……。

調べるほどに、惣三氏に興味を持ちました。そして、この方を物語にするという意欲が湧き上がりました。さらには書き進める中で、だんだんその人間性に惹かれていき、私自身、生きる上での大切なことを数々教えてもらったように思いました。娘にも本格的に参画してもらうことにして、膨大な資料と格闘しながら書き始めてから丸三年、時には若干のフィクションも交えながら、ようやく物語は完成しました。

明治、大正、昭和を生き抜き、その中で第一次、第二次という二つの世界大戦、関東大震災、日本国内での死者が数十万人となったスペイン風邪の流行等、滅多に起こることのない大きな社会的な事件をいくつも体験してきた惣三氏……。

私あてに手紙やメールを送ってくれる児童書の読者の中には、親や学校の管理の下、自発性が押しとどめられ、〝人の言うこと聞く、素直ないい子〟の自分を保とうとして苦しんでいる小中学生が多く見られます。その子達がもし自分の中に眠る可能性に気が付き、人生の目標や願いを見つけて、それを果たすべく生きることが出来たら、どれほど有意義な人生となるでしょうか？その中に、本当にベートーベンの如き人物が生まれないともかぎりません。

惣三氏の思想、生き方は、幼児教育に限らず、全ての人間への提言でもあると確信しています。ぜひ多くの方々に読んでいただきたいと願ってやみません。

年	満年齢	倉橋惣三をめぐるおもなできごと	世の中の動き
1882 明治15	0	12月28日 静岡県生まれ。	
1889 明治22	7	小学校入学。	大日本帝国憲法が公布される。
1890 明治23	8	岡山市の小学校へ。	教育勅語発布。
1892 明治25	10	4年生で、東京の浅草尋常小学校に転校。	
1894 明治27	12		日清戦争が起こる。
1895 明治28	13	4月 東京府尋常中学校入学（尋常中学校は5年制）。	
1896 明治29	14		『フレーベル会』創設。
1898 明治31	16	この年創刊された『児童研究』を定期購読。	
1900 明治33	18	3月 東京府第一（東京府尋常）中学校卒業。 9月 第一高等学校入学。	
1901 明治34	19		『婦人と子ども』創刊。 第一皇子 迪宮《みちのみや》裕仁親王誕生。
1903 明治36	21	6月 第一高等学校卒業。 9月 東京帝国大学文科大学哲学科入学。 児童心理を研究する目的で、お茶の水幼稚園に通う。	
1904 明治37	22		日露戦争が起こる。

1906	明治39	24	6月 東京帝国大学卒業。 9月 東京帝国大学大学院入学。	
1907	明治40	25		「小学校令」改正 （尋常小学校は6年制に）。
1909	明治42	27	『心理学通俗講話会』発足。 『婦人と子ども』に巻頭詩が掲載される。	ハルビンで伊藤博文が暗殺される。
1910	明治43	28	東京女子高等師範学校講師嘱託（児童心理学担当）になる。 『婦人と子ども』に原稿掲載。 『フレーベル会』に加入。 青山女学院高等普通科、青山女子手芸学校教師（心理学・教育学担当）になる。	
1911	明治44	29	『フレーベル会』の機関誌『婦人と子ども』の編集にあたる。	
1912	明治45 （大正元）	30	『婦人と子ども』編集兼発行者となり、新編集方針発表。 『第19回京阪神三市連合保育会総会』にて「幼児保育の新目標」講演。 内田トクと結婚。 恩師・元良勇次郎永眠。	明治天皇崩御。 日本全国でコレラが流行。
1913	大正2	31	長男・正雄誕生。	
1914	大正3	32		第一次世界大戦が起こる。

1915	大正4	33	『第22回京阪神連合保育会』にて「幼児教育の特色」講演。	
1916	大正5	34	次男・文雄誕生。 青山女学院高等女学部、青山女学院手芸部退職。	
1917	大正6	35	東京女子高等師範学校教授、同附属幼稚園主事となる。	
1918	大正7	36		スペイン風邪第一波が全国に広がる。 第一次世界大戦が終わる。
1919	大正8	37	長女・直子誕生。 『婦人と子ども』を『幼児教育』に改題。 横浜港から、外遊へ出発。	スペイン風邪第二波が全国に広がる。
1920	大正9	38	アメリカ(シカゴ・ニューヨーク・ボストン・ニューヘイブン等)を回る。 父・政直永眠。	国際連盟発足。
1921	大正10	39	ヨーロッパ(イギリス・ベルギー・スイス・ドイツ・チェコスロバキア等)を回る。 ペスタロッチ・フレーベルゆかりの地を巡礼。	
1922	大正11	40	『コドモノクニ』創刊。 ヨーロッパ(オーストリア・イタリア等)周遊後、帰国。 東京女子高等師範学校教授および同附属幼稚園主事に復帰。 『コドモノクニ』編集顧問になる。	ソビエト社会主義共和国連邦(ソ連)誕生。
1923	大正12	41	関東大震災で東京女子高等師範学校附属幼稚園全園舎焼失。	関東大震災が起こる。

1924	大正13	42	母・とく永眠。 東京女子高等師範学校附属高等女学校主事となる（幼稚園主事と兼任）。 附属幼稚園主事を退任。同時に『幼児の教育』主幹も退任。	皇太子裕仁親王ご成婚。
1926	大正15（昭和元）	44	初めての著書となる『幼稚園雑草』を出版。	「幼稚園令」公布。 大正天皇崩御。
1927	昭和2	45	東京女子高等師範学校附属高等女学校の主事を退任。 『キンダーブック』創刊。	
1928	昭和3	46	天皇皇后両陛下に「児童の心理」をご進講。 『キンダーブック』編集顧問になる。	第12回衆議院選挙（第1回普通選挙）実施。
1930	昭和5	48	皇后陛下に「幼稚園保育事項」ご進講。 東京女子高等師範学校附属幼稚園主事となる（3度目）。	
1932	昭和7	50		五・一五事件が起こる。
1933	昭和8	51	『夏期保育講習会』にて、「幼稚園保育の真諦」という演題で熱弁をふるう。	第一皇子 継宮《つぐのみや》明仁親王誕生。
1934	昭和9	52	天皇皇后両陛下に「児童教育問題」をご進講（昭和12年まで毎年）。 『幼稚園保育法真諦』出版。	ソ連、国際連盟加入。
1935	昭和10	53	「系統的保育案の実際」の提唱。	
1936	昭和11	54	『育ての心』出版。	二・二六事件が起こる。

1937 昭和12	55		日中戦争が起こる。
1938 昭和13	56	葉山御用邸、赤坂の東宮仮御所へ出仕。 皇太子明仁親王の遊び相手となる。	国家総動員法公布。
1939 昭和14	57		第二次世界大戦が起こる。
1941 昭和16	59		文部省「国民学校令」公布。 太平洋戦争が起こる。
1942 昭和17	60	『キンダーブック』が『ミクニノコドモ』に改名。	
1944 昭和19	62	『ミクニノコドモ』終刊。『日本ノコドモ』に統合される。	東京都、「幼稚園閉鎖令」を出す。
1945 昭和20	63	東京女子高等師範学校附属幼稚園閉鎖。 姫路へ疎開（長女・平松直子宅）。 焼け跡の子どもたちのために「御近所幼稚園」を開く。	東京大空襲。 ポツダム宣言発表。 広島、長崎に原爆投下、 第二次世界大戦終結。
1946 昭和21	64	「アメリカ合衆国教育使節団」来訪。日本側委員として接待にあたる。 『キンダーブック』復刊。『幼児の教育』復刊。	日本国憲法公布。
1947 昭和22	65	『第1回全国保育大会』開催。『全国保育連合会』結成。 翌年、会長になる。	学校教育法公布、施行 （幼稚園が学校教育機関になる）。 児童福祉法公布。
1948 昭和23	66	『全国保育連合会 第2回全国保育大会』開催。 『日本保育学会』発表会、および学会創設。初代会長になる。	「保育要領」刊行。 国連総会、世界人権宣言を採択。

1949	昭和24	67	体調を崩し、難聴で通院治療。 お茶の水女子大学教授兼、お茶の水女子大学東京女子高等師範学校教授になる。 12月　依願退官。 『幼児の教育』の編集主幹は亡くなるまで継続した。	国立学校設置法により、お茶の水女子大学設置。 東京女子高等師範学校は包括され、お茶の水女子大学東京女子高等師範学校となる。 中華人民共和国成立。
1950	昭和25	68	老体に鞭打って全国を講演して回る。	朝鮮戦争が起こる。
1951	昭和26	69		児童憲章制定。 サンフランシスコ平和条約締結。 日米安全保障条約締結。
1952	昭和27	70	お茶の水女子大学名誉教授となる。	東京でテレビ放送開始。
1953	昭和28	71	秋ごろより循環器系障害気味。神経痛のため杖をついて歩く。	朝鮮戦争が休戦。
1954	昭和29	72	『子供讃歌』出版。 秋から病状悪化。 30年1月号の『幼児の教育』巻頭言が絶筆となる。	
1955	昭和30	73	日本保育学会会長、『幼児の教育』の編集主幹、『キンダーブック』の編集顧問をそれぞれ後進に譲る。 4月21日　脳血栓（脳軟化）で永眠。享年72歳（フレーベルの誕生日）。	

参考文献

- 倉橋惣三(1965)『幼稚園雑草(上・下)』フレーベル館
- 倉橋惣三(1976)『幼稚園真諦』フレーベル館
- 倉橋惣三(1988)『育ての心(上・下)』フレーベル館
- 倉橋惣三(2008)『倉橋惣三選集1～5』学術出版会
- 倉橋惣三(2008)『子供讃歌』フレーベル館

【倉橋惣三関連】

- 津守真・坂元彦太郎・森上史朗『倉橋惣三　その人と思想(全5巻)』DVD 日本記録映画研究所
- 坂元彦太郎(1976)『倉橋惣三・その人と思想』フレーベル館
- 為藤五郎／編(1986)『現代教育家評伝』大空社
- 森上史朗(1993)『子どもに生きた人・倉橋惣三』フレーベル館
- 湯川嘉津美(1999)『倉橋惣三の人間学的教育学』「日本の教育人間学」玉川大学出版部
- 荒木瑞子(2013)『婦人・子ども雑誌に見る倉橋惣三』らぴす 第30号 文化書房

【周辺人物関連】

- 元良勇次郎 他(1898)『児童研究』東京教育研究所
- 故元良博士追悼学術講演会／編(1913)『元良博士と現代の心理学』弘道館
- 小野昇(1948)『皇太子さま』書房白雲堂
- 社会教育協会／編(1951)『皇太子さま』社会教育協会
- 小野昇(1952)『若き皇太子：記録写真と文集』第一出版社
- 妙義出版社出版部／編(1952)『皇太子殿下：立太子記念御写真帖』妙義出版社
- 上笙一郎／編著(1974)『聞き書・日本児童出版美術史』太平出版社
- 堀七蔵(1974)『教員生活七十年』福村出版
- フレーベル館／編(1977)『フレーベル館七十年史』フレーベル館

♦菅原教造／著　柳沢澄子／編(1989)『服装概説』近藤出版社

♦前田匡一郎(1991)『駿遠へ移住した徳川家臣団』自費出版

♦(2001)『特集　津守真を読み解く』「発達」88号 ミネルヴァ書房

♦凸版印刷株式会社印刷博物館／編(2017)
『キンダーブックの90年』凸版印刷印刷博物館

【学校関連】

♦浅草小学校開校五十年祝賀会(1923)『浅草小学校開校五十年』
浅草小学校開校五十年祝賀会事務所

♦朝日新聞社　聞蔵Ⅱビジュアル『茨木東京高師校長に教授会から警告を発す』
東京朝日新聞1926年5月22日朝刊

♦日本保育学会／編(1965)『保育学年報 1964年版』フレーベル館

♦週刊朝日／編(1978)『青春風土記:旧制高校物語3』朝日新聞社

♦日比谷高校百年史編集委員会／編(1979)『日比谷高校百年史（上･中･下）』
日比谷高校百年史刊行委員会

♦佐藤ワラ(1984)『旧制高校教育　バンカラグラフティ』勁文社

♦一高自治寮立寮百年委員会／編(1994)『第一高等学校自治寮六十年史』一高同窓会

♦佐々木直剛(2003)『下谷浅草･小学校と児童の歴史』自費出版

♦岩本努、保坂和雄、渡辺賢二／共著(2012)『ビジュアル版学校の歴史1～4』汐文社

♦池田祥子、友松諦道／編著(2014)『保育制度改革構想』日本図書センター

♦お茶の水女子大学幼稚園教員養成課程同窓会／編(2015)
『美登利会のあゆみ』美登利会

♦お茶の水女子大学附属幼稚園／編(2016)『国立大学法人お茶の水女子大学附属幼稚園
創立140周年記念誌』国立大学法人お茶の水女子大学附属幼稚園

♦お茶の水女子大学百年史刊行委員会／編(1984)『お茶の水女子大学百年史』
「お茶の水女子大学百年史」刊行委員会

♦川上須賀子、槇英子、浜口順子、中澤潤、榎沢良彦(2017)
『倉橋惣三「児童心理」講義録を読み解く』萌文書林

◆日本近代教育史料研究会／編(1997)『教育刷新委員会会議録』岩波書店

【時代・世相・地域関連】

◆玉井哲雄／編(1992)『よみがえる明治の東京―東京十五区写真集―』角川書店

◆松田良一(1993)『近代日本職業事典』柏書房

◆森田一朗／編(1998)『働く人びと』筑摩書房

◆久保田万太郎(2013)『大東京繁盛記　下町篇(雷門以北)』講談社

◆梅田厚(2003)『古地図･現代図で歩く明治大正東京散歩』人文社

◆宮地正人、佐々木隆、木下直之、鈴木淳／監修(2005)『ビジュアル･ワイド明治時代館』小学館

◆本山浩子(2007)『ビジュアルガイド明治･大正･昭和のくらし1　明治のくらしと文化』汐文社

◆森永卓郎／監修(2008)『物価の文化史事典:明治･大正･昭和･平成』展望社

◆穂積和夫(2010)『絵で見る明治の東京』草思社

◆加藤迪男／編(2011)『大正NEWS年表』日本地域社会研究所

◆(2012)『ビジュアル大正クロニクル』世界文化社

◆武光誠、大石学、小林英夫／監修(2012)
『地図･年表･図解でみる日本の歴史 下』小学館

◆石井正己(2013)『文豪たちの関東大震災体験記』小学館

◆武田知弘(2013)『戦前の生活:大日本帝国の"リアルな生活誌"』筑摩書房

◆『目で見る 文京区の100年』郷土出版社(2014)

◆NHKエンタープライズ(2015)『カラーでよみがえる東京　不死鳥都市の100年』DVD

◆鈴木淳(2016)『関東大震災:消防･医療･ボランティアから検証する』講談社

【論文資料】

◆伊藤康子(1993)『編集者からみたキンダーブック』
「子ども文化学研究第2」中京女子大学子ども文化研究所

◆湯川嘉津美(1997)『大正期における幼稚園発達構想』
「上智大学教育学論集」31号

♦ 大山正、大泉溥（2014）『本邦心理学の創始者元良勇次郎の足跡を辿って』
「心理学評論」57巻2号

♦ 小山優子（2016）『倉橋惣三の児童保護にみられる幼保一元化論』
「保育学研究」54巻2号

♦ 小山優子（2016）『倉橋惣三の誘導保育論の今日的意義：保育理論の発生から系統的保育案の展開まで』
「島根県立大学短期大学部松江キャンパス研究紀要」Vol.54

♦ 浅野俊和（2017）
『アジア・太平洋戦争下の雑誌「国民保育」：その書誌と誌面の内容的変遷』
「中部学院大学・中部学院大学短期大学部 研究紀要」第18号

♦ 本田幸（2017）『坂元彦太郎と倉橋惣三の関わりについての一考察』
「横浜女子短期大学研究紀要」第32号

♦ 水野佑規子、白石淑江（2018）
『倉橋惣三の誘導保育論にみるプロジェクト・メソッドの影響』
「愛知淑徳大学論集」第8号

♦ 三吉愛子（2019）『我が国の幼稚園における「会集」の歴史』
「広島国際大学総合教育センター紀要」3号

【公式サイト】

♦ 株式会社　内田老鶴圃
http://www.rokakuho.co.jp

♦ 文部科学省　学校系統図
http://www.mext.go.jp/b_menu/hakusho/html/others/detail/1318188.htm

♦ 文部科学省　幼稚園教育要領
http://www.mext.go.jp/a_menu/shotou/new-cs/youryou/you/

協力（順不同）

*お茶の水女子大学附属幼稚園

*一般社団法人倉橋惣三協会

*東京新聞（株式会社　中日新聞社東京本社）

*株式会社　朝日新聞社

*倉橋 和雄氏（倉橋惣三の孫・一般社団法人倉橋惣三協会代表理事）

*浜口 順子氏（お茶の水女子大学教授）

*宮里 暁美氏（お茶の水女子大学お茶大アカデミック・プロダクション寄附講座教授）

*久保 健太氏（関東学院大学専任講師）

*池永 憲彦氏（リモンライフ株式会社代表取締役）

*熱海 正宏氏（株式会社フォーハンズ代表取締役）

*阿部 祐美子氏（東京都議会議員／行政書士）

*梅田 千恵氏（一般社団法人倉橋惣三協会事務局長）

*野木 志郎氏（ログイン株式会社代表取締役）

*伊藤 滋之氏（株式会社タイズブリック代表取締役社長）

倉橋燿子（くらはし・ようこ）

広島県生まれ。上智大学文学部卒業。出版社勤務、フリー編集者、コピーライターを経て、作家デビュー。講談社X文庫『風を道しるべに……』等で大人気を博した。その後、児童読み物に重心を移す。主な作品に、『いちご』（全5巻）、『青い天使』（全9巻）、『ドリームファーム物語　ペガサスの翼』（全3巻）、『月が眠る家』（全5巻）『パセリ伝説』（全12巻）『パセリ伝説外伝　守り石の予言』「ラ・メール星物語」シリーズ、「魔女の診療所」シリーズ、「ドジ魔女ヒアリ」シリーズ、「ポレポレ日記《ダイアリー》」シリーズ、「夜カフェ」シリーズ、『生きているだけでいい！　馬がおしえてくれたこと』（以上、すべて青い鳥文庫/講談社）、『風の天使《エンジェル》』（ポプラ社）などがある。

倉橋麻生（くらはし・まお）

東京都生まれ。慶應義塾大学文学部卒業、上智大学博士前期課程修了。卒業後、宮内庁に勤務。皇族の事務官として携わる。現在は、企業のESG/SDGs調査の仕事に携わっている。倉橋燿子の長女であり、惣三のひ孫に当たる。

＊本文内の引用文は、読みやすさを考慮し、一部現代文に則した言葉遣いに改めています。

倉《くら》橋《はし》惣《そう》三《ぞう》物《もの》語《がたり》
上《じょう》皇《こう》さまの教《きょう》育《いく》係《がかり》

2021年11月22日　第1刷発行
2022年10月18日　第2刷発行

著者　倉橋燿子《くらはしようこ》　倉橋麻生《くらはしまお》

装丁　坂川朱音（朱猫堂）

本文デザイン　坂川朱音+田中斐子（朱猫堂）

発行者　鈴木章一

発行所　株式会社 講談社
〒112-8001 東京都文京区音羽2-12-21
電話　編集03-5395-3536/販売03-5395-3625
業務03-5395-3615

カバー・表紙印刷　共同印刷株式会社

本文印刷　株式会社KPSプロダクツ

製本所　大口製本印刷株式会社

本文データ制作　講談社デジタル製作

KODANSHA

＊この作品は、書き下ろしです。

N.D.C.913　318p　20cm

ISBN 978-4-06-525829-3